明朝大悲咒

熊召政 著

北京出版集团
北京十月文艺出版社

目 录

第一辑

003　朱元璋与农民
014　朱元璋的戒奢之心
021　朱棣与北京
032　宣宗的《悯农诗》
043　大玩家正德皇帝
058　肚子里的小人

第二辑

071　从剃头匠升官谈起
081　孝悌的妙用
091　君子与小人
100　权臣并非奸臣

108	另类男人
116	座主
123	木主
127	助情花
132	灯节
138	丽江与木氏家族
148	读了明朝不明白

第三辑

161	读书种子
176	皇帝与状元
191	生不逢时的王阳明
210	古怪的海瑞
221	只有疏狂一老身
229	大笑大笑还大笑
246	张居正的为官之道
276	明朝大悲咒

第一辑

伟人尽管雄才大略,但有时也犯小心眼的毛病。他们总觉得自己是完人,不应该有缺陷。

朱元璋与农民

一　朱元璋一连杀了三个画师

洪武三年（1370）六月的某天晚上，南京城东面的皇城中，只见守城的锦衣卫校尉打开中门，一群穿着麻衣草鞋的男女自门中走出。打头的一个人身材粗壮，五官长相虽说不上丑陋，但绝对怪异，一双眼睛厉于鹰隼，虽在三伏天，盯你一眼也会让你不寒而栗。

这个人便是明代开国皇帝朱元璋。从传世的画像看，朱元璋慈眉善目，但有君临天下的气概，一看就是"天生龙种"。但这幅画像的真实性大可怀疑。传说当初朱元璋召来天下一流的画师为其绘像。画师们唯恐画得不像，都使出看家本领，画得惟妙惟肖。但朱元璋却仍以画得不像为由，一连杀了三个画师。第四个画师又被召到御前，前面三个同行的命运吓得他魂袋儿都掉了，他不知如何保住项上头颅，兀自愁眉不展。幸亏他的朋友献计，让他"绘御容时，稍事修饰，掩敛杀气而增慈善"。他如法炮制，御像绘出后，朱元璋大为满意，认为这画像"形神兼备，足称朕意"。这便是我们今天见到的朱元璋的画像了。

伟人尽管雄才大略，但有时也犯小心眼的毛病。他们总觉得自己是完人，不应该有缺陷。朱元璋统御千军横扫六合，建立起一个赫赫王朝，不管他长相如何，天下人都不敢藐视他。但他偏还要往"美男子"堆儿里凑，并为此动怒而闹出三条人命，这就大可不必了。

二　龙子龙孙一起前往山川坛祈雨

却说朱元璋领着这群男女走出皇城，向鸡鸣山的山川坛走去。那里是皇家祭祀天地神灵的地方。从皇城到山川坛，有十几里路。沿途警备森严，跸护的军士排成长阵。皆因这群男女个个都是朱明王朝的核心人物，男的都是朱元璋的儿子，女的都是他的后妃和公主。朱元璋共有四十六个后妃，二十六个儿子和十几个公主。在中国所有皇帝中，他几乎可以说是生育能力最为旺盛的一个。一百年后，他的家族就繁衍到八千多人。这些人都由王朝的财政养活。

此刻，朱元璋领着他的后妃和儿女们浩浩荡荡地离开皇宫，到山川坛干什么去呢？却说这年自暮春开始，一直很少下雨，江南大地一片焦渴。田里的禾苗大都枯死。深信"天意"的朱元璋认为这场灾咎可能是上苍对他的惩戒，因为他登皇帝位不过三年，一切都还在草创之中。是不是自己登基时说过的"上膺天命，下符民意"这八个字，做得不好呢？经过慎重考虑，他决心亲率眷属前往山川坛祈雨。在古代，祭祀与祈祷被看作人神对话的最好方式。

三 自虐式的祈祷——皇帝与苍天对话的方式

史载，朱元璋到了山川坛后，袒露上身，盘腿坐在青石板上，无遮无挡暴晒于烈日之下。他的儿子们也都陪侍左右。对于住在深宫大院里衣来伸手饭来张口的皇子们来说，参加这样的祈祷仪式真是苦不堪言。但农民出身的朱元璋，根本不考虑儿子们会不会中暑，他一心要用自己的诚意去感动天庭。他的后妃们虽不在祈祷的行列，但也没有闲着。在马皇后的带领下，她们在祈祷现场临时搭砌的灶台上烧制农家饭，都是那种喂养朱元璋少年时代的粗糙的饭食。煮熟的麦饭菽豆，皇太子先捧给朱元璋品尝，然后一家人坐在烈日下吞咽。

这样一连三天，白天袒背暴晒，夜里原地和衣而躺。第四天结束这自虐式的祈祷，仍然徒步回到宫中。朱元璋没有回到粉黛如云的后宫，而是独自来到西院斋宿。他下令从内库中拿出钱钞采购一万四千匹布纱颁赐将校，于常例之外补给兵士薪米；又令法司决狱，大赦一批囚犯；并下旨有关部门访求天下贤士以探明治国之道。据说这些措施相继落实后，老天爷真的下起了大雨，持续了几个月的旱情得以缓解。

六百多年前这一场祈雨的盛典,见之于明朝典籍。虽记述简略,但斑斑可考。其时明代虽已开国,但北方的战事仍在紧张地进行,徐达、常遇春等股肱之臣尚在西北的荒漠上平定虏敌,江南膏腴之地因频经战火,生气亦未恢复。前面已经说过,旱情此时发生,引起朱元璋的高度警惕,他敏锐地从中发现了某些危及政权的因素。

四 刘伯温的"宽仁"说引起朱元璋的不满

祈雨之后,朱元璋把刘伯温找来,询问治国之道。关于这段故事,曾参与修撰《明会典》的万历史官余继登在其编著的《典故纪闻》中记述如下:

> 太祖谓刘基曰:"今天下已平,思所以生息之道,何如?"基对曰:"生息之道,在于宽仁。"太祖曰:"不施实惠,而概言宽仁,亦无益耳。以朕观之,宽仁必当阜民之财,而息民之力。不节用则民财竭,不省役则民力困,不明教化则民不知礼义,不禁贪暴则民无以遂其生。如是而曰宽仁,是徒有其名,而民不被其泽也。"

从这段对话中可知,朱元璋对刘伯温的宽仁之说大不以为然。刘伯温满腹经纶，精通天文地理，在朱元璋争夺天下的角逐中，他是最得力的谋士之一。此一点上，他与朱元璋的关系，犹如张良之于刘邦、诸葛亮之于刘备。但显然这一次谈话，刘基的回答"不称上意"。朱元璋农民出身，几乎是文盲，后来，在打天下与治天下的过程中，他虽然学到不少东西，但他的经验多于知识。尽管他常常表现出思贤若渴的态度，但骨子深处对读书人始终抱有戒心。毛泽东在《沁园春·雪》一词中，对秦皇汉武、唐宗宋祖，以及成吉思汗的文采缺失表示了嘲笑。而朱元璋，则连让他嘲笑的资格都没有。

客观地讲，刘伯温说出"宽仁"二字，只是点出题目，下面只要朱元璋问他一句"如何实施宽仁"，相信刘伯温一定会有一篇对症下药的宏论。但朱元璋并没有问他，而是噼里啪啦自己讲了一通，捎带着还把这位"国师"讥讽了一句"舍此而言宽仁，是徒有其名"。

五　皇帝与国师——既相生又相克

在中国的古代，君臣晤对，是产生治国方略的最好方法之一。皇帝与国师，既相生，又相克。相生之时，则君臣融洽，国泰民安。这方面最好的例子，是唐太宗李世民与师相魏徵，一部《贞观政要》记述甚详。若君臣相克，则天怒人怨。嬖幸之徒趁机以谗言获宠，到头来吃亏的还是老百姓。当然也有一种皇帝，对"国师"非常尊重,常常不耻下问。如汉文帝把贾谊请来彻夜长谈,结果是"可怜夜半虚前席,不问苍生问鬼神",此种皇帝,徒落笑柄而已。

检点明朝典籍,不难看出,朱元璋虽然经常与大臣晤对,但讨见识听意见的时候极少,大多数时间都是他发表宏论,臣下唯有诺诺而已。

不过,仔细研究朱元璋的一些"最高指示",还得承认,这个皇帝心里头始终还是装着老百姓的,上面引述的他与刘伯温的晤对,他不问青红皂白把刘伯温揶揄一通固然不对,但他对于"宽仁"的引申,倒真是颇有见地。他认为宽仁过于空落,是读书人的酸语。对于老百姓来说,最重要的是实惠。

六　政治需要想象力,但朱元璋恰恰缺少

我曾经说过,政治是一门艺术,要想做好它,不但要有激情,更要有想象力。张居正推行的"一条鞭法"以及邓小平倡导的"一国两制",都是改革中政治想象力的典范。朱元璋缺乏想象力,可举一例。曾有大臣向他建议像前朝那样,给江西龙虎山的张道人"天师"称号。朱元璋斥道:"天至高至贵,安得有老师?"

纵观明朝的一些国策,朱元璋少有创见。他开创的大明王朝,说得准确一点,只是"开"而非"创"。我们说一个帝王应

有雄才大略，这是统而言之。若分开来说，则开国应有雄才，创业则需要大略。朱元璋是雄才有余，而大略不足。立国之初，他不遗余力推行制度建设，也只是恢复帝国的秩序而非给新的王朝注入活力。他是一个非常务实的人。他希望他的国家稳定而富裕，士农工商各有所务，田野多农夫而城市少流民；每一个臣民都充满至高无上的道德感，都必须心存敬畏。

七　朱元璋是道德治国的提倡者

朱元璋是道德治国的极力推行者，在他看来，所谓道德，最紧要的两个字是忠与孝。张居正写过一副对联："一等人忠臣孝子，两件事读书耕田。"这位大明王朝最具胆识的政治家，虽然比朱元璋晚生了两百多年，但他对这位开国皇帝的思想，可谓体会至深。今天，我们参观那些江南的古村落，经常看到门楣上书有"耕读传家"这四个字。忠臣与孝子、儒士与农夫，这四种人，在明代大受推崇。

今天，我们常说中产阶级是社会稳定的基石，这是西方的观点。尽管在其衍变过程中增加了不少人文的内容，但其发端仍是经济学上的考量。而六百多年前的朱元璋，却是依靠忠臣孝子与儒士农夫作为中坚力量来稳定社会的。这四种人非但没有共同的经济基础，贫富之间甚至有着天壤之别，但他们都有着共同遵循的道德准则。这在今天来看简直不可思议，但在朱明王朝时期，每一个人都必须像圣贤那样，强迫自己建立起道德优越感。

八　朱元璋始终关注农民问题

让我们还是回到本文开头的话题。朱元璋在山川坛祈雨，其目的还是为了农民。在他执政的三十多年中，农民问题始终是他的第一关注。这不仅仅因为他是农民出身，更因为王国的子民，百分之九十都是住在乡间。农业稳则农民稳，农民稳则天下稳。一个统治者并不需要强大的想象力，就能对这一国运做出判断。由于出身与知识的双重局限，朱元璋厌恶商人，同时对流民亦抱有高度的警惕。他自己就当过流民，他认为流民是导致社会动荡的主要因素，而流民十之八九都是离开土地的农民。这些人中除了极少数生性懒惰，大部分都是因为天灾人祸而背井离乡。基于这种认识，洪武三年（1370）的那场大旱才会引起朱元璋内心的恐惧。

祀天之礼，实乃中国远古开始的风俗，并非朱元璋的创举。但朱元璋的虔诚却是前朝皇帝不可比拟的。他的这一举动，不但为朝中大臣做出榜样，也同时赢得了天下百姓的尊重。朱元璋如此垂范，倒还真不是"作秀"，而是他从内心深处就认为自己是农民的救世主。在那次与刘伯温谈话之后，他还与中书省的大臣有过一次交谈，他说：

天下一家，民犹一体，有不得其居所者，常思所以安养之。昔吾在民间，目击其苦，鳏寡孤独饥寒困顿之徒，常自厌生，恨不即死。吾乱离遇此，心常恻然。故吾躬提师旅，誓清四海，以同吾一家之安。今代天理物已十余年，若天下之民有流离失所者，非惟昧朕之初志，于代天之工，亦不能尽。其令天下郡县，访穷民无告者，月给以衣食；无依者，给以屋舍。

完全可以想象，天下百姓听到这样的圣旨，是如何的欢呼雀跃。自古至今，农民始终是社会各阶层中的"弱势群体"，而农民中的鳏寡无助者，则是弱势中的弱势。朱元璋行"实惠"，首先就让这样一些人得到好处，应该说是抓住了执政的牛鼻子。但是，我们在今天改革中出现的"中梗阻"现象，明代亦如是。朝廷大量的府州县官员，对待农民"不体上意"，常常表现出官场的傲慢，具体的体现是敷衍塞责与心不在焉。

九 迟不放赈，导致灾民饿死的"钦差大臣"被朱元璋斩首示众

有这样一则小故事：洪武九年（1376），山东日照县知县马亮三年考满，州官为他写的评语是："无课农兴学之绩，而长于督运。"朱元璋见了，批道："农桑衣食之本，学校风化之原，皆守

令先务。不知务此，而曰长于督运，是弃本而务末，岂其职哉？"从朱元璋的这道批示来看，他对官场的猫腻了若指掌。在明代，督运属朝廷的经济部门，肥得流油。而县令则是苦差事。也不知那位马亮花了多少银子，才买通州官给他写了这道评语。目的很明显，希望朱元璋将自己改为督运官，每天吃香喝辣享清福。朱元璋既痛恨跑官要官，更痛恨地方官不懂农业与教育。不用说，这位马亮因犯"渎职罪"而被革职，且永不叙用。但整个官场并没有因为马亮事件而改变，坑农扰农的事情还是屡有发生。兹后，湖北的荆州、蕲州两处发生水灾，户部主事赵乾奉命前往赈灾。这赵乾自南京都城出发，一路游山玩水耽误了两个多月，到达受灾地后又磨磨蹭蹭迟不放赈，以致灾民饿死很多。朱元璋得知消息后，立即下令将赵乾斩首示众。《典故纪闻》中，还载有这样一段指示：

> 向荆、蕲等处水灾，朕寝食不安，亟命户部主事赵乾往赈之。岂意乾不念民艰，坐视迁延，自去年十二月至今年五六月之交，方施赈济，民饥死者多矣！夫民饥而上不恤，其咎在上。吏受命不能宣上之意，视民死而不救，罪不胜诛。其斩之，以戒不恤吾民者。

十　亲民顺民富民——朱元璋的"三民政策"

朱元璋治国期间，农民问题处理得较好。他死后，他的亲民顺民富民的"三民"政策，还延续了好多年。到了明中叶，自正德皇帝始，休养了一百多年的农民又开始遭受劫难。又六十多年后，张居正出任万历首辅，推行新政，力革时弊，用"一条鞭法"的改革，来上承朱元璋的农民政策，应该说收到了极好的效果。但人亡政息，张居正遭受清算后，刚刚苏困的农民再次陷于水火，这导致大批流民的出现。元朝末年，大批流民揭竿而起，朱元璋依靠这些流民形成的武装，建立了大明王朝。谁知在他死后两百多年，以李自成、张献忠为首的流民武装，又将他的后代掀下帝座。终点即是起点，由此可见，历史的想象力，超过任何一位政治家。

朱元璋的戒奢之心

朱元璋得天下后,手下人将陈友谅的一张镂金床弄来送给他。朱元璋说:"这张床与孟昶的七宝溺器有何区别?"命人当场把床毁掉。这时,站在旁边的侍臣说:"未富而骄,未贵而侈,所以取败。"朱元璋听了立即斥道:"就是富了又岂可骄?显贵了又岂可侈?有骄侈之心,虽富贵岂能保?处富贵者,一定要抑奢侈、弘俭约、戒嗜欲。即便这样,犹恐不足以慰民望,何况穷尽天下技巧,满足一人之享受乎?其致亡者宜矣。覆车之辙,不可蹈也。"

朱元璋的戒奢之心,从一些平凡小事中皆可以体会到。还有一次,司天监的官员将元朝皇帝享用的水晶宫刻漏呈上。那时没有钟表,中国的计时方法,便是用刻漏。元皇帝的这座水晶宫刻漏,倍极精巧。中间设两个小木偶人,能按时自击钲鼓。朱元璋对献宝的官员说:"废万机之务,而用心于此,是在作无益之功而害有益之事。倘若元皇帝将宝玩之心用来治理天下,他怎么能亡国呢?"说完,又命令把这刻漏打碎。

作为开国之君的朱元璋，其高明之处，就在于始终存在的戒奢之心。政权的衰败，往往从奢华开始。一个贪图享乐的君主，追求的是天下的美色好货。由奢而贪，政风必然大坏。

朱元璋当皇帝的时候，不但将官员呈献的宝物悉数毁掉，就是正常的衣食供应，他也尽量节省。浙江金华所产的香米，朱元璋很喜欢吃，他完全可以把这香米列为"贡品"，让金华年年上贡，但他担心地方官员趁机勒索小民，于是决定在御苑中辟出几十亩水田种香米，以资供食。像这样的例子还有一些，如太原产优质葡萄酒，自元朝起就列为贡品，朱元璋念"民力维艰"，也将它取消了。

朱元璋出身穷苦，他的戒奢从俭之心，几乎是自始至终。他自律甚严，对待朝廷官员也十分苛刻。有一次，朱元璋在奉天门门口，看到一名散骑舍人穿的衣服非常鲜丽，便问这名散骑舍人制作这套衣服的价钱，答曰五百贯。朱元璋听罢大怒，叱责说："农夫寒耕暑耘，早作夜息，蚕妇缫丝绩麻，缕积寸成，劳苦不堪，及登场下机，公私交相勒索，收入大半不能已有。长年含辛茹苦，食不果腹，衣不蔽体，你却对农桑辛苦一无所知，制一件衣服花五百贯钱，这是农民数口之家一年的花费。你如此骄奢，岂不是暴殄天物？"

历史中没有记载，朱元璋如何处罚这位散骑舍人，但却记录了这段话。

朱元璋治国，有许多令人不敢恭维处，亦有许多令人不可思议处。但他的戒奢之举，却值得称道。历史上的开国皇帝，都懂得物力维艰，因此，大都能做到节俭。朝廷的清廉之风，使供役的百姓大得实惠。司马光有言："天下之财，不在民则在官。"皇帝不奢侈，朝廷的一切用度降到最低，则国可泰而民可安。但随着太平日子的长久，继任的皇帝们渐渐淡化了以民为本的忧患意识，"饱暖思淫欲"的享乐思想占据上风。明代永乐皇帝始，享乐的社会风气即开始出现苗头，自仁宗皇帝开始，一百多年间，皇室与贵族集团的奢侈是一个比一个厉害。奢侈的前提是要手中有钱，皇室为保持自己享乐的必需，只有加大赋税的征收，如此一来，百姓就不堪盘剥了。

到了嘉靖朝，明代已进入中叶，社会上到处弥漫着腐朽的风气。为官者为满足一己之私，大都在"食""色"上做尽文章。因此贪墨贿赂之风，在官场上大行其道。当时，担任山西按察使的陕西耀州人乔世宁，在其所著的《丘隅意见》中沉痛地写道：

> 今天下之民贫极矣。窃观民所由贫者五：水旱一也；遇盗贼起者二也；赋役日繁重三也；吏贪暴四也；风俗侈五也。水旱者，天也；盗贼者，不可豫谋者也；赋役亦有必不可已者；救时急务，惟惩贪禁侈而已。俗侈起于京师，吏贪始于上官。今戚里仿大内，大家仿戚里，众庶仿大家，习以成风，传式海内。故京师不禁而欲禁四方，法未有能行者也。自守令以上至于藩臬，又至于卿寺，皆递相贿赂，以求迁补。故不禁上官而禁小臣，法未有能行者也。故谚曰："得诏书但挂壁。"其此之谓哉。

乔世宁的此一态度，是官场的不和谐音，但他无疑是文官集团中难得的清醒者。难能可贵的是，他把天下的奢侈之俗与贪墨之风，直接归咎于"大内"与"上官"，大内为皇帝居住之地，上官为皇帝亲近之臣。他们奢侈的生活与贪墨的品行，直接导致了"天下之民贫极矣"。

当皇帝清明的时候，大臣们不必说这种讥刺的话；当皇帝昏庸的时候，说这样的话，轻者辱身，重则杀头。乔世宁的名气没有海瑞大，但他的这番话，却比海瑞那篇著名的批判嘉靖皇帝的奏疏早了几年。

上梁不正下梁歪，这是自古不易的道理。朱元璋执政时，对身边的大臣颇能约束，故奢侈之风不致产生。他不但不准大臣们锦衣玉食，就是对市井百姓的日常生活，无论是穿戴，还是婚嫁，都给予了严格的规定。百姓家的妇女，不准戴金首饰，不准穿绸缎，违令者严惩。当时有两位南京的年轻人追求时髦，用红布在裤腿上镶了一道边。街坊到官府上告，消息传到朱元璋耳朵里，他竟然大怒，下旨砍断了这两个年轻人的双腿。不惜使用如此残暴的手段对付老百姓，可见这位老皇帝禁奢的决心。

但奇怪的是，在他身后，特别是明中期以后，社会上的奢侈之风，竟超过了以往任何一个时代，官场不说，单说民间的崇侈的风俗，也演变得很快，顾起元曾在《客座赘语》中对此有记述：

> 正、嘉以前，南都风尚最为醇厚。荐绅以文章政事、行谊气节为常，求田问舍之事少。而营声利、畜伎乐者，百不

一二见之……妇女以深居不露面,治酒浆、工织纴为常,珠翠绮罗之事少,而拟饰娼妓、交结姐媪、出入施施无异男子者,百不一二见之。

营声利、畜伎乐、饰娼妓这些奢华的生活,从过去的"百不一二见之"到隆庆、万历年间的习以为常,可见社会的风气已是江河日下。然而诚如乔世宁所说,单禁民间的奢华是行不通的,因为这一切淫靡的作风,都是从"大内"与"上官"那里开始的。嘉靖早期,著名的理学家湛甘泉在南京为官时,曾下令禁止市民在酒楼中吃整条的大鱼,晚上嫖娼者,也被课以重罚。其结果是愈禁愈烈,湛先生只落得一声哀叹"世风不古"。

不过,关于奢侈的生活是否是社会的危害这一问题,当时亦有争论。有一个叫陆楫的上海人,写了一本《蒹葭堂杂著摘抄》,记述了嘉靖以前的史事、吏治、人物事迹、社会风俗等,其中有一篇反对禁奢的妙文,兹录如下:

> 论治者类欲禁奢,以为财节则民可与富也。噫!先正有言,天地生财,止有此数。彼有所损,则此有所益,吾未见奢之足以贫天下也。自一人言之,一人俭则一人或可免于贫;自一家言之,一家俭则一家或可免于贫。至于统论天下之势则不然。治天下者,将欲使一家一人富乎?抑亦欲均天下而富之乎?予每博观天下之势,大抵其地奢则其民必易为生,其地俭则其民必不易为生者也。何者?势使然也。今天

下之财赋在吴越，吴俗之奢，莫盛于苏杭之民。有不耕寸土而口食膏粱，不操一杼而身衣文绣者，不知其几何也，盖俗奢而逐末者众也。只以苏杭之湖山言之，其居人按时而游，游必画舫肩舆，珍羞良酝，歌舞而行，可谓奢矣。而不知舆夫舟子，歌童舞妓，仰湖山而待爨者不知其几。故曰："彼有所损，则此有所益。若使倾财而委之沟壑，则奢可禁。不知所谓奢者，不过富商大贾，豪家巨族，自侈其宫室车马，饮食衣服之奉而已。彼以粱肉奢，则耕者庖者分其利；彼以纨绮奢，则鬻者织者分其利。正《孟子》所谓通功易事，羡补不足者也。上之人胡为而禁之？若今宁、绍、金、衢之俗，最号为俭，俭则宜其民之富也。而彼诸郡之民，至不能自给，半游食于四方。凡以其俗俭而民不能以相济也。要之先富而后奢，先贫而后俭。奢俭之风，起于俗之贫富，虽圣王复起，欲禁吴越之奢难矣。"或曰："不然。苏杭之境，为天下南北之要冲，四方辐辏，百货毕集，使其民赖以市易为生，非其俗之奢故也。"噫！是有见于市易之利，而不知所以市易者，正起于奢。使其相率而为俭，则逐末者归农矣。宁复以市易相高耶？且自吾海邑言之，吾邑僻处海滨，四方之舟车不一经其地，谚号为小苏州。游贾之仰给于邑中者，无虑数十万人，特以俗尚甚奢，其民颇易为生尔。然则吴越之易为生者，其大要在俗奢，市易之利，特因而济之耳，固不专恃乎此也。长民者因俗以为治，则上不劳而下不扰，欲徒禁奢可乎？呜呼！此可与智者道也。

陆楫此论，虽然反对禁奢，但通篇读下来，也看不出是为"大内"与"上官"的奢侈争辩。他是从社会的供求关系来论述这一问题的。因此它不像是四百多年前的古人所写的道德文章，而更接近于今天的经济学人的观点。他认为豪室巨族的奢侈，可以解决很多穷苦小民的就业。"彼以粱肉奢，则耕者庖者分其利；彼以纨绮奢，则鬻者织者分其利。"这是很有见地的论述，换成今天的话讲，叫需求拉动经济增长。如果社会上的消费人口增加，则创造的就业机会就多，就会有更多的农民离开土地，"不耕寸土而口食膏粱，不操一杼而身衣文绣"。遗憾的是，四百多年前的明朝，不可能出现一个以商品经济为前提的消费时代。豪室巨族的财富，也根本不可能是在公平公正的原则下获取。不然，乔世宁就不会把"大内"与"上官"的奢侈与贪墨，看成是"天下之民贫极"的直接原因。

朱棣与北京

一 迁都北京的反对者萧仪被处以极刑

永乐十九年（1421）旧历四月的一天深夜，北京城突然风雨大作，夹杂着阵阵惊雷。清晨，便有值殿太监向永乐皇帝朱棣报告：奉天殿左边的一角飞檐被雷暴击垮。

朱棣一听，心中顿时升起不祥之兆。在科学尚不发达的古代，天人合一这一哲学命题，被强调到绝对的地步。地震、灾害、雷击等自然现象，都被看成是由执政者的失误而造成的。"上天示警"是一个严重的问题。它的严重性在于：第一，只有统治者出了问题，老天爷才会震怒。所谓"天怒人怨"，便是这个道理。第二，统治者并不知道自己的失误在哪里，这就需要有智慧的人站出来为其指点迷津。鉴于此，朱棣立刻下诏求言。也就是说，他希望朝野明智之士为他找出雷击奉天殿的原因。

很快，礼部主事萧仪的奏本送到御前。这位六品官员认为：奉天殿遭受雷击是迁都的缘故。把国都从南京迁来北京，不但诸事不便，就连大明的皇脉也撂在江南。这是大不敬的事。

朱棣看过奏本，震怒异常，他认为萧仪把迁都与雷击奉天殿联系起来，完全是蓄意诽谤。因此他几乎在第一时间内就做出了决定：命令锦衣卫将萧仪抓进北镇抚司大牢，不做任何审讯，就以"谤君之罪"而处之以极刑。

二 中世纪的滑稽——官员们在雨中跪着争辩

事情还没有完，萧仪的观点在官员中仍有不少市场。同情他的官员多半是科道言官。科指六科，道指十三道。六科是对应吏、户、礼、兵、刑、工六部成立的，是稽查六部的监察部门。六科总共的编制是四十人，每科的负责人称为都给事中，正七品。余者都称为给事中，从七品。十三道是对应全国各省，当时全国只有十三个省。十三道御史统归都察院管辖，御史的官阶同给事中差不多。两个衙门类似于今天的监察部和审计署，级别却要低得多。比之于今天，科道言官的级别也仅仅是县处级而已。但科道言官的权力很大，在明代，位居二品的六部尚书遭言官弹劾而受到惩处的不胜枚举。

明代的官场，有两种经历的人升官比较容易。一是在翰林院待过，二是当过科道言官。由翰林院而入内阁当辅臣，由言官而晋升为封疆大吏或方面重臣。

科道言官，一般都从年轻官员中选拔，这些人初涉仕途，尚不至于沾染太多的官场恶习。担任言官要敢于弹劾不法权贵，因此历代皇帝对言官颇为倚重。

但这次恰恰相反，对朱棣的迁都持异议的，多半是言官。而部院大臣都是坚定的迁都派。这是因为朱棣从侄儿建文帝手中夺取皇位后，对建文帝时的朝廷大臣做了一次彻底的清洗。经过近二十年的筛选过滤，现在的部院大臣，大部分都是"靖难功臣"，他们也都成为南方士族的仇人，因此利益上与朱棣是一致的。

言官们都很年轻，与朱棣的"靖难"无关，因此他们更多的是就事论事，认为皇上"轻去金陵，有伤国体"。朱棣对这些言官非常恼火，但不能像对待萧仪那样，一概杀之。于是心血来潮想出一个办法，让这些科道言官与部院大臣一起到午门外跪下对辩。迁都究竟好不好，让双方各抒己见。

当其时，正是"清明时节雨纷纷"的时候，午门外的广场上，言官与大臣分跪两边，个个都淋得落汤鸡似的，但谁也不觉得尴尬，也不觉得侮辱。他们争论得面红耳赤，一天没有结果。朱棣让他们第二天再来午门下跪辩论。雨还在不紧不慢地下着，朱棣在城楼上不急不躁地看着。官员们冒雨下跪，不依不饶地争论着。这场景看起来有点滑稽，然而中国中世纪的政治，便是在这种滑稽中有条不紊地进行着。

三　朱元璋曾动过迁都的念头

朱元璋于1368年创立大明王朝。虽然定都南京，但似乎从一开始，朱元璋就觉得南京不是很合适。因为它偏安江南，对控制辽阔的北方十分不利。洪武元年，朱元璋下了一个诏书，言道："江左开基，立四海永清之本；中原图治，广一视同仁之心。其以金陵、大梁为南、北京。"大梁即今天的开封。朱元璋出于战略考虑，提出设南、北两个都城。还有一说就是袭汉唐的旧制，将长安（今西安）列为都城。朱元璋觉得自己年事已高，完成不了首都北迁的任务，便将希望寄托在懿文太子身上。谁知懿文太子早夭，定都关中的计划落空。方孝孺的《懿文太子挽诗》写道："相宅图方献，还宫疾遽侵……关中诸父老，犹望翠华临。"讲的就是太子曾去西安做迁都前期筹备工作的事。

自秦开始，中国历朝的首都，大都建在北方。宋之前，长安、洛阳、开封都曾做过都城。其中以长安的时间最长。南中国如金陵、杭州、扬州等处，亦曾做过都城。奇怪的是，在南方建都的王朝，大都短命。而都于北方者，大都国祚长久。这皆因在漫长的历史中，以农耕文化为主的汉文明，始终受到西北或东北少数民族游牧文化的冲击。在冷兵器时代，汉人的温文尔雅怎抵挡得住"胡人"的铁马金戈。建都北方，主要是为了抵御异族的入侵。

朱元璋灭元之后，却没有将元大都也就是今天的北京直接定为首都，仍然选中金陵营造他的皇城。这大概是因为朱元璋出生于淮右，平生足迹未曾到过北方，而且骨子里头视"胡元"为异端，因此对元朝的都城从感情上厌恶。但是，从洪武二年（1369）起，他就对定都金陵产生了动摇。

朱元璋的迁都念头，虽然从没有打消过，但也从来没有真正实行过。为解决西北异族入侵，他不是采取迁都北方就近指挥防御的办法，而是改用"封王"制，即把自己的儿子分封到北方各边，担负起剿抚夷狄的任务。关于这件事，郑晓的《今言》有载：

> 国初都金陵。以西北胡戎之故，列镇分封，似乎过制……今考广宁辽王、大宁宁王、宣府谷王、大同代王、宁夏庆王、甘州肃王，皆得专制率师御虏。而长陵时在北平为燕王，尤英武。稍内则西安秦王、太原晋王，亦时时出兵，与诸藩镇将表里防守。

北方，包括东北和西北，都有虏患。朱元璋于此分封九个儿子，统兵御虏。天下的军权，多半都在自己的儿子们手上，所以，生性谨慎的郑晓也微讽"似乎过制"。这九位亲王，都曾经与虏敌交过手。但真正对稳定北方控制强虏起到决定性作用的，还是时为燕王的朱棣。

四　迁都北京——朱棣最大的政绩之一

朱棣是朱元璋的第四个儿子,在朱元璋的二十六个儿子中,他是最能干的一个。北京之所以成为明朝的首都,清朝继之,中华人民共和国又继之,其发脉者,就是朱棣。

朱棣十一岁被封为燕王之后,朱元璋安排他同另外几个未成年的藩王一道回到老家凤阳读了几年书。他二十一岁就藩。所谓就藩,就是前往分封地居住。朱棣到了北京后,经常率兵从这里出发,到东北或西北与"戎虏"作战。多年的沙场生涯,培养了他君临天下的胸襟。他的父亲朱元璋驾崩之后,传位于太孙朱允炆,是为建文帝。这位年轻人斯文儒雅,但缺乏谋略与胆气。俗话说"秀才造反,三年不成",秀才治国,同样也会弄出纸上谈兵的悲剧。因此,朱棣对侄儿登基后的所作所为,不但嗤之以鼻,而且深为不满。传说朱允炆亲政的第一年冬天,朱棣在北京的燕王府邸大宴宾客,其时天寒地冻,朱棣出一上联让人对:"天寒地冻,水无一点不成冰",在座的姚广孝应声而对:"国乱民愁,王不出头谁是主。"这好比挠痒痒挠到了正处,一直有夺位之心的朱棣听罢大喜,便暗地里进行着夺位的准备。

不管怎么说,朱棣夺位是为"篡",情形与唐太宗李世民的"玄武门之变"差不多,但朱棣给自己篡位下的定义是"靖难"。那些跟着他从北京打到南京的将佐,个个都变成了靖难功臣。

朱棣夺位成功，改年号为永乐。在其执政期间，做了几件大好事。如派遣太监郑和七下西洋，编纂《永乐大典》等，还有一个最大的政绩，便是迁都北京。

五　北京城建都的历史

北京在唐代之前，一直属于幽州。赵宋政权期间，辽国占据燕云十六州，北京在其内。终宋一朝，北京一直为少数民族的政权所控制。公元938年，也就是辽太宗会同元年，幽州改为南京，亦称燕京。金与宋共同灭辽后，金占据燕京，直到金海陵王贞元元年（1153）定都于此，称中都。元世祖忽必烈先灭金，后灭宋，建立统一的元朝，分裂了数百余年的国土再度统一。忽必烈再次更名为燕京，到了至元元年（1264）又恢复中都称号。后来于此扩建皇城，改称为元大都。

元朝国祚短暂，不到一百年，但对于北京的建设，却是功不可没。有一个叫刘秉忠的汉人，既当过和尚，也当过道士，还精通《易经》，因此得到忽必烈的信任。元宪宗六年（1256），他受命在滦河上游修建开平城。他在建城中显露的才华深得忽必烈赏识。于是在至元四年（1267）刘秉忠再次被任命为元大都的建城总指挥。至元十三年（1276），元大都建成。这一年，南宋都城临安（杭州）陷落，赵宋政权灭亡。

据张清常先生考证，刘秉忠并非纯儒，又得蒙古族皇帝信任，所以他敢突破旧制，提出独特的建城方案。当时民间都知道刘太保（秉忠）设计元大都的章法是哪吒城。哪吒是佛教传说中的护法神之一，又称哪吒太子。刘秉忠把元大都设计成长方形。如果从高空俯瞰，会发现元大都形似三头六臂双足蹬着风火轮的哪吒形象。

洪武元年（1368）闰七月，元顺帝弃元大都逃走。八月徐达攻入城中，改元大都为北平府。永乐元年（1403），朱棣改北平府为北京，这个称谓一直延续至今。

六　朱棣迁都北京的两个原因

朱棣迁都北京，有两个原因。第一，就是前面提到的，西北虏患不绝，建都在北方，便于就近制御。当然，西安、开封都可选择，但朱棣在北京住了二十三年，对这里有感情。第二，由于"靖难"之役，朱棣在南京杀人太多。建文帝的支持者，多半是江南士族，朱棣对他们大开杀戒，因此结怨于江南。再继续待在南京做皇帝，已经失去执政基础。因此他从取得皇位的那一天起，就有了迁都的打算。

迁都并不是一件简单的事情，一是经过元末的战火，元大都毁坏严重，重建皇城，并非朝夕之事；二是初登皇位，立刻提出迁都，会让人误会他"胆怯"，而不敢在南京皇宫内号令天下；三是出于经济上的考虑，北京定为首都，所需钱粮，还得仰仗江南，以当时的运输条件，这也是个不易克服的困难。

不过，朱棣委实不喜欢南京，皇袍加身后，他让太子留在南京监国，自己仍跑到北京住下来。当时的情况是南京仍作为首都，而北京则成为"行在"。六部等中央机构在北京也成立了一套，称为"行在六部"。尽管这样，在第二年，朱棣就开始了北京的建都工作。

据传，明北京城及皇宫的设计者是姚广孝。这个姚广孝同元朝的刘秉忠一样，也是和尚出身。所不同的是，姚广孝到死也没有还俗。

姚广孝在元大都的基础上，扩建和改建北京城。他没有保持"哪吒城"，而是按儒家的观点，把北京建成一座方城。而皇城（紫禁城）则在方城的正中央。

北京城的建设，整整进行了十八年。这期间，配合迁都，朱棣做了两件事，一是从江南各地向北京大量移民；二是疏浚运河，打通南北的运输干线。据记载，洪武三十年（1397），通过海运由南方输往北方的粮赋只有七万石，永乐六年（1408），就增至六十五万石。永乐十二年（1414），由运河输往北京的粮赋增至五十万石，另还有四十万石由海运输入。到了十六年（1418），由运河输往北京的粮赋就已高达四百六十万石。

当北京的财赋供给与人口都不成问题时，朱棣就发出迁都的诏令。北京不再是"行在"而变成了首都，南京则变成了陪都。

迁都的正式实施是在永乐十九年（1421）正月。此前，朱棣封赏所有参与都城兴建的人员，其中有一个苏州匠人蒯祥，封为工部侍郎。如果说姚广孝是明北京城的总设计师，这个蒯祥就是总工程师了，所以功劳很大。

七　仁宗的短命救了北京城

自朱棣定都北京后，明朝在这里统治中国二百二十余年。迁都最初的几年，围绕该不该迁都的问题，一直争论不断。朱棣为了压制反对派意见，杀过几个人，包括前面提到的萧仪。

自从萧仪死后，朱棣再没有为迁都的事杀过人了。这是因为那一次雨中跪辩，所有的部院大臣与科道言官都看清了朱棣的决心：迁都不容置疑，哪怕老天爷震怒，再雷劈十座奉天殿，朱棣也绝不会把金銮殿搬回到南京去。

永乐二十二年（1424）七月，朱棣死，他的儿子仁宗继位。次年改元洪熙。仁宗同他的爷爷朱元璋一样，喜欢南京，登基之后，他决定把首都再搬回南京。但刚有这个想法，他就死了，在位还不到一年。仁宗的儿子宣宗继位，他是朱棣生前最喜欢的皇太孙。宣宗同朱棣一样喜欢北京，于是更改父皇的旨意，做出了暂不迁都的决定。这个"暂"字是为了给父皇一个面子，其实宣宗压根儿就不想迁都。

所以说，某一个地方的兴衰，的确与政治家的决策有很大的关系。如内蒙古的呼和浩特市，该城是张居正执政期间，为开放边境贸易而倡议修建的"板升"城；再说今天的深圳市，如果不是改革开放，恐怕至今还是保安县的一片田野。北京城的运气非常好，一是碰到了忽必烈和朱棣这样两个皇帝，对它情有独钟；二是负责修城的刘秉忠与姚广孝，都是非常有见地的设计师，没有他们，北京城不可能有令世界瞩目的帝京气象。当然，仁宗的短命也是北京城作为首都得以存在的重要原因之一。如果他再活十年，北京城会是怎样的命运，就很难说了。

宣宗的《悯农诗》

一

宣宗是明朝第四位皇帝,他的父亲仁宗皇帝朱高炽,是明成祖朱棣的大儿子。仁宗长得太胖,臃肿的身材使他在骑马击剑中屡屡败北。一向以骁勇好战著称的朱棣,经常召聚皇室子弟们比武,仁宗苦不堪言,因此朱棣不怎么喜欢他。但朱棣对皇太孙——也就是后来的宣宗却一直宠爱有加,认为他无论是聪明才智,还是性格刚毅,都比他的父亲强。

朱棣从侄儿建文帝手上夺取政权之后,面临着储君的选拔问题,按他的父亲朱元璋的规矩,应传位给大儿子朱高炽。但他有心传给二儿子朱高煦,其因是这个朱高煦性格很像他。在三年的"靖难之役"中朱高煦一直紧跟着他,鞍前马后,立下赫赫战功。但是,他的这个想法遭到了许多大臣的反对。尽管朱高煦的拥趸也不少,但废长立次毕竟不占理。犹豫了很长一段时间,朱棣还是将朱高炽立为太子。但是,立储之后,朱棣又有些后悔,觉得这样对不起二儿子。在举棋不定的时候，他找来了一向倚重的太常寺卿袁珙，这个袁珙是姚广孝推荐给朱棣的一个江湖术士，看相言人祸福，无不奇中。朱棣让袁珙给仁宗看相，袁珙看过后，对朱棣说了四个字"后代皇帝"，意思很明确，接班人就是他了，不能换。朱棣不死心，又让他看宣宗的相，袁珙又说了四个字："万年天子"，这个判语下得更好，既然仁宗有这么个好儿子，朱棣一脉的皇祚就可保之久远，也就彻底打消了换掉仁宗接班人的念头。

从过后发展的历史来看，袁珙这是做了一件好事。仁宗朱高炽虽然懦弱，但心地善良。

且说朱棣夺位之后，一直在北方征战，留下当时还是太子的仁宗监国。仁宗多半时间住在南京，一次应召前往北京，途经山东邹县，看到路边上有不少男女老幼提着篮子拔野菜，便停下马来问缘由，被问者跪下回答："岁荒无以为食，只好以此充饥。"仁宗听后恻然，下马走进一家民舍，看到屋内百姓皆锅灶冷清，衣不遮体，不由感叹说："百姓如此疾苦，朝廷竟不闻乎？"于是找来山东布政使石执中，责问道："你的治下老百姓这么贫穷，你怎么隐瞒不报？"石执中回答："凡是受灾之处，臣已奏请停收今年秋税。"仁宗说："老百姓都快饿死了，仅停收秋税是远水难救近火，要立即放赈。"石执中奏答："臣遵旨，每户放赈三斗。"仁宗答："三斗不够，每户六斗。"石执中感到为难，因为仁宗虽然监国，但皇上毕竟是成祖朱棣。这个朱棣连年征战，朝廷财政入不敷出。各地方官为了征收粮赋，以满足朱棣庞大的军费开支，常常不择手段。监国的仁宗深知此中原因，也只能在力所能及的范围内做一些调整。当成祖去世仁宗继位后，他对北方的少数民族的军事行动由攻转守，让老百姓有一个休养生息的机会。他对户部的官员说："民恃田土而得衣食，饥年衣食不给，或加以疫疠而死亡欤？自今一切科徭务必撙节。仍令有司，凡政令不便于民者，条具以闻。受灾之处早奏赈恤，有敢违者，守令处重罪。"

仁宗享祚时间不长，不到一年时间。但他的亲民思想影响了宣宗。登基不久，宣宗亲自处理的一件事就极得民心。当时，河南省新安县知县陶熔眼见本县农民因受灾而无法度过春荒，决定打开函关驿的粮仓放赈。开仓之后，陶熔才上奏朝廷，并说明秋后如数补上。陶熔这么做可谓犯了大忌，因函关驿的粮仓虽然在新安县境内，但县衙只有管辖权，而没有使用权。陶熔知道这一点，所以才先斩后奏。从常理上讲，陶熔这是亲民的举措，但却触犯了朝廷法纪，有司准备对他按律治罪。宣宗知道后，立即找来有关大臣当面下谕："近年有司不体人情，苟有饥荒，必须申报，辗转勘实，赈济失时。知县急于济人，先赈后闻，是能称任使，卿勿拘文法责其专擅。"由于宣宗的强力干预，陶熔不但没受到惩罚，反而升了官。

大凡一个王朝的政治走向，都有大致的脉络可循，明代的第一个皇帝朱元璋，一生致力于政权的稳定与制度的建设，第三个皇帝朱棣，登基后最关注的事情一是处理北方九边的军务，二是将首都从南京迁到北京。迁都之举，也是为了控制北方边疆的局势。这两个皇帝的功业，有其连续性，其所作所为，都是为了让朱明政权有一个生存的环境。应该说，经过两位皇帝五十余年的努力，这一点已基本做到。轮到仁宗登位，套用旧小说里的话，可谓"河清海晏，四海升平"，内忧外患，大致平息。

完全可以说，仁宗皇帝完成了由"立国"到"亲民"的转换。而第五代的宣宗皇帝，更是大力弘扬仁宗皇帝的亲民政策，并将老百姓的福祉作为自己执政的第一目标。

专门记述明皇帝语录的《典故纪闻》，关于宣宗的亲民，有如下几条记载：

> 宣宗即位，工部言内府供用纻丝纱罗缺，请下苏杭等府织造。宣宗曰："供用之物虽不可缺，然当念民力，今百姓艰难，可减半造。"

> 宣宗尝召户部尚书夏原吉，谕之曰："朕念自古国家未有不由民之富庶以享太平，亦未有不由民之困穷以致祸乱，是以夙夜祗畏，用图政理，所冀天时协和，年谷丰熟。去年冬多雪，今春益以雨泽，似觉秋来可望。然一岁之计在于春，尚虑小民阽于饥寒，困于徭役，不能尽力农亩。其移文戒饬郡邑，省征徭，劝课农桑，贫乏不给者，发仓廪赈贷之。"

宣德时，内官张善往饶州监造磁器，贪黩酷虐，下人不堪。所造御用器，多以分馈其同列。事闻，宣宗命斩于都市，枭首以徇。

宣德四年，宣宗谕六部都察院曰："国以民为本，民安则国安。朕君主天下，孜孜夙夜，以安民为心。顾国家用度有不得已取之民者，朕犹惓惓轸恤民艰。比闻中外奸弊纷然，嗟怨盈路，皆由尔等不体朕心。凡朝廷科买一物，辄差数人促办，所差之人，又各有亡赖十数为之鹰犬，百倍科征。民被箠楚，不胜其毒。百分之一归官，余皆入于私室。人之困苦，罔所诉告。尔等非不知之，盖实纵其所为。风宪耳目，非不闻之，亦略不纠举，此岂仁人君子之心哉？自今当洗心悔过，以革前弊。朝廷有紧切重务，慎选廉公官员催办。不及之事，悉不许差人，假公营私，扰吾良民，违者罪之。"

内官袁琦、内使阮巨队，初往广东等处公干，以采办为名，虐取军民财物。事觉，宣宗命凌迟琦、斩巨队等十人。

从以上五则来看，宣宗皇帝是一手抓利民，一手抓廉政。任何一个朝代的任何一个皇帝，若要处理好国家大事，首先要解决的便是官与民这一对矛盾。官的主要问题一在昏庸，一在腐败。民的首要问题是要有安居乐业的条件。而老百姓安居乐业的前提，是当官的要勤政廉洁，心中装着老百姓的利益，而不是自己的贪欲。宣宗从小在祖父与父亲两代皇帝的教导与示范下，于政事的历练，已是驾轻就熟。他始终如一的亲民思想，绝不是作秀，而是发自内心的冀求。所以，他对于扰民害民的官员非常痛恨，惩治起来绝不心慈手软。就说那个被他杀掉的袁琦，是他小时候的"大伴儿"，用今天的话说，就是男保姆。袁琦一直伴随宣宗度过童年、少年和青年。宣宗对袁琦非常信任，甫一登极，就任命他为司礼监掌印太监。这个职位称为"内相"，是皇上的大内总管。袁琦自以为深得宣宗宠信，故在广东采办御用物品时大肆敲诈百姓，宣宗于是将他凌迟处死。通过这件事，所有为官之人都知道宣宗的肃贪是动真格的，于是有所收敛，贿门与幸门一时间堵塞了许多。

宣宗惩治了官身上的"贪"字，回过头来再治理老百姓身上的"贫"字，阻力就会小得多。

二

却说宣德六年（1431）早春的一天早上，京城尚在严寒之中。宣宗将部院大臣召到皇宫左顺门。宣宗在门厅里坐下后，招手让吏部尚书郭琎走上前，从怀中取出一卷纸札说："朕昨宵不寐，思农民之艰难，能使之得其所，则在贤守令。因作此诗。卿常为朕择贤，毋使农民受弊也。"

郭琎诚惶诚恐接过御制的《悯农诗》，诗是这样写的：

农者国所重，八政之本源。
辛苦事耕作，忧劳亘晨昏。
丰年仅能给，歉岁安可论？
既无糠覈肥，安得缯絮温？
恭惟祖宗法，周悉今俱存。
遐迩同一视，覆育如乾坤。
尝闻古循吏，卓有父母恩。
惟当慎所择，庶用安黎元。

此诗绝无文采可言，但评判此诗的价值，亦绝不能用文学的标准。宣宗无意当诗人，不肯在雕章琢句上下功夫，偶尔写诗，也全是为政治服务。作为帝王，这不是缺点，而是一种优点。宣宗在这首诗内，一再感叹农民的艰辛，他的这种忧患意识的形成，一是受乃父仁宗皇帝的熏陶，二是自己亲政以后的经历。这里再讲一个故事：

宣德五年（1430）的春上，宣宗奉太后之命，前往天寿山祭扫仁宗陵墓。回来路上，他看到路边远处地垄上有农民耕种，于是驻辇，在二三随从的陪侍下来到田间看望种地的农民。他从耕者手上接过耒耜推了三下，对随从说："朕三举耒，已不胜劳，况常年劳作乎？人常言劳苦莫盛于农民，信矣。"耕者开头并不知道操耒者是当朝皇帝，一旦知晓后，当即跪下拜呼万岁，然后恭谨回答皇上的提问。从天寿山归来，宣宗感慨万千，于是写了一篇文章，单记此事：

>庚戌春暮，谒二陵归。道昌平之东郊，见道旁农者俯而耕，不仰以视，不辍以休。召而问焉，曰："何若是之勤哉？"跽曰："勤，我职也。"曰："亦有时间而逸乎？"曰："农之于田，春则耕，夏则耘，秋而熟则获，三者皆用勤也。有一弗勤，农弗成功，而寒馁及之，奈何敢怠。"曰："冬其遂逸乎？"曰："冬然后执力役于县官，亦我之职，不敢怠也。"曰："民有四焉，若是终岁之劳也，曷不易尔业，为士、为工、为贾，庶几乎少逸哉？"曰："我祖父皆业农，以及于我，我不能易也。且我之里无业士与工者，故我不能知。然有业贾者矣，亦莫或不勤。率常走负贩，不出二三百里，远或一月，近十日而返，其获利厚者十二三，薄者十一。亦有尽丧其利者，则阛室失意，戚戚而忧。计其终岁家居之日，十不一二焉。我业是农，苟无水旱之虞，而能勤焉，岁入厚者可以给二岁温饱。薄者一岁可不忧，且旦暮不失父母妻子之聚，我是以不愿易业也。"朕闻其言，嘉赐之食，既又问曰："若平居所睹，惟知贾之勤乎？抑尚他有知乎？"曰："我鄙人，不能远知，尝躬力役于县，窃观县之官长二人。其中一人寅出酉入，尽心民事，不少懈，惟恐民之失其所也，而升迁去久矣，盖至于今民思慕之弗忘也。其一人率昼出坐厅事，日昃而入，民休戚不一问，竟坐是谪去。后尝一来，民

亦视之如涂人。此我所目睹，其他不能知也。"朕闻其言叹息，思此小人，其言质而有理也，盖周公所陈无逸之意也，厚遣之，而遂记其语。

宣宗皇帝把这两篇文章交给了时任都察院左都御史的塞义。都察院的职责是监督官员的行为，纠弹不法者。其作用类似于今天的中纪委。宣宗皇帝把这篇文章交给塞义，其意不言自明，就是要他对扰农害农懈于政事的官员加大稽查与打击力度。

从执政者的角度讲，勤政、廉政已属非常不容易，在这个基础上，再提出有利于国计民生的方针政策，就更为可贵。宣宗把亲民作为基本国策，亲民的重中之重又放在农民问题上，这一点，在他留下的谕旨与谈话中，随处可见。大凡一个好的政策，一经提出，就得始终如一地坚持，如果不抓落实，再好的政策也是画饼充饥。宣宗深知这个道理，为了把悯农的国策落到实处，从登基之日开始，他几乎每年都有新动作。用今天的话讲，皇上有思想力，大臣必须有执行力。若执行力不够，则再好的思想与国策都无法得到有效的贯彻。宣德六年（1431）春，宣宗发表了上面引述的《悯农诗》，第二年即宣德七年（1432）春，他又公布了新写的《织妇词》：

昔尝历田野，亲睹织妇劳。
春深蚕作茧，五月丝可缫。
缫丝准拟织为帛，两手理丝精拣择。

> 理之有绪才上机，弄杼抛梭窗下织。
> 斯螽动股织未停，鸡声三号先夙兴。
> 机梭轧轧不暂息，辛勤累日帛始成。
> 呜呼，育蚕作茧，未必如瓮盎。
> 累丝由寸积为丈，上供公府次豪家，
> 织者冬寒无挟纩。
> 纷纷当时富贵人，绮罗烨烨华其身。
> 安知织妇最辛苦，我独沉思一怜汝。

农人与织妇，都是我们通常所说的弱势群体。皇帝以九五至尊之身，亲自写诗表述他们的痛苦，对全国的各级官员，起到了很好的示范作用。在这首诗前，宣宗还写了一个短序：

> 朕尝历田野，见织妇采桑育蚕缫丝，制帛累寸而后成匹，亦甚劳苦……朕非好为词章，昔真西山有言：农桑衣食之本，为君者当诏儒臣以农夫织女耕蚕劳勤之状，作为歌诗，使人诵于前，又绘为图，揭于宫掖，布之戚里，使皆知民事之艰，衣食之所自。朕所以赋此也。

宣宗在序中明白告诉世人他"非好为词章"，之所以屡屡作诗作赋作文，乃是为了使用这一简捷便利的方式，一再向大臣们灌输他的悯农思想。他的曾祖父朱元璋在进行明代的制度建设时，亦是鼓励农耕，奖勤罚懒。他就农业所制订的政策，非常细致。比如说每户农民房前屋后应该种多少棵果树，多少棵桑树，都有详细的规定。可以说，在朱元璋的时代，重农的政策大体备矣。但真正抓落实，还是在宣宗皇帝手上，此时，距朱元璋的大明王朝的开创，已有六十多年了。

所以说，宣宗一朝，税简徭轻，官场的腐败得到遏止，农民真正得到了休养生息的机会，这是一段好时光。

大玩家正德皇帝

一

大凡当皇帝的人，因为要行天子之威，故大都能够注重自己的公众形象。尽管也有皇帝在背后胡作非为，但在公众场合下，一般都会收敛形迹，给人以表率天下的威仪。

明朝的皇帝，虽然鲜有可称"大帝"之人，多数皇帝私下也有一些怪癖，但在大庭广众面前，尚不致有太出格的行为。但也有一个例外，那就是明代的第十个皇帝朱厚照。

朱厚照是弘治皇帝朱祐樘的嫡子。所谓嫡子，就是皇后生的儿子。妃嫔所生，称为庶子。朱厚照于弘治四年（1491）九月二十四日出生，据传其母张皇后梦白龙据腹而产下贵子。白者，五行对金，方位为西，主兵象，故朱厚照的庙号，被称为武宗。

武宗的父亲孝宗，年号弘治，在位十八年。孝宗的父亲宪宗朱见深，年号成化，在位二十三年。武宗的爷爷和父亲，在位时间都不短，两人都是守成之帝，虽无大的建树，亦无大的过错。

但自武宗继位以后，明朝的纲纪与吏治迅速变坏，所以说，他是一个让明代的社会迅速变脸的人。究其生平，客观地讲，武宗为人率真，不矫情做作，这是可爱之处。但若以皇帝的要求来衡量他，则太过胡闹。

二

武宗两岁被册立为皇太子，十五岁登皇帝位。第二年大婚，同时娶三个女人。皇后姓夏，是中军都督府都督同知夏儒的长女。另两个女人，一姓沈，册为贤妃；一姓吴，册为德妃。

皇帝的后妃，征选的条件非常苛刻。端庄、贤淑、知书达理，这都是缺一不可的硬指标。这样的女人非常崇高，但不一定可爱。从小就按严格的礼教训练的皇帝，从其做人的准则中，应该接受这样的女人为妻。但毫无浪漫可言的礼教对皇帝行为的约束力非常有限。如果皇上身边的太监作风正派，不以旁门左道引诱皇上以获宠，后宫倒也不至于秽乱。若太监尽张耳目，为皇上的声色犬马大开方便之门，则内廷的道德秩序，将会悉数破坏。

朱厚照登基时才十五岁，此时的心智尚不健全，极易受到引诱，而他身边以刘瑾为首的一帮太监，却以引诱皇上寻花问柳为能事。皇上不比老百姓，可以随便找个地方安歇。他每晚宿于何处，和后宫的哪一位妃嫔睡觉，都有严格的规定。皇上与后宫的女人们同寝，每九天一个轮回。具体的时间分配是：才人宫女每九人共一夕，一共三夕；世妇二十七人，共三夕；嫔九人，共一夕；贵妃三人，共一夕；皇后一人一夕。照这个算法，皇后每个月可侍寝三次，妃亦可轮到一次，嫔两个半月轮到一次，才女半年都难得轮到一次。这种天子的进御制度始订于周朝，后来各个朝代虽小有改动，但大致遵守。如果皇帝对某一个女人特别喜欢，打破进御制度破格召寝，称为"专宠"，这不但会遭后宫女人们的怨恨，也会受到正直大臣的指责。

武宗在大太监刘瑾的引诱下，几乎一开始就不遵守进御制度。他册定的后妃只有三人。但他每月与这三个女人同床共枕的时间，绝没有超过五个晚上。大部分的时间里，他都在宫内寻花问柳。只要被他看中的女人，不管何种身份，他都要"即刻御之"。这种"通吃"的做法，开头惹到了一点麻烦。

内宫为皇上服务，有一整套的机构，共二十四监局。其中有一个尚寝局，专门负责皇上的寝处。不但安排皇上的睡觉，而且还要详细地记述，每晚宿于何处，什么时间进去，什么时间出来，同睡的女人姓甚名谁，年龄大小，都要详细记录，存入档案。

通过几个月的记录，武宗"行幸"的地方太多，到处采野花，却对后妃非常冷淡。这份记录若留存后世，则武宗的名誉就会受到损害，十六岁的武宗不知道这层厉害，但他身边的大太监刘瑾知道，这位奸宦撺掇武宗，下旨撤销尚寝局。没有了这个监督机构，武宗便每日沉湎于娱乐嬉戏之中而无所顾忌了。

三

年届五十的刘瑾，哄一个十几岁的孩子，只当是好玩的。外廷的官员，几乎每天都有重要奏本递进，等待皇上的批示。刘瑾早就觊觎"批旨"的权力，有这个权力在手，就等于控制了天下的人权和财权。因此，刘瑾往往在武宗玩得最高兴的时候，把奏本送上来请他批示，武宗不耐烦地说："这些奏本，你替朕处理不就行了吗？你干吗要拿来烦我？"刘瑾要的就是这句话，他轻轻松松拿到了批旨之权，一下子就成为权倾天下的人物。而痴迷于玩乐的武宗，每日让刘瑾哄得像吃了"摇头丸"似的，想着的全是怎样变着花样找刺激。

武宗在紫禁城中禁忌太多，不利于玩乐，于是听从刘瑾的建议，另在北海边兴造太素殿、天鹅房以及船坞等建筑。并在太素殿两厢造了很多密室，勾连栉比，名曰"豹房"。武宗每日在这里寻欢作乐，日则跳猿骗马，斗鸡逐犬，角抵蹋鞠；夜则丝竹管弦，调笑娇娃。内侍中，只有他的亲信可以入内。用当时人的话说："豹房只候群小，见幸者皆聚于此。"

某日，一位亲信内侍向武宗报告了一个消息：锦衣卫都督同知于永擅长阴道秘术。于永，色目人（对西域诸国人的专称）。自唐代开始，色目人移居中国的很多。明代有不少的高官大僚，都是色目人出身。阴道秘术，又称房中术，专门研究男女房事，本属道家学问。于永不知从何处获得。武宗觉得新鲜，立即下旨召见于永。这个于永见了武宗后，出了一个邪主意。他说练房中术，是男女双修，女子以妙龄少女为佳。而且，色目美女"皙润而璀璨，大胜中土"。武宗一听，连忙下旨征召色目美女，并让于永负责这件事。锦衣卫都督吕佐，是于永的顶头上司，也是色目人。吕佐家中养了一群能歌善舞的色目美女。于永矫旨让他从中挑选十二个送到豹房，所谓矫旨，就是假传圣旨。这个于永练阴道秘术，大概对吕佐家中的色目美女垂涎已久。但因是上司家中的尤物，他无法得到。所以趁此机会，将这些美女献给武宗。这可能是对吕佐的一个报复。

武宗得到这十二个色目美女后，便以她们为对象，跟着于永练习房中术。道家所创这门学问，本意是调剂阴阳，以利养生。但到了帝王与豪门手中，则成了寻欢作乐的技术上的支持，时而场中的歌舞，时而床上的欢娱，武宗夜以继日，玩得天昏地暗。过了些时，武宗觉得十二个色目美女不够他折腾，于是下旨，在所有色目籍的侯伯以及京官中征召色目女人，不但是姑娘，就是少妇也一律在选。于是，太素殿旁的豹房里，进进出出的，全都是色目美女。其中美艳者，哪怕是官员们的妻妾，只要被武宗看中，也得留下伴宿。

有一天，武宗又得到密告，言于永有一个女儿，长得很漂亮，但一直藏着没有上献。武宗便将于永召来饮酒，乘着酒兴命令于永回去将他的女儿带来。于永不肯将女儿拿出来让武宗糟蹋。于是，他找了另一户人家的色目娇娃冒充自己的女儿送上，武宗不知，对这女孩子喜爱有加。他越是充分表达爱意，于永越是担心。因为他欺骗了皇上，按大明刑条，这是有杀头之罪的。于永于是装病，说自己得了风痹症，行动不便，请求告老还乡。武宗恩准，并让他儿子袭职。

武宗在登基的头五年，每天都是在游戏与女色中度过，而把国事尽数委托刘瑾处理。换句话说，等于刘瑾当了五年皇帝。正德元年（1506）户部郎中李梦阳在本部尚书韩文的安排下，给武宗写了一份奏疏，弹劾皇上身边最为得宠的八个宦官。这八个人是：马永成、谷大用、张永、罗祥、魏彬、丘聚、刘瑾、高凤。时称"八虎"。李梦阳在奏疏中历数"八虎"犯上作乱，横行霸道的种种罪行，强烈要求皇上把这八个人杀掉。

奏疏既成，韩文又安排朝中各部院一些有名望的大臣一起签名。如此一来，这篇奏疏就不是某一个官员的意见，而是整个文官系统表达出的愤怒。武宗拿到这份奏疏后，顿时吓得哭了起来。他才登基不久，只有十五岁，既没有任何执政经验，又没有勇气做任何决策。杀这八个人，他是绝对不同意的，因为这八个人从小跟着他，教他捉蟋蟀、赶兔子、踢线球、唱戏、玩女人，所有找乐子的事，都是这八个人教他干的，他一刻也离不开他们，但他又没有胆量惩治闹事的大臣。两相为难，所以才哭。

那八位太监一刻不离武宗的左右，看到武宗哭，他们也都跪下，围着武宗哭。武宗完全被这帮小人控制了，并终于下定决心，立即提拔最坏的刘瑾为司礼监太监，马永成为东厂提督，谷大用为西厂提督。

此令既出，令部院大臣们感到震惊，首先是内阁大学士刘健、谢迁、李东阳三人一齐辞职，武宗准了刘健与谢迁，而留下了李东阳。户部尚书韩文，是这件事情的策划者，刘瑾一伙不会放过他，给他的处分是"削职为民"。

武宗从此无人掣肘，更加沉湎酒色，耽于娱乐。不到四年时间，在刘瑾的专权下，朝廷局势急转直下。官场贿赂风行，民间盗贼蜂起。任何时候，只要政府机构中贪官一多，老百姓的日子便会难过。正德四年（1509），不堪盘剥的老百姓便开始造反。湖北沔阳、四川保宁、江西东乡等地，都有饥民揭竿而起，而皇帝的本家安化王朱寘鐇，也在宁夏举兵发难，打着"清君侧"的名义，要取代武宗来当明朝的皇帝。

武宗这一次慌了神，连忙派兵围剿，并将遭受诬陷被刘瑾先下狱、后告老还乡的原陕西巡抚杨一清请出来"总制军务"。杨一清很会打仗，又精于国事。正是他巧施妙计，让武宗相信刘瑾有谋反之心，最终下定决心将刘瑾凌迟处死。

四

清除了刘瑾这个"国蠹"，加之各地的造反都被镇压，朝廷局势渐得缓解，稍微紧张了一阵子的武宗，又开始了新一轮的寻欢作乐。

武宗一辈子喜欢女人，不同的是，正德五年（1510）之前，他玩弄的都是少女，且特别喜欢色目女郎，这大约是跟于永练习"房中术"的原因。但自正德五年（1510）后，他的胃口有了改变，开始喜欢"小嫂子"了。

却说正德五年后，有一个名叫江彬的小人，得到了武宗的赏识。这家伙原是蔚州卫的一个指挥佥事，下等军官。因前往内地剿匪，脸上中了一箭，作为"功臣"，他得到武宗的召见。想是他的机警与剽悍得到了武宗的赏识，便将他留在豹房侍候。不久，武宗心血来潮要去捉老虎。待饿虎从铁笼中放出，武宗与之相搏。他哪是老虎的对手，眼看就要被老虎吃掉，亏得江彬在跟前，打退老虎救了武宗一命。从此，武宗对江彬更加另眼相看，甚至心血来潮认这个比自己大了十几岁的人为干儿子。江彬于是变成了朱彬，成为武宗面前的第一位大红人。他的邪恶狡诈，比起刘瑾来毫不逊色。

据我猜想，当时的武宗，虽然才二十岁年龄，但因性事太多，加之练"房中术"走火入魔，恐怕已得了阳痿不举的毛病。江彬知道这一点，便想对症下药，找一个风骚一点的女人来给皇上治病。

一天，江彬向武宗密报：后军都督府右都督马昂，有一个非常漂亮的妹妹，已经嫁人了，并怀有身孕，此女乃无上妙品。武宗一听，立即下旨，召此女来豹房相见。这位马氏小媳妇端的了得，不但长得漂亮，且善骑射，解胡乐，会番语，调笑与演艺之事，几乎无所不能。武宗一见，如同饮了销魂散，当即就把马氏留在了豹房。一夜云雨之后，武宗容光焕发，从此就离不开这个小媳妇了。马氏一门因此飞黄腾达，内廷的太监们，直接呼马昂为"大舅"。武宗多次骑着马，仅带几个随从跑到马昂家中通宵达旦地饮酒。某次半醉中，他听说马昂的小妾很漂亮，便闹着要见，马昂知道若让小妾出来，立刻就会同妹妹的遭遇一样，成了武宗的"吃食儿"，因此谎称小妾正在生病不能见客。武宗一听顿时生气，起身而去。从此，马氏兄妹失宠。

江彬受宠的时间要比刘瑾长得多，他引诱武宗干下的荒唐事也多得多。

正德十二年（1517），武宗不同任何大臣打招呼，突然穿着戎装，带着江彬等几十个亲信扈从，从德胜门出了京城，到了昌平州。阁臣闻讯，连忙召聚六部大臣骑马追至沙河，苦劝武宗回宫。武宗不听，说是要去宣府（即今天的大同境内）视察边防。大臣们要随驾，武宗也不准。大臣们怏怏而返。

江彬是宣府人，所以引诱武宗开始这次西北之行。武宗到了宣府后，即下旨在此营建镇国府邸。此前，他已下旨吏部，册封自己为"镇国公大将军朱寿"。总制天下军务，并颁赐印信。他要在宣府建镇国府，盖源于此。

明朝的宣府，是雄踞西北的军事重镇，也是进出西域的重要通商口岸，因此是西北最为繁华的城市。此地三多：军人多、商人多、乐户多。所谓乐户，多为罪官后代，一人乐籍，则世代不可脱。乐户地位卑下，既不能参加科举考试，亦不可异地而居。甚至通婚，也只能在内部进行。乐户一般为军队服务，所以军人多的地方，乐户就多。尽管乐户是"贱民"，但毕竟都是从事歌舞的职业艺术工作者，因其工作的需要，乐户中的女子大都温婉动人，是"美目盼兮，巧笑倩兮"的尤物。

江彬是风月场中的老手，他撺掇他的"皇帝干爹"来宣府，巡边是假，寻欢是真。一个当皇帝的人，如果失去了道德自律的能力，又不肯接受大臣的监督，则天底下所有的荒唐事，只要他想得出来，就一定做得出来。武宗就是这样。

武宗此次在宣府住了大半年时间，不管大臣们怎样做工作，甚至科道官员陈说皇上离宫的后果如何如何不利，他一概不听，铁定了心思要在宣府住下去。他住在宣府干什么呢？他每天白天睡觉，晚上就出来喝酒行乐。他每晚出行，并无固定的目标，骑着马离开行宫，看到高屋大房就纵马驰入，或索酒食，或搜罗妇女。因他是皇帝，谁也不敢反抗。宣府城中的大户人家，个个都苦不堪言。于是他们都托门子找江彬说情，让皇上不要去他们家中行幸。江彬趁机大敲一笔钱财。

这年冬天，宣府奇冷，冰雪塞路，后勤供给不能及时保障，武宗行宫的取暖出了问题，江彬下令拆毁城中民居，以取木材供灶。宣府于是市肆萧然，白昼闭户。

到了第二年立春这一天，武宗决定在宣府举行迎春大典。他下旨从各地调来几十个戏班子，又让老百姓筹备百戏杂陈的庙会。到了这一天，他还别出心裁地把大半年搜罗来的数百名美女和召聚来的和尚们弄到一起，分乘几十辆"花车"招摇过市。每辆车上几十个人，一边是盛装出场花枝招展的美女，一边是身着缁衣手持法器的和尚。更有荒唐处，武宗命令在车盖上悬着一串串用猪尿脬做成的彩球，让和尚们全都取下僧帽，伸出光头去和猪尿脬相撞。美人调笑，和尚遭戏，武宗以为快事。

宣府的这段日子，武宗常以"镇国公大将军朱寿"的称谓自居。臣下见了他不敢称皇上，又不敢不称皇上。跪下来磕头，嘴里不知道说什么，备极尴尬。武宗并不介意，他内心讨厌皇帝的生活。

在宣府，武宗虽然亲幸了许多美女，但还没有一个让他心荡神驰。却说他自宣府巡边到了偏头关，命手下到太原城中大索女乐。在这之前的几天，他路过绥德州，当地驻军首领总兵官戴钦设家宴款待。他一到戴宅，就要戴钦把府中的女眷集中起来让他看，结果他看中了戴钦的女儿，当即就将其纳娶。到了偏头关，他虽然有这么一位如花似玉的新娘子为伴，仍不满足，于是城中的美女们，又遭受了一次无法抗拒的"皇劫"。

那一次，究竟有多少美女被搜罗到偏头关武宗驻跸的营房，已不得而知。但值得记载的一件事是：在搜罗的美女中，有一位姓刘的乐户之女，一下子成了花魁，大得武宗赏识。

刘美人是乐户刘良的女儿，晋王府乐工杨腾的妻子。本是个小媳妇，大约长相出众，所以也被选拔。来到偏头关的当天晚上，武宗大宴美女，一眼就瞧中了刘美人，便吩咐她在自己身边坐下。先是赐饮，后"试其技"，武宗大悦，从此就割舍不下了。

武宗对刘美人"试其技"，究竟是何等技能，是婉转歌喉还是床上功夫，记其事者语焉不详。据我推测，恐怕是后者。此时的武宗，因为酒色过度，对美色早就是"心有余而力不足"了。刘美人若非颠鸾倒凤的天生尤物，想让武宗挂牵则是很难很难的事。因为，见惯了美色的武宗，早就患上了不可治愈的"审美疲劳症"。

武宗从偏头关出发，还去了一趟榆林。不知为何，他没有让刘美人随驾，但自榆林归后，他就将刘美人带回了北京。此后有一段时间，两人形影不离，饮食起居须臾不分。近侍们若因事触怒武宗，只要托上刘美人帮忙说句话，武宗必"一笑而解"。因此，武宗身边从江彬开始的一应亲信，都把刘美人当成"国母"对待，一律改称为"刘娘娘"。

一年后，武宗又听信江彬建议，准备到江南耍一耍。事前，他就将刘美人移到通州居住。言明待出发南行后，就派人来通州接上刘美人。与武宗分手时，刘美人从发髻上取下一支金簪交给武宗说："陛下派人来迎妾身，当以此簪为信。"武宗应允，并将金簪收藏起来。

一俟南行起驾，武宗一过卢沟桥，就立即派人到通州迎接刘美人，谁知仓促之间，竟将金簪失手掉入卢沟桥下，遍寻不得。只得让使者带他的口信前往。谁知使者见刘美人后，因拿不出金簪，刘美人深恐有诈，抵死不肯动身。使者只好空手回来。武宗听说后，竟独自下河乘船，昼夜急行赶到通州张家湾，径入刘美人的住宅而迎之。等到他把刘美人领到船上，遇到湖广参议林文缵，一跪下请安，众人这才知道当今圣上到了通州。而卢沟桥畔的那些皇室随从禁军，也慌慌张张找到了张家湾。大家虚惊一场，而武宗却好像什么事儿都没发生，主动提议到林文缵的船上坐坐。这一坐不打紧，看中了林文缵新纳的一个小妾，于是"顺手牵羊"，把这小妾强行要走，伴着刘美人，回到卢沟桥一起伴他南下。

五

武宗几乎一生下来，就处在溺爱中。他几乎不受任何约束，也不知道这个世界上什么事情能做，什么事情不能做。公与私、内与外、游戏与公务、自己和他人，这些最基本的界限，好像他都不能理解。历代皇帝中，再没有一位像他这么天真、坦率而又胡闹到极致的。

还有几则小故事，说明他是大明王朝空前绝后的大玩家。

他即皇帝位后，每年元宵节，都要花几万两银子在乾清宫外举办鳌山灯会。每次灯会，仅黄蜡就得用三万多斤。正德九年（1514），灯会期间，因内侍不慎引发了火灾，黄蜡与火药等易燃易爆品，一起点燃，数重宫殿顷刻间被烈焰包围。住在豹房的武宗听说火灾发生，连忙登高观望。自二更至天明，乾清宫前后的宫殿全部化为灰烬。武宗却不以火灾引发的灾难而伤心，反而兴奋异常，对身边的宠幸赞叹："是好一棚大烟火也！"

武宗从小对佛教极有兴趣，用当时人的赞语，他是"佛经梵语无不通晓"，武宗最为心仪的是藏传佛教，对"番僧"尤为礼敬。他登皇帝位后，便将北京大隆善寺的住持星吉班丹封为国师；大慈恩寺住持乳奴领占封为大法王，受封的"番僧"不下数十位。这些禅师都是他豹房中的座上宾。其时，西宫的一位宫女有愿削发为尼，武宗非常高兴，亲自穿起袈裟，自称法王，为这位宫女剃度，并安置在番经厂中，一时传为佛教中盛事。

武宗好出游，每以行宫不适为苦，听说西域的毡房很好，便下旨陕西营造。陕西巡抚倾全省财力以及能工巧匠，花了整整一年时间，建造出铺花毡房一百六十二间。这些可拆可装的毡房、门堂、廊庑、户牖、影壁、围幕、地衣、桩橛、窗几等建筑样式应有尽有，极尽奢华。武宗看后，非常高兴，自此，每每出外狩猎、游玩，就带着这流动的行宫。仅仅为之装卸的兵夫就有数千人，他也不以为这是挥霍国家的财力。

正德十四年（1519），武宗南行至扬州，忽然动了狩猎的念头，便在扬州城外大猎三日，随他南行的数百名军士参与狩猎，田地践踏无数，禾苗惨遭蹂躏。但三天的猎物仅有几只獐子和野兔。武宗觉得不过瘾，还想进一步增加猎手，扩大战果，幸亏刘美人谏止，地方上才免于更大的灾难。但这一路行来，他已颁布了一些让人匪夷所思的旨令，譬如说凡他所经之处，民间不准养猪，从京城至扬州，数千里地的生猪被屠杀殆尽。以致这年年底，民间祭祀，三牲中无猪可用，只好用羊代替。

六

武宗死的时候，只有三十一岁。他致死的原因，是正德十五年（1520）的重阳节这一天，在淮安境内的湖泊上，他心血来潮要学渔翁捕鱼，于是自驾一只小渔船划向湖心，由于驭船技能欠佳，导致小船倾覆，这位皇帝呛了一肚子水，差点被淹死，虽然被人救起，却因惊吓而龙体不豫。回到北京，又演出了一场百官恭贺朱寿大将军南师凯旋"献俘于阙下"的闹剧。在南郊举行仪式时，他呕血于地，不能终礼，几个月后就"龙宾上天"了。

纵观武宗的一生，可谓乏善可陈。他当了十六年皇帝，小人们被宠幸了十六年，正直的大臣受了十六年的窝囊气，老百姓也遭殃了十六年。在历史的长河中，十六年只是一个短暂的时段，但置身其中的人民，却是度日如年，让一个又一个的不幸，串起这一段黯淡的时光。读者或许会问，这么一个胡闹的皇帝，人民为什么会容忍他呢？天下的读书人，为什么还会效忠他呢？可以说，这就是讲求三纲五常的儒家文化对人心的束缚。史载：当武宗听了江彬的怂恿，要南行游耍时，朝中大臣大部分都持反对态度。最后发展到三百多位文臣联名上疏谏止。在以往与朝臣的对立中，武宗最终都取得了胜利。这次也不例外，武宗宣布将所有反对他南行的官员集中到午门广场上施行廷杖的惩罚。带头闹事的人打三十大板，最轻的也要打五大板。让三百多名官员一齐挨揍打屁股，可谓让文官的颜面丧尽。尽管如此，一个比泰山还要沉重的"忠"字，让大明王朝的这些文官，在受尽屈辱之后，依旧回到各自衙门的值房里，担负起为这位胡闹皇帝治理国家的责任。

文官们可以忍辱负重，但历史自有它无法更改的轨迹。大明王朝经过武宗一朝的胡闹后，已渐渐露出下世的光景。

2006年4月3日—5月2日写于武汉

肚子里的小人

一

大约是1558年的秋天，已经在龙椅上坐了三十七年的嘉靖皇帝，在庆祝自己生日的当天，收到了一份奇特的礼物。这礼物是由一百八十一棵灵芝组成的巨大的芝山。这些灵芝天然生成，棵棵鲜活。最大的几棵，直径在一尺八寸之上。

照例，如此珍贵的礼物都经由礼部查验，然后才呈至大内。这座芝山的敬献者，是陕西鄠县的细民王金。我觉得"细民"这个词用得极好，一是点明王金的弱势地位，二是为他日后的飞黄腾达也留下了卑琐的想象空间。此人敬献芝山之前的行迹，已泯不可考，但由于这次敬献，他立刻成了名动朝野的著名人物。嘉靖皇帝对他敬献的这份名为"仙应万年芝"的礼物非常喜爱，顿时给王金颁赐了很多金帛。

在中国人的精神生活中，对祥瑞、神异、宿命、果报之类的事，似乎特别相信。即使在科技十分发达的今天，此类灵异之事，仍有不小的市场。许多受过高等教育的人，对求神问卦乐此不疲，单纯用愚昧或者无知来指斥，恐怕太过简单。每个人都渴望知道未来，而且，他们对自身经历的乖戾之处又不能做出合理的解释，于是就相信冥冥之中另有一股力量，并对那些想象的神祇顶礼膜拜。如果说这个现象在今天的主流生活中，还没有占到显著的位置，在三百多年前的明代，上至君王，下至庶民，莫不都对灵异之事深信不疑。

再说嘉靖皇帝收到王金送上的芝山之后，其喜爱之情溢于言表。在民间，有"千年灵芝万年龟"的说法，嘉靖皇帝将这座芝山视为自己"万寿无疆"的象征。取悦皇上历来是官场的通病，嘉靖皇帝对祥瑞的浓厚兴趣，立刻引起许多官员的极大关注。就在王金敬献芝山的三个月后也就是1558年的岁暮，礼部向嘉靖皇帝报告，各地所敬献的灵芝共有一千八百零四棵。嘉靖皇帝将这些灵芝逐一浏览，认为直径在一尺以上的大灵芝还是太少，于是下诏，命各地"广求以进"。

嘉靖皇帝喜欢灵芝，不仅仅是因为祥瑞，而且他还听信方士之言，认为吃了灵芝长生不老。于是他下令内阁辅臣严嵩、李本等将各地敬献的灵芝炼成丹药供其服用。严嵩作为首辅，不以国事为重，每日跑到南苑为皇上看护丹灶，降格为神神道道的方士。可是历史就是这样，它不会给你纯粹的优雅与足够的庄严，它常常以夸张与怪诞的方式来表达自己的宗教情感。事实上，在历史上留下骂名的严嵩，正是摸清了嘉靖皇帝喜祥瑞、好斋醮的心理，才放弃读书人应有的操守而对症下药进行钻营。正因为如此，他才得到嘉靖皇帝的宠信，历二十年而不衰。昏君与佞臣之间的关系，类似于鸡与鸡蛋的关系。究竟是先有鸡还是先有蛋，衍生开来，就是究竟是先有昏君还是先有佞臣，单从理论上讲，很难说得清楚。但若讨论具体的个案，则不难作出判断。正德年间，是因为先有佞臣大太监刘瑾，而后才有胡闹的武宗皇帝；而嘉靖一朝，则肯定是先有世宗，也就是嘉靖皇帝的昏庸，才产生了严嵩这样的奸相。

其实，与严嵩同为阁臣的另一位叫徐阶的人，在浑噩的朝政中，倒没有被斋醮与丹灶的青烟熏得迷失方向。这位徐阶是松江人，状元出身，有名的江南才子。严嵩柄政，不但忌才，而且忌德。因此，在他威严熏灼之时，所有德才兼备的人，几乎都得不到重用。徐阶的才与德，在当时嘉靖皇帝的股肱之臣中，属于凤毛麟角。正是他，从死牢里放出了海瑞。也正是他，发现了张居正的才干，将他收至麾下精心培养。但徐阶与严嵩共事二十余年，竟然相安无事，这不能不说是一个奇迹。只能说明他的明哲保身又不同流合污的为官技巧，的确胜人一筹。最后，也正是他，利用了嘉靖皇帝信任方术的特点，最终把严嵩踢出政治舞台。这一事件的过程，非常富有戏剧性，因不属本文探讨的内容，只得另篇专述了。

却说身为首辅的严嵩，每日非常勤勉地为皇上炼制灵芝丹药，而次辅徐阶却不肯去南苑斋醮地，而是端坐在文渊阁的值房里，处理一团乱麻的国事。按理说，这样的大臣应予褒奖，但嘉靖皇帝却不然，他认为徐阶这样做是对他的不忠。于是他把徐阶找来，当面讥刺这位辅臣："卿以政本为重，不以相溷也。"

这一次谈话，让徐阶诚惶诚恐。他知道再不奉承皇上，灭顶之灾就会立至。于是立刻向嘉靖皇帝请求，恩准他能每日到南苑，像严嵩、李本两位大臣那样为皇上效命炼药，嘉靖皇帝这才转怒为喜。

威加四海的皇上与运筹帷幄的大臣都在谬见的河流中洗礼。为了投其所好，一时间，中国的大地上，无论是荒漠万顷的西北还是潮润富饶的东南，都成了千年灵芝的温床。首先是浙直总督胡宗宪，在其辖区内发现了硕大的白色灵芝和白色的灵龟。这位大将军用快马将这两样灵物送至北京御前。嘉靖皇帝大喜过望，当即决定打开玄坛祷谢天地，同时到宗庙祭告列祖。当然，胡宗宪也因此升官，嘉靖皇帝赐给他一袭鹤袍。按明代官袍等级，鹤袍为一品官服。

看到胡宗宪献瑞得到了甜头，各地官员竞相仿效。陕西抚臣陈执、按臣李秋，献上了白鹿和白色灵芝，并说这白色灵芝是长在当地的万寿宫中，明眼人一看就知道这是诡称，意在博得龙颜一粲。嘉靖皇帝竟然深信不疑，仍然是开玄坛祭祖庙，赏赐献瑞官员。此风后来愈演愈烈，到了嘉靖四十一年（1562），仍是那一位鄠县的细民王金，再次上贡大礼——超过两尺直径的五色大灵芝和一只五色的彩龟。嘉靖皇帝对这两样登峰造极的祥物大喜过望，下旨礼部："龟芝五色既全、五数又备，岂非上元之赐。仍告太庙，百官表贺。拜金为御医。"

明代的典籍中，对这一次百官的表贺隐然不存。但可想而知,那数百篇谀辞充斥的颂文读起来是多么的肉麻,它们是官场卑劣心理的一次大检阅、大荟萃,所以还是不读为好。但是,王金却因为这两次"技压群雄"的大敬献,一下由细民的身份跃升为皇帝的御医。如此登龙有术,天下所有经历过十年寒窗的读书人,听了岂不汗颜?

偏偏王金得寸进尺,当上御医的第三年,他又在嘉靖皇帝的寿辰之日,再次敬献三座"万寿香山"。这三座香山上,共长了三百六十棵灵芝。嘉靖皇帝仍然是"大喜过望",赐给王金三品大臣的待遇。

王金这种人,历史上称为嬖幸,其特点是以旁门左道博取皇上的欢心。他对皇上的三次敬献,实乃是嘉靖一朝的闹剧。可是,导演这场闹剧的,正是嘉靖皇帝自己。

二

明朝的开国皇帝朱元璋,生性多疑,对周围的一切都充满猜忌。这与他少年时代尝过太多的苦难而从未受过正规的教育有关。据传,他在登基的当天,黄袍加身之后,曾兴奋地对辅佐他打下江山的刘基说过一句话:"本是一路打劫,谁知弄假成真。"跟随朱元璋多年的刘基,知道这位开国皇帝多疑的禀性,立即跪下回道:"陛下天生龙种,此番登极,实乃君权神授。"这一回答,提醒了朱元璋,他立刻掉头望去,只见一个太监站在门口,他问那名太监听到了什么？太监心知如果据实回答，承认自己听到了他们君臣之间的对话，必然会掉脑袋，情急之中装哑巴嗷嗷乱叫，朱元璋这才饶了他一条命。

这则故事的真实性虽可怀疑，但编撰者的确摸透了朱元璋的心性。这位和尚出身的皇帝，逃出禅门的沙弥，因为无法证明自己出身的高贵，因此特别需要让世人明白"君权神授"的道理以及他的"天生龙种"的特殊身份。这种偏狭的政治观念导致了祥瑞、神异、宿命、果报一类的所谓"天人感应"的现象，在明代的政治生活中大行其道。

洪武年间，坊间曾流传一故事，说朱元璋微服出访，夜宿旅店。在店中院内，有两人在观星象，一人说："你看帝星，今晚不在宫位，他会跑到哪里去了呢？"另一人回答说："这颗帝星不但外出，而且头还向着西边。"朱元璋在房间里听见，一看自己果然头朝西边躺着。他便故意掉了一个头，朝向东边。立刻，院子中那人又说："奇怪，刚才头还朝西边，怎么一会儿又朝向东边呢？"朱元璋在房内听见，顿时相信"天象难欺，人主不可妄动也"。

在今人看来，这无疑是捏造的天象。可是在明代，此类迷信之事，竟可以让人深信不疑，升斗小民，闾巷编氓者相信神异尚可理解，那些学富五车的读书人亦浸淫其中，则令人匪夷所思。

读书人写文章，有勉强为之与真心流露两种。明眼人一读文章，就知道属于哪一类。明人的笔记文中，几乎没有一本不涉及灵异，也几乎没有一个人对此产生疑问。我有时异想天开地认为，这可能是明代读书人对宇宙认识的一种幽默感，至冷至深的幽默。但又不得不否定自己的判断。因为这些记述只想证明一个道理——躯体内的实在的生命，受制于冥不可见的神灵。

由于读书人的介入，由祥瑞、神异等组成的"神秘文化"，才变成了明代文化中一道不可理喻的风景。一些好钻牛角尖的学者，毕其一生的智力，做一些古怪的研究，兹举两例：

偶友人言北斗第四星不明，主天下官无权。此与古占异。北斗七星，一至四为魁，五至七为杓。第一星曰天枢，二曰璇，三曰玑，四曰权，五曰玉衡，六曰闿阳，七曰摇光。枢为天，璇为地，玑为人，权为时，玉衡为音，闿阳为律，摇光为星。石氏之第一曰正星，主阳德，天子之象；二曰法星，主阴刑，女主之位；三曰公星，主祸害；四曰伐星，主天理，伐无道；五曰杀星，主中央，助四旁，杀有罪；六曰危星，主天仓五谷；七曰部星，亦曰应星，主兵。又云：一主天，二主地，三主火，四主水，五主土，六主木，七主金。又曰：一主秦，二主楚，三主梁，四主吴，五主赵，六主燕，七主齐。张衡云：若天子不恭宗庙，不敬鬼神，则第一星不明或变色；若广营宫室，妄凿山陵，则第二星不明或变色；若不爱百姓，骤兴征役，则第三星不明或变色；若发号施令，不顺四时，不明天道，则第四星不明或变色；若废正乐，务淫声，则第五星不明或变色；若不劝农桑，不务稼穑，峻法滥刑，退贤伤政，则第六星不明或变色；若不抚四方,不安夷夏,则第七星不明或变色。又弼星附乎阆阳,所以助斗成功也。七政星明,则国昌,不明,国殃。斗旁欲多星则安,斗中少星则人恐。弼星明而斗不明,臣强主弱;斗明弼不明,主强臣弱也。天下官奉上行令,安得有权,主强臣弱,其占自明。友人之言,未足据也。

顾起元《客座赘语·北斗》

袁柳庄先生廷玉,在太宗藩邸,屡相有验,登极授以太常丞。太宗一日出宋、元诸帝容命相,袁见太祖、太宗,曰:"英武之主。"自真宗至度宗,曰:"此皆秀才皇帝。"元自世祖至文宗,曰:"此皆吃绵羊肉郎主。"见顺帝,则曰:"又是秀才皇帝也。"太宗大笑,厚赐之。岂顺帝果是合尊太师之苗裔欤?

王锜《寓圃杂记·柳庄相术》

这两则记述,一谈星象,一谈相术。字里行间充满欣赏。人的天性是排斥逻辑的,两者的区别在于,逻辑是实证,而天性可以虚构。所有灵异的东西,与逻辑搭不上边,但是却可以使人性更加虚妄。由逻辑衍生出来的科技与智慧,其作用是让人类理智起来,成熟起来。而灵异则不然,它既可以让人成为神仙,也可以把人变成魔鬼。

朱家的后代皇帝们,由于血缘关系,几乎都承继了朱元璋猜忌与多疑的性格。同时,在他们毫无生气的尊严中,却始终保持了对灵异现象的极大热情。在这一点上,嘉靖皇帝无疑是最突出的一位。

三

　　嘉靖皇帝崇尚道术。我曾说过,中国的道教最难把握。若没有上等根器,不但不能理会"玄而又玄,众妙之门"的道义,反而会因此坠入形而下的道术中而走火入魔,嘉靖皇帝就是这样。他是在武宗皇帝突然驾崩而又没有子嗣的情况下,才得以入承大统。一方面,他因碰到这种"天上掉馅饼"的好事而感激神灵;另一方面,他又怕别人讥讽他继统不正而格外需要神灵的庇佑。因此,嘉靖皇帝的猜忌心几可上追洪武。有一次,一位太医给他治病,因他躺在御榻而衣裳掉在地上而不敢趋近把脉,太医说:"皇上的衣裳掉在地上,臣不敢前。"看过病后,太医还没有离开大内,就有圣旨传到,给这位太医褒奖。嘉靖皇帝说:"该太医忠诚皇上,朕心大慰,他说'衣裳掉在地上',是把朕看作人耳,若说衣裳掉在地下,朕岂不是成了鬼耶!"太医虽得了褒奖,仍不免吓出一身冷汗,他暗忖:我如果说成"衣裳掉在地下",今儿个岂不脑袋搬家?

　　嘉靖皇帝因猜忌而发展到了神经质的地步。他长期沉湎于斋醮而无心政事,对那些造假的祥瑞始终兴趣不减,像前面提到的方士王金,很显然是一个造假的高手。但嘉靖皇帝无论是从感情上还是从理智上，都渴望越来越多的"祥瑞"，所以，他喜欢那些阿谀奉承的造假者和为数不少的胡说八道的官员。

据《万历野获编》记载，嘉靖皇帝登极之初，也曾下诏各地州府再不要献瑞。但是，有一个叫汪鋐的人，以右副都御史巡抚南赣，却不管这诏书，而是寻获甘露而媚上。嘉靖皇帝得到甘露之后，立刻就把自己颁发的"不准献瑞"的诏书抛诸脑后，而破例将汪鋐擢升为刑部侍郎。此后不久，会修《明伦大典》。张璁、桂萼投嘉靖皇帝所好，将汪鋐敬献甘露一事书于卷末，并大加赞语，说是新皇登极，感应天地。嘉靖皇帝又升张璁为吏部尚书掌翰林院，桂萼为兵部尚书。自此之后，终嘉靖一朝，因献瑞得宠者，可以开列出一长串的名单。如果政坛上，都是这样依靠旁门左道而窜踞要津的人位列公侯，则官场的腐败、朝政的混乱，也就可想而知了。事实上，明朝的政治拐点，的确在嘉靖皇帝的统治期间产生。在他之前的武宗皇帝，虽然也是一个胡闹的人，但离前朝的清明政治去时未远，朝中尚有一些股肱大臣心存社稷。到了嘉靖一朝，便变成了由昏君与佞臣共同上演闹剧。今天，我们这些后世的人，只是讥刺这闹剧流秽史册，可怜的是当时的老百姓，只能在恍恍惚惚的昏君的瞀乱中艰难度日。

陆粲的《庚巳编》中，有这样一段记述：

> 齐门外临甸寺，有僧年二十余，患蛊疾。五年不瘳而死。僧少而美姿貌，性又淳谨，其师痛惜之，厚加殡送，及荼毗，火方炽，忽爆响一声，僧腹裂，中有一胞，胞破出一

人,长数寸,面目肢体眉毛无不毕具,美须蔚然垂腹,观者骇异。其师亲为医者陆度说。

读者看罢这则故事,一定会觉得荒诞不经。一个年轻的和尚患了蛊疾。这个蛊竟然是一个藏在和尚肚内的小人。如果把这则故事作为魔幻现实主义的小说看,则置人于死地的"蛊",竟然是"美须蔚然垂腹"的长者,它不但要扼杀美丽,更要扼杀生命。嘉靖皇帝驾崩后没有荼毗,所以,不知道他的肚子里,是否有这么一位"小人"。

第二辑

终明一代，文人中的君子与小人都有代表人物。但两百七十多年的官场，却是以小人居多，这是一个悲剧。

从剃头匠升官谈起

一 剃头匠骤升为正部级高官

朱元璋虽是农民出身,但当了皇帝后,身边服侍的人也多了起来。裁缝庖厨、医卜车夫,一应杂役应有尽有。有一位姓杜的剃头师傅,专门负责给朱元璋打理容颜,职称就叫"整容匠"。这一天,杜师傅为朱元璋修指甲。事毕之后,他把剪下的碎指甲小心翼翼用纸包好,揣进怀中。朱元璋看在眼里,问杜师傅意欲何为。杜说:"指甲出自皇上圣体,岂敢狼藉?卑职将携回家去,谨慎地珍藏起来。"朱元璋斥道:"你胆敢诈我,你为朕修了十几年的指甲,难道都珍藏起来了吗?"杜答:"回皇上,卑职全都藏起来了。"朱元璋命锦衣卫看住杜师傅,再派人到杜家去取指甲。少顷,使者从杜家捧了一个红木匣子回来,只见里面全是碎指甲。使者说:"这个指甲匣子供在佛龛上,匣前摆着香烛敬奉。"朱元璋顿时大喜,命锦衣卫把杜师傅带上来,拍着他的肩膀说:"你这个人诚实知礼,朕很喜欢。"当下,就赏了杜师傅一个太常寺卿的官职。这个太常寺，相当于今天的文化部或宣传部。剃头匠陡升为高官，仅因为收藏了指甲，不要说用今人的观点，就是放在明代当时来看，也是一种令世人瞠目的"异典"。

二 朱元璋可以"乱性"，但绝不会"乱情"

我在很多篇文章里，都揭示了朱元璋性格的多面性。他既是政治平民化的代表，同时又是政治粗鄙化的代表。我历来认为平民并不等于粗鄙，政治也不等于暴力。政治是一门艺术，历代圣贤对此都有很好的揭示，老子说"治大国若烹小鲜"，似可视作政治艺术的完美表现。既然是艺术，从道理上讲就应该是高尚的，而与粗鄙无缘；是宽容的，从而拒绝暴虐。但这两点，朱元璋都做不到。

朱元璋的老婆马皇后，属糟糠之妻。朱元璋尽管娶了几十个老婆，但没有一个人可以充当"第三者"，离间他们夫妻间的恩爱。这并不是说朱元璋如何高尚，而是因为他是皇帝，有条件把"性"和"情"分开。一夫一妻制是社会的进步，小两口也好，老两口也好，性与情必须统一。否则，不是女的"红杏出墙"，就是男的寻找"第三者"。朱元璋可以完全不必研究爱情这门艺术。因为女人对于他来说，任何时候都不会是短缺物资。他不必偷偷摸摸和别的男人一同去分享某个女人。看中了谁，下一道旨就解决问题；因为有了这个特权，他反而有情有义。他可以"乱性",但决不会"乱情",与马皇后两个,始终相敬如宾。

三 因为被怀疑讽刺"大脚马皇后", 朱元璋下令诛杀一门九族三百余人

马皇后脚大,有"大脚皇后"的戏称。有一天,朱元璋指着马皇后的脚谑道:"看你这婆娘的一双天足,天底下没有第二双。"马皇后笑道:"如果有第二双,就轮不到我当皇后了。大脚有什么不好,偌大乾坤,只有这双脚才镇得住。"朱元璋哈哈一笑,暗自得意与马皇后是龙凤配。

此后不久是元宵节,朱元璋微服出行。到了南京城的聚宝门外,见街上一户人家门口悬挂一只彩灯,上面绘了一个大脚妇人,怀抱一只西瓜而坐。朱元璋站在灯下,当时脸色就变了。据他猜度,"怀"谐音"淮",西瓜取一个"西"字,合起来就是"淮西",朱元璋的老家凤阳一带,统称淮西,即淮河的西边,又称淮右。他自己说"朕本淮右布衣,起于田垄",他自己这么谦虚是可以的,但绝不允许别人说他是泥腿子出身。他觉得这盏灯笼上的画是讥刺马皇后乃"淮西的大脚妇",不觉勃然大怒,立即命令锦衣卫将这一家九族三百余人不分男女老幼统统杀掉,如此仍不解气,还将这条街上的所有居民,全部发配到蛮荒之地充军。

因为珍藏他的指甲,一个普普通通的剃头匠成了列籍朝班的

大臣；又因为一幅灯画，几百颗人头落地。朱元璋就是这样，让他的政治一会儿成为一幕荒诞喜剧，一会儿又变成一场令人股栗的恐怖电影。

四 朱元璋一心要给"国防部"一个耻辱

君王的喜怒无常，表面上看是性格问题，究其实，还是社会的制度问题。今天人们常常讲，绝对的权力是腐败的根，绝对的权力又何尝不是产生暴君的温床呢？朱元璋之所以喜怒无常，就是因为他能够治理天下，天下却不能够治理他。所以，碰到他决策正确的时候，天下就无事，他一旦把事情想拧了、抽风了，旦夕之间，不知什么人就会遭殃。

历史中曾有这么一段记述：

某日，朱元璋从言官的奏本得知，京城各大衙门政纪松懈，官员人浮于事。当天晚上，他便亲自上街巡查。走过吏部、户部、礼部等衙门，但见都有吏员值守。到了兵部门口，却是空荡荡无人值守。朱元璋让随行兵士摘下大门旁边挂着的兵部衙门的招牌，扛起来走了。走不多远，一位吏员急匆匆跑过来交涉，要夺回这块招牌。锦衣卫对其呵斥，仍将招牌扛回到皇宫。

第二天，朱元璋召来兵部尚书，斥问昨夜谁在衙门当值。尚书回答说是"职方郎中及其所属吏卒"。朱元璋又问前来抢招牌的那个小吏是哪儿的，尚书回答"该吏亦属于职方司"。朱元璋当即下旨诛杀那个擅自离职不值夜班的职方司郎中。空下的职位，由那个抢招牌的小吏接任，对兵部的处罚是从此不准挂招牌。因此，从这年开始直到永乐皇帝迁都，四十多年来，南京的兵部再没有署榜的招牌。朱元璋一心要给"国防部"一个耻辱，却不管这衙门的尴尬同样关乎朝廷的尊严。

治乱世需用重典，这是中国古代政治的一个特点，但重的分寸很难把握。就像那位官居四品的职方司郎中，仅仅晚上没有在单位值班就被砍了脑袋，无论怎么说，这惩处也重得离谱。

如果说，处理兵部衙门的事属于公务，惩罚再重也还讲得了一点理由。朱元璋对另外一些事情的处理，却真是让人啼笑皆非了。

五　朱元璋替中山王徐达做主休了老婆

中山王徐达，与朱元璋既是凤阳老乡，又是一起打天下的哥们儿。立国后分封，他列为武将第一。徐达作战有勇气，带兵有权威，布阵有谋略，但为人十分谨慎。对朱元璋这位主子，他从来都是毕恭毕敬，并不因为两人是儿时的朋友而稍微马虎。尽管这样，朱元璋仍不免时时敲打他，提醒他君臣之义。有一天，徐达自西北与鞑靼征战得胜归来，朱元璋率文武百官为他庆功。酒过三巡，朱元璋突然对徐达说："你今天回去，就把老婆休了。"徐达听了心里一咯噔，这老婆是他的糟糠之妻，跟着一块"闹革命"，吃了多少苦头啊。老婆脾气有点倔，但夫妻相处多年，早过了磨合期，彼此相安无事，且还恩爱。徐达忖道："不知咱老婆什么事做得不对得罪圣上，让他讨厌。"心里头打小鼓，嘴里却不敢说，只强笑着言道："一切全凭皇上做主。"

朱元璋对徐达的表现大为宽心，仍大包大揽地说："你那老婆不配当中山王夫人，朕已替你物色了一个，今夜，你们就一起过。"徐达一听，惊出一身冷汗，心想：原来他都替我找好了女人，我方才若是为糟糠之妻辩解几句，岂不惹他发怒。他太了解朱元璋了。这个人好的时候跟你称兄道弟，一块划拳猜令闹酒，但他的表情是狗脸上摘毛，说变就变了。徐达哪里知道，在他置身西北打仗期间，朱元璋曾溜达着去他府上，他老婆见当今皇上，没有表示出足够的尊敬，还把天子当作兄弟。这态度引起朱元璋的不满，于是便想着将这个女人从徐达身边赶开。于此可见，在这样一个皇上面前，只有事无巨细奉之唯谨，才有可能免招杀身之祸。

朱元璋替徐达做主休了老婆，在一般人来看这叫小题大做，或者说是狗拿耗子多管闲事。其实不然，在朱元璋的潜意识里，天下的事，不管是大事小事、公事私事，只要他愿意管，就一定能管。只要他动手管，就一定管得住。

在朱元璋看来，徐达老婆在他面前这种不恭敬的态度，时间一长，难免会影响徐达。尽管你徐达军功第一，是咱们一起揭竿的弟兄，但当年是当年，现在是现在。咱现在是皇帝，你只是个臣子，再跟咱表示亲热就等于模糊了君臣的界限，这是绝对不允许的。窃以为，朱元璋替徐达休妻绝不是抽风，而是借此提醒诸大臣：要尊重他皇上的威权。

六　朱元璋的精明，往往以非常粗鄙的方式表现

朱元璋的精明，往往以非常粗鄙的方式表现，这形成了他的执政风格。在中国历史中，这一类的皇帝不在少数，如果讲政治文明，他们是最不文明的统治者了。在他们的政治视野中，混乱的世界，唯有使用暴力才能变得井然有序。对权力的依恋，使他们草木皆兵，把所有人都视为潜在的威胁。如此一来，无论是从统治者还是被统治者方面来讲，其心理都会因为长久的紧张、压抑而导致畸形。老子讲的"无为而治"，可视为政治的瑜伽。它让统治者放松，在祥和的诗意中恢复和谐宽容的政治原生态。

朱元璋最大的悲剧在于，他始终不能放松，他总是用残忍的方式来表现自己的滑稽。像大战风车的堂吉诃德一样，他试图将所有的假想敌置于死地。

朱元璋永远摆出一副饿虎扑食的姿态。他可以纵身一跃，抓住一只狼或一只奔跑的山羊。但是，对于一只机敏的老鼠来说，老虎的威猛便不起任何作用了。

七　头发变龙须——朱元璋转怒为喜

观诸史载，所有与朱元璋硬抗的官员，都没有得到好下场，但那些"老鼠"式的人物，却常常捉弄他这只"老虎"。

有一次，朱元璋进膳时，发现菜里有一根头发，便找来负责庖厨的光禄寺丞，严厉斥问："你为何让朕吃头发，居心何在？"光禄寺丞双膝一跪，装出战战兢兢的样子，颤声回答："启禀皇上，那不是头发。"朱元璋问："不是头发是什么？"光禄寺丞答："是龙须。"朱元璋一听，下意识捋了捋自己下巴上的胡子，笑了笑，给了光禄寺丞几个赏钱，让他走了。

八　嫖妓的驸马爷惹怒了朱元璋

还有一则故事：

洪武中期，朱元璋的一个女婿欧阳都尉招了四个年轻貌美的妓女饮酒作乐。不知谁把这消息告诉了朱元璋。他龙颜大怒，立即下令逮捕那四个妓女。这几个妓女知道死劫难逃，都哭哭啼啼，大毁其貌。一位老吏凑上来出主意说："你们四个人如果给我一千两银子，我保证你们活命。"妓女问："我们愿意出钱，你说如何才能活命？"老吏于是献上一计。妓女们觉得这计策有点悬，但一时又无别的解救之方，只好试试。于是她们重新梳妆打扮，一个个争奇斗艳。锦衣卫将她们押到法司。朱元璋亲自审讯。四位妓女一起跪下，哀求饶命。朱元璋不想啰唆，说一句："绑了，拖出去斩了。"四个妓女站起身来，慢慢脱衣服，她们都刚沐浴过，不但脸上、身上，遍体肌肤都用了最好的香薰。外衣一脱，顿时异香扑鼻。朱元璋不觉耸了耸鼻头，这才拿眼去看四个妓女。只见她们首饰衣着备极华丽，卸去外装后更是肌肤如玉，酥胸如梨。其香、其色、其貌，都让人神魂颠倒。朱元璋愣怔了好一会儿，才叹道："这四个小妮子可可动人，不用说朕的驸马看了动心。朕此时见了，也被她们惑住，好妮子杀了可惜，放了吧。"

老吏出的主意，就是让妓女们"以色惑主"，这一招儿奏效了。朱元璋并不宽恕嫖妓的驸马爷欧阳都尉。几年后，他还是借私自与番邦进行茶马交易的由头杀掉了欧阳都尉。但他却赦免了那四个妓女。那位老吏是"资深公务员"，在衙门里见的事多，对朱元璋的心性脾气摸得一清二楚，所以对症下药逢凶化吉。

九 朱元璋政绩显著，但其过失与暴戾也非常明显

捉弄皇帝是为大不敬。但碰到嗜杀成性的皇帝，你不捉弄他，他就会让你的脑袋搬家。一边是忠忱，一边是性命，两相比较，忠忱当然没有性命重要。

在其他的文章中，我不止一次讲过，朱元璋还算是一个励精

图治的皇帝，而且政绩显著，但其过失与暴戾也非常明显。在他当皇帝的三十多年中，被他诛杀的大臣很多，由他亲手制造的冤案更是不少。大凡第一代开国的帝王，多年的征战培植的杀伐之心一时很难收敛，用之于治理天下，便免不了草菅人命。

洪武初年朱元璋路过南京城外的一座废寺，走进去看看，发觉墙壁上有一幅画，墨痕尚新，显然是刚画上去的，画面是一个布袋和尚，旁边题了一偈：

大千世界浩茫茫，收拾都将一袋藏。
毕竟有收还有散，放宽些子又何妨。

毋庸讳言，这首偈是讥刺朱元璋行政苛严，要他放宽一些，争取做到"无为而治"。但朱元璋怎么可能有兴趣去练这种政治瑜伽呢？他觉得写偈的人是"恶毒攻击"，命人四下寻找，但四周空无一人。一气之下，朱元璋只好下令一把火烧了那座废寺。

孝悌的妙用

一

在中国人的道德领域中，人们最看重的两个字即忠与孝。《二十四孝图》中所宣扬的孝子故事以及二十四史中记述的忠臣列传，无不深入人心，成为民族楷模。尽管从汉代起就提倡"以孝治天下"，但是，真正把"孝"列为基本国策，以此为纲来教化子民，稳固社稷，则是明朝朱元璋的创意。

忠和孝，一为公理，一为私情。忠的对应物是国，孝的对应物是家。我们通常所说的国家，今天的理解是一个概念。其实，它包含了国与家两个层面。国的最基本单位是家。家若治理不好，则国有乱象。而治家的法宝，无非"孝悌"二字，对父母上辈虔敬是为孝，兄弟姐妹间手足情深，是为悌。朱元璋出身寒微，立国之初订立制度，便突出这个"孝"字。应该说，这是取自民间智慧，日后通过检验，也是行之有效的。

围绕"孝"字，朱元璋制定了很多政策。比如说，家中若有八十岁的老人，则可减免赋税。县上的官员，每年的重阳节，要把全县八十岁以上的老人请到县衙来吃一顿酒席，照例也有一些赏赐。乡间间对老人行孝的人，表现特别突出者，可上报朝廷给予旌表。若何地立了一座孝子牌坊，则该地的乡亲脸上都有光彩。官员们服务于朝廷，若遇到父母中的任何一位去世，都必须立即报告吏部，离任回乡守制，为父母守孝三年。此举称为丁忧，是不可更易的制度。当初讨论母丧该不该守制的问题，一些大臣认为母丧不必守，礼法说的"父为子纲"并不包括母。朱元璋不同意这种说法，他认为母子之间亦是人间至情，丧母之人，亦应斩衰三年。

由于朝廷的优恤与表彰制度向孝子倾斜，终明一朝，孝子层出不穷。客观地讲，此种提倡，对社会的稳定起到了非常好的作用。但建国之初，行孝之风尚未蔚为大观，朱元璋为此推波助澜。当时应天府境内有一位农夫犯了国法，理当受杖。这位农夫的儿子请求代父受过，执法者不肯。朱元璋听说了，便对行刑官说："父子之亲，天性也，然不亲不逊之徒，亲遭患难，有坐视而不顾者。今此人以身代父，出于至情，朕为孝子屈法，以劝励天下，其释之。"上有所倡，下有所随。朱元璋"为孝子屈法"的做法，对"孝"的推广于民间，功不可没。洪武二十年（1387），经过较长时间的休养生息后，府库渐充。朱元璋又把礼部的官员找来，发布指示："尚齿所以教敬，事长所以教顺。虞、夏、商、周之世，莫不以齿为尚，而养老之礼未尝废。是以人兴于孝悌，风俗淳厚，治道隆平。朕召天下，行养老之礼。凡民年八十以上，乡党称善,贫无产业者,月给米五斗,酒三斗,肉五斤;九十以上,岁加帛一匹,棉一斤。若有田产能自赡者,止给酒肉絮帛。"

制定一项好的政策并不难,难的是持之以恒地坚持并不断改善。朱元璋立国之初,就牢牢抓住"孝"这个牛鼻子,从未松懈。于是,市井之中,巷闾之间,尊老爱幼的风气逐渐形成。每年,全国各地都会组织"孝子"的典型呈报礼部,以求旌表。礼部有专门官员负责这件事。

但是,再好的政策,在其推行过程中,总会有变形走板之处。一些人为了当一个惊世骇俗的孝子而不惜花样翻新,结果弄巧成拙。

洪武二十六年(1393),山东日照县的一个名叫江伯儿的人,便做出了一件极为残忍的事。他的母亲久病不愈,听说吃亲生儿子肋下的肉能治母病,他便把自己的肋肉割了一块炖烂喂给母亲。老母亲喝了这罐子"排骨汤",病情仍没有减轻。于是,江伯儿便进庙求神,并许愿说,如果大神显灵,让他的母亲得以痊愈,他就杀一个儿子来感谢神灵。求神过后,老母的病体竟然康复。江伯儿言必信行必果,真的杀了自己一个三岁的亲生儿子供奉到神灵面前祷祝。这般"孝子"焉能不报?于是县令奏闻于上司,层层批语送至御前。朱元璋看到这份奏章,顿时大怒,对礼部官员痛斥:"父子天伦,百姓无知,乃杀其子,灭绝伦理,此等荒谬之事,焉能请表?"当即下令将江伯儿逮捕,杖一百,远谪海南,永不赦回,并责成礼部告示天下:"今后,凡割股卧冰者,不在旌表之列。"

尽管这样，明代因为在家尽孝而被朝廷拔擢为高官者，仍不在少数。洪武中，易州涞水县农民李得成卧冰求母尸，乡里举为孝廉，被升为光禄寺丞，后又升至山东布政使，这职位相当于今天的省长了。永乐中，金吾右卫总旗张法保割臂肉煲汤以喂祖母，擢为尚宝司丞。还有一个徐州人，叫权谨，自幼丧父，事母尽孝，由乡邻举荐，被有司拔为乐安县知县。他带着老母上任，就近赡养。九年考满，升为六品署丞，其时母病，权谨每日吁天以求身代。后母亲病逝，权谨守墓三年，朝夕哭奠，不吃酒肉，不与妻子同房，乡人皆称其孝，县衙将其孝行上报，刚刚登基的仁宗非常欣赏，竟破格升权谨为文华殿大学士。这可称为孝子升官的典型之最了。

榜样的力量是无穷的，由于朝廷的提倡，各府州县的长官都瞪大了眼睛到处找孝子。一州一县若出了孝子并受到礼部旌表，孝子本身光荣并不重要，重要的是州县长官有了可资晋升的政绩。所以，朱元璋在"孝"上做的文章与地方长官在"孝"上做的文章，恐怕是南辕北辙。

二

"孝"字让老百姓增强了亲和力，同时对官员也产生了极强的约束力。前面说到的丁忧制，便是所有官员都必须遵守的大法。在明代，官员们寻花问柳并不算是问题，但不孝与贪墨却是大忌。任何官员摊上这两样中的一样，都会成为过街老鼠。无论良臣循吏，还是昏官庸官，遇到父母去世，都必须回家守孝。上至首辅下至典史，概莫能免。

也有一种例外，当某官员正在做一件别人无法替代的工作，若回家丁忧，就会对此工作造成极大的损失时，皇上就会下一道特旨，命令此官员坚守岗位，在职守制，此举称为"夺情"。

应该说，"夺情"是对执行丁忧制度的一种补偿。但是，几乎每一次夺情，都会造成一次骚动。天顺初年，南阳李文达任内阁首辅，任内遭父丧，理当回家守制，但皇上挽留他，要他"夺情"。李文达亦有眷恋相位的嫌疑，于是遭到士林反对。有一位名叫罗伦的人，本是状元出身，时任翰林院修撰。他带头上疏皇上，反对李文达夺情，为此惹恼皇上，被贬谪到泉州市任船舶司副提举。李文达死后，罗伦才平反复官，任南京翰林院修撰。时人写诗讥其事，后两句是"九原若见南阳李，为道罗生已复官"。

这位罗伦，是江西永丰县人，当时名气很大。状元出身的人，最后当到首辅位置的有不少，但一生都在厄运之中仕途不畅的却不太多，最出名的是两个，一个是四川人杨慎，另一个就是这个罗伦了。

诗书人历来就有两种出路，一在庙堂，一在江湖。自江湖而庙堂的人，受人讥刺的多；自庙堂而江湖的人，受人追捧的多。当世不容，当局不容，此人的身价，就会在江湖陡涨。罗伦就是这种人，由于反对李文达的夺情，他成了江湖派读书人的偶像。当官一贬再贬，最后干脆回家闲住。老了以后，他终于死下心来，不再玩复官贬官的游戏。于是写了一首七律以纪其志：

　　　　五柳先生归去来，芰荷衣上露漼漼。
　　　　不由天地不由我，无尽烟花无尽杯。
　　　　别样家风幽涧竹，一般春意隔墙梅。
　　　　老来只怕风涛险，懒下瞿塘滟滪堆。

　　可以说，罗伦一生的坎坷，就是因为反对李文达的夺情；他在读书人中赢得巨大的声誉，也是因为反对李文达的夺情。

　　李文达之后，成化朝的庚子年（1480），内阁首辅刘吉又碰到了同样的问题。皇上宠信刘吉，亦让他夺情，去内阁当值，视事如故。刘吉接受李文达夺情遭士林指斥的教训，一方面给皇上一连写了三道疏请求回家守制，另一方面又买通贵戚万喜到皇上那里去做工作，坚持让他夺情。即便这样，士林仍不放过他。翰林院编修陈音上书劝刘吉回家，刘吉置之不理。在内阁中接待客人谈笑风生，没有一点哀戚。

　　七年后，新皇上登基。士林犹记当年刘吉夺情这事，各路言官纷纷上疏，请求新皇上罢免刘吉。没想到新皇上对刘吉也十分欣赏，仍下旨慰留。刘吉也鬼，他指示吏部，对那些弹劾他的言官都破格提拔。这种"媚众"之术，让一批斗士变成了哑巴。第二年，皇陵所在的天寿山发了一场风雹，砸物伤人，震惊陵寝。弘治皇帝下旨戒谕群臣修省。翰林侍读张升觉得这是弹劾刘吉的一个绝佳时机，于是立即上疏，历数刘吉十大罪，第一条仍是不回家给死去的母亲守孝。这封疏文发出后，被刘吉收买的言官纷纷上书对张升痛加批驳。张升因此被贬谪到南京当一个工部员外郎的闲职。离京之日，张升的同乡何乔新深为不平，写诗赠张升：

> 乡邦交谊最相亲，忍向离筵劝酒频。
> 抗疏但求裨圣治，论思端不忝儒臣。
> 自怜石介非狂士，任诋西山是小人。
> 暂别銮坡非远谪，莫将辞赋吊灵均。

张升继罗伦之后，成为反对夺情的第二个牺牲品。

但是，在明代的历次"夺情"事件中，真正酿成一场大的政治风波的，则是发生在万历年间的首辅张居正身上。

关于这一次事件，我已在拙著长篇历史小说《张居正》中做了比较详尽的描写，这里不再赘述。但我要说的是，通过张居正的这一次"夺情"风波，明朝的丁忧制度实际上起了比较微妙的变化。

朱元璋以"孝"治国，作为基本国策的丁忧制，本是统治者收揽人心的手段之一。但发展到后来，坚决捍卫这一制度的却并不是执政者，而是以卫道士面目出现的清流。

中国历史上大部分的读书人，优点是讲求操守，坚持真理；缺点是不肯审时度势，从国家与朝廷的大政出发做出变通。忠与孝，是文人坚持的最重要的两个操守。用他们的推理，父母去世不丁忧，就是不尽孝。无孝道之人，就是衣冠禽兽，此等人秉持国事,难以让天下信服。

在张居正"夺情事件"中最后一个向皇帝上疏反对夺情的人,是刑部九品观政邹元标。他是一位二十多岁的新科进士,"观政"不算是官职,只是实授官职前的一种实习。这位年轻的读书人,便是典型的只讲原则性不讲灵活性,敢于坚持真理却又缺乏方向感的那种人。他在给万历皇帝的疏文中怒气冲冲,语言极为尖刻:

> (臣)伏读敕谕:"朕学尚未成,志尚未定,先生既去,前功尽隳",陛下言及此,宗社无疆之福也。虽然,弼成圣学,辅翼圣志者,未可谓在廷无人也。且幸而居正丁艰,犹可挽留;脱不幸遂捐馆舍,陛下之学将终不成,志将终不定耶?臣观居正疏言:"世有非常之人,然后办非常之事",若以奔丧为常事而不屑为者,不知人惟尽此五常之道,然后谓之人。今有人于此,亲生而不顾,亲死而不奔,犹自号于世曰我非常人也,世不以为丧心,则以为禽彘,可谓之非常人哉?

在明代反对夺情的文章中,无论是罗伦、张升,还是与邹元标同时的官员艾穆、吴中行、沈思孝与赵用贤,其语言激烈的程度,都没有超过邹元标。时人称之为千古妙文,亦是向权贵挑战的檄文。当然,他受到的惩罚也最为严重。万历皇帝下令将他廷杖八十,谪至贵州边军充役,备尝艰难。

正是在廷杖中被打瘸了一条腿的这个邹元标,后来成为东林党的五大领袖之首。在身历三朝,眼看吏治腐败,大明王朝日益衰败之际,他才痛切感到年轻时反对张居正夺情是一次草率的行为。挽救大明的颓局,的确需要张居正这样的"宰相之杰"。于是,他屡屡上书朝廷,恳求皇上为张居正平反。

三

以上从民与官两个方面,粗略地勾勒出"孝治天下"对明代的风俗及政局产生的影响。应该说,朱元璋以"孝"治国,以"孝"驭民的策略取得了相当大的成功。任何一项国策的提出,首先必须考虑到老百姓的接受程度以及贯彻实施的方法。朱元璋围绕"孝"字做文章,既顺应民意,又获得官心,这是以道德治国的典范,值得后世借鉴。

前面已经讲过,家是国的基本单位。倘使每一个家庭都生活在孝悌之中,则国家安能不稳?朱元璋让孝道从家中走向社会,也制定过一些有益的措施。洪武二十八年(1395),有一位名叫隋吉的史官曾给他上疏建言:"农民中有一夫一妇者,当耕种时,或不幸夫病,而妇给汤药,农务既废,田亦随荒。及病且愈,则时已过矣。上无以供国赋,下无以养室家。请令小民或二十家或四五十家团为一社,每遇农时有疾病,则一社协力助其耕耘,庶田不荒芜,民无饥窘。"

朱元璋对隋吉的建言非常赏识,他立即对其疏文亲自做了批示，并找来户部、礼部有关官员，当面下谕：

> 古者风俗淳厚，民相亲睦，贫穷患难，亲戚相救；婚姻死丧，邻保相助。近世教化不明，风俗颓敝，乡邻亲戚，不相周恤。甚至强欺弱，众暴寡，富吞贫，大失忠厚之道。朕置民百户为里，一里之间，有贫有富，凡遇婚姻死丧疾病患难，富者助财，贫者助力，民岂有穷苦急迫之忧？又如春秋耕获之时，一家无力，百家代之，推此以往，百姓安有不亲睦者乎？尔户部以此意，使民知之。

当初看到这段文字，我就笑言，朱元璋试图依靠社会的力量来救助孤寡，提携弱者，这是真正的亲民政策。从中也可以看出朱元璋的思想脉络，由家庭之孝悌，推及邻里和睦，再扩至民间的风俗淳厚，由此提升朝野之间的亲和力。应该说，这是朱元璋创建和谐社会的一种努力。

2006年3月10日于宜兴

君子与小人

一　世上先有难容之人，而后方有难容之事

文人无行，自古到今，似乎成了确论。击鼓骂曹的祢衡、以醉酒为平生快事的刘伶，都是"无行"的代表。弥勒佛前有一副对联，上联是"大肚能容，容天下难容之事"。我想，事在人为，什么样的事都是人做出来的。所以，世上先有难容之人，而后方有难容之事。若把人扒堆儿，最难容的人大概就是文人了。为什么这样说呢？文人中的君子，通常也会做出过激的举动，秉持己见，抨击是非，原是好事，但只讲原则不讲变通，常常让人下不来台，所以当政者也不大喜欢这种君子。至于文人中的小人，则是无耻加心计，有时虽然能邀宠，但到头来总是被钉在耻辱柱上。

纵观历朝历代，能容忍文人胡闹的，大概只有唐宋两朝，这两个皇朝的开国之君，大都崇尚文学，故知道"文人无行，实无大碍"的道理。到了明朝，文人的日子就不大好过了。

朱元璋起于草莽，因为穷困，不要说进县学、府学，就是私

塾也没有念过几天。尽管后人附会，赞他"天生龙种"，但二十岁前他委实困顿，一年中难得吃几回饱饭。后来他发达了，入农民起义军，从当大兵开始，一步步攀升为三军统帅，最终黄袍加身。长期的斗争实践，磨炼出他的治国才能，但终其一生，他也没有满腹文章。这位皇帝的好处是，不懂绝不装懂，向大臣们发布"最高指示"，也绝不咬文嚼字。我见过他的几道谕旨，同当今的乡下老农说话无异。以致洪武年间的文风，特别是官员的奏章，大都明白如话。我曾戏言，中国第一个推广白话文的不是胡适，而是早他五百多年的朱元璋。

二　朱元璋要将孟子逐出孔庙

但是，朱元璋毕竟是一言九鼎的皇帝，他知识学养的先天不足，导致他对文人鄙薄，以及对文化采用实用主义。立国之初，他决定在全国各府州县兴建孔庙，以祭祀这位"大成至圣先师"。他喜欢孔子，乃是因为孔子的"忠孝之道"可以帮助他稳定政权，建立尊卑不易的社会秩序。历来孔庙中，都有陪祀的大学者。首先有资格进入孔庙的，当是亚圣孟子。但朱元璋对前朝的陪祀人物，并不一味照搬。他吩咐礼部官员给他讲孟子。当官员读到孟子说的"民为重，社稷次之，君为轻"这句话时，朱元璋跳了起来，吼道："这个孟子敢于藐视皇帝，他不是个好人，不能让他进入孔庙陪祀。"这句话引起了轩然大波。须知天下读书人，都将孔孟连在一起。两人的学问，被后世的士人称为"道统"的开山祖师，而皇权则是"政统"。在"道统"里，孔孟两人是不可分的。如今，朱元璋要将孟子逐出孔庙，"政统"对"道统"表示了轻蔑。读书人大都以维护"道统"为己任，于是便有一个翰林院的小官站出来，给朱元璋上了一道奏章，指出："圣上指斥亚圣有误。"语意虽婉转，但毕竟表达的是反对的意见。朱元璋龙颜大怒，当即下令将这名官员廷杖三十。所谓廷杖，就是打屁股。朱元璋之所以采用这种刑罚，就是要羞辱反对他的官员。他以为施行严惩，就可以把这件事压下来，谁知引来了更大的反对浪潮。第二天，他一向信任的礼部尚书穿着大裤衩子上殿来表示抗议。这位倔老头儿说："皇上，孟子亚圣的地位，千秋已有公认，你不能以一己之好恶，不让孟子入祀。皇上您今天不收回成命，臣就死在这儿了。"老夫子说的可不是玩笑话。他之所以穿大裤衩来，就是准备来接受廷杖。打屁股前先要脱去官袍，老夫子怕麻烦，先在家里把官袍脱了。大约是老夫子的勇敢让朱元璋赏识，他竟一反常态地赞扬老夫子"忠忱可嘉"，当场答应把孟子请回孔庙，但又说了一个条件，就是要将孟子的著作出一个删节本。凡是他不喜欢的话，都得去掉。秀才们虽然要维护"道统"，但也不敢做得太过分，于是同意朱元璋的建议。

三　明朝二百七十多年的官场，以小人居多

终明一代，文人中的君子与小人都有代表人物。但两百七十多年的官场，却是以小人居多，这是一个悲剧。在历史上，大凡国有昏君，就必然小人得宠。文人无行，若仅仅是行为放浪，言语不检，倒也罢了，若放弃操守，又作用于政治，便会把政坛搞得乌烟瘴气。

文人，是士人的一部分，都是读书人出身。在古代，读书的唯一出路就是当官。"学而优则仕"就是这个意思。古代没有专门的哲学家、科学家与文学家，有学问、有出息的人都在官场里头。因此，官场是否清明，与读书人的操守有直接的联系。读书人究竟应该如何入世，前人评价甚多。明隆庆年间的进士冯时可在其《雨航杂录》中也说过一段：

> 文章，士人之冠冕也；学问，士人之器具也；节义，士人之门墙也；才术，士人之僮隶也；德行，士人之栋宇也；心地，士人之基址也。

从以上六个方面来评价一个读书人，应该说从学养到品行各方面都兼顾到了。考诸明代官场的士人，若按君子与小人来区别，则是君子少而小人多；若按官员的品行来观察，则是清流多

而循吏少。清流一多，则满官场都是"纪检干部"，缺乏实干精神；小人一多，则官场正气不张，冤案错案就多。

前面说过，明代昏君很多。昏君的第一个特点是宠幸太监，像武宗皇帝之于刘瑾，熹宗之于魏忠贤。后两人都是臭名昭著的大太监，两人有着共同的特点，一是胸无点墨，二是贪财无度。

单是两人使坏，朝政也不至于溃败。坏就坏在官场中的小人一味迎合他们，为虎作伥。刘瑾出任司礼监掌印之初，虽然威风八面，但还没到"九千岁"的地步。有一天，他的轿队出来，有一个名叫张彩的大理寺评事，居然当街跪了下来。刘瑾感到好奇，遂下轿盘问，张彩竟然伏地不起。明朝有规矩，内官的级别再高，资历再老，外廷官员也不得向他磕头行跪拜大礼。张彩这么做，明显是违反官场制度。刘瑾感到惊讶，问张彩："你知道朝廷的规矩吗，怎敢向我磕头？"张彩回答："我不是以外廷官员的身份对老公公磕头，而是以儿子的身份对老子磕头。如老公公不弃，卑职就认你做干爹。"张彩的无耻博得刘瑾的欢心，他真的就认下这干儿子。两年后，区区六品官的张彩就骤升为正二品的吏部尚书，掌握了用人的大权，成为天下文官之首。无独有偶，大约一百年后，到了熹宗，魏忠贤篡掌国柄，进士出身的崔呈秀以同样的方式卖身投靠，最终当上了兵部尚书。

随着刘瑾与魏忠贤的倒台，张彩与崔呈秀也都被判了死罪。这两人，可作为明代读书人中的小人的代表，至于君子的代表，前面说到的那个穿着大裤衩子上朝的倔老头子算一个，张居正也算一个，杨慎、海瑞、李贽都算。青史留名的，毕竟是君子比小人多。不过在明朝官场中，君子虽然如薪火不熄，但小人却多于过江之鲫，出一个顶十个。而且往往一大群君子斗不过一个小人。

四　在皇权专制的社会，特别容易产生小人

如果我们只从典章制度来衡量一个朝代的好坏，则历史上不存在败政。因为所有朝代的法律与纲纪基本上都是好的，但法律毕竟在皇权之下。人亡政息，固然是悲剧，人庸政劣或者人奸政败，更是"自作孽，不可活"。所以，在皇权专制的社会，特别容易产生小人。这是因为人们往往能通过非正常途径（诸如行贿、邀宠、投其所好等）从主子那里获取个人利益。国家名器，本为至重，但屡为小人所窃。这些人一旦篡居高位，则朝纲法制形同虚设。于是，为君子者犯颜直谏，如海瑞、杨涟等人，无一例外酿成悲剧；为小人者投机取巧，如张彩、崔呈秀之流，虽最终没有好下场，但过程却是风光无限。

到了明朝末年，已是土崩鱼烂，大厦将倾。最后一位崇祯皇帝想挽狂澜于既倒，但满朝文武，竟没有几个可用之人。小人、庸人把持各大衙门，虽出了一个袁崇焕，本可支撑危局，可惜群小夹攻，崇祯皇帝辨不了是非，却将其凌迟处死。至此，明朝灭亡的命运已经注定。

五　小人泛滥导致朋党政治

却说崇祯当政之初，的确想有所作为。比起他的爷爷神宗皇帝和哥哥熹宗皇帝，他算是认真当皇帝的一个人，但经过半个世纪的小人当政，朝廷的大臣内，已几乎没有治国的英才了。

《烈皇小识》记录了一则小故事：

> 上（崇祯皇帝，笔者注）一日御经筵，问阁臣曰："宰相须用读书人，当作何解？"周道登对曰："容臣等到阁中查明回奏。"上始有愠色，继而微笑嘻甚。上又问阁臣："近来诸臣奏内，多有'情面'二字，何为情面？"周对曰："情面者，面情之谓也。"左右皆匿笑。

周道登为崇祯朝的内阁首辅，也算是权倾天下的人物。看过这则记载，相信读者即便不知道周道登的生平，也会得出结论，此公乃货真价实的庸流之辈。细细分析这两句问话，便会看出崇祯皇帝用了心计。他问"宰相须用读书人"，是因为他觉得眼前这位宰辅，委实不像一个读书人，既无学养，亦无品行，更无挽救颓政的能力。当此时也，朝廷是有令不行，有禁不止。探其原因，是上上下下方方面面都在讲"情面"，其后果是人情大似王法。周道登在崇祯皇帝面前，表面上唯唯诺诺，暗地里大搞朋党政治。所以说，他不是回答不了崇祯的问题，而是故意不回答。

六　中国的文化——既可培养君子，亦可培养小人

中国的历朝历代，当宰相的百分之九十都是读书人。但不见得饱读了诗书，就一定能当好宰相。元朝人选宰相，须福德才量四全。按此标准，明朝的很多首辅都不适合。所谓宰辅之才，即是能给皇上当好参谋，燮理阴阳，消弭各种矛盾，每出一计便成一事。能做到这一点，非常之难。

所以，中国古代的读书人，都把宰相作为成功的最高典范。但中国的文化既可培养君子，亦可培养小人；既可培养英才，也可培养庸才。如何界定读书人的类别呢？《见闻杂记》中有这样一段话：

> 学通天地，人谓之儒。宋周、程、张、朱先生，始不负于儒之称。孔子教子夏曰："毋为小人儒。"这小人不是寻常人，只为名利念头割舍不下。始皇坑儒，这儒也不是泛泛读书之人。当时有一等人，非先王之道，毁朝廷之政，自为高论以惊世者，故坑之。今秀士、医卜滥戴儒冠，动自称"贫儒""寒儒"，其鄙人曰"腐儒""迂儒""俗儒"，此等儒正始皇所不屑坑者，何以儒为？

为秦始皇的焚书坑儒做如此辩解，也算是一家之言。但所列指的现象，的确又指出了"文人无行"的祸害。孔子教导学生"毋为小人儒"，真是振聋发聩的声音。遗憾的是，终明一朝，小人儒大行其道。而君子之儒，往往受到排斥打击，不能成为社会的主流。套用北岛的诗，这叫"小人是小人的通行证，君子是君子的墓志铭"。

权臣并非奸臣

儿时在乡里,多听民间故事。伍子胥过昭关、秦始皇焚书坑儒、孟姜女哭长城、桃园三结义、秦琼卖马等,都耳熟能详。其中也有"朱元璋炮打庆功楼"的故事,讲的是朱元璋当皇帝后屠戮功臣。长大之后读过一些书,才知道这些故事并非杜撰。我曾说过,大凡历史悠久的国家,其国民都嗜史。民间传说的中国历史,比之今日一帮文人弄出的"戏说",可信度要大得多。就说朱元璋炮打庆功楼一事,虽然于史无证,但这位皇帝在坐稳龙椅之后,的确是寻找各种借口,几欲将帮他打下江山,建立朱明政权的开国功臣们镇压殆尽。他如此做,不能简单用"狡兔死,走狗烹"六个字来概括。

对于朱元璋的这种做法,他的夫人马皇后与太子朱标都表示过反对。朱元璋不为所动。传说有一次,他捡起一枝棘条给太子,因满是棘刺,太子无法把握,朱元璋把棘条上的刺一一拔干净,再递给太子说:"现在你可以很稳当地拿住它了吧?"接着便讲了一个道理,其大意是我屠杀那些功臣,是为了让你继承皇位后，不至于有人跟你捣蛋。

朱元璋从当上皇帝的那一天开始，就一直盘算如何巩固政权，永享国祚。立国之初，百废待兴，但重中之重的仍是这个问题。他首先杀掉宰相胡惟庸，并因此永远废除中书省，并诏旨"自此有敢议设宰相者，杀无赦"。在朱元璋看来，宰相与皇帝只有一步之遥，最有可能觊觎皇帝宝座的，自然就是宰相了。废除宰相后，朱元璋自己亲自处理国政，用今天的公司管理结构来打比方，朱元璋是既当董事长，又当总经理。他甚至连副总经理都不设置，事必躬亲，因此很累。实在忙不过来，他便从翰林院中找来几个学士，凑起一个秘书班子，来帮助他做一些文件起草、典章搜寻的工作。到了永乐皇帝手上，这个没有名分的秘书班子才有了一个名称，叫内阁。内阁之臣由翰林院学士担任，官阶只有六品，办公时是几个人坐在一间朝房里，连椅子都不能坐，只能坐凳子。那时，六部的尚书是正二品，左右侍郎是三品，相当于今天的副部级。员外郎是四品，相当于今天的司局级。六品阁臣则只相当于今天的处级干部。皇帝秘书只是个处级干部，就是放在今天，大家也会觉得级别太低。然而这就是朱元璋的驭人之法。

与阁臣情形相似的，还有六科给事中。明朝沿唐宋官制，设吏、户、礼、兵、刑、工六部。六部的一把手，称为尚书，官阶二品。其副职称为左侍郎、右侍郎，统称为堂上官。明朝建国之初，六部堂官与皇帝之间，还隔着一个宰相，自废除宰相后，朱元璋亲自理政，六部堂官都直接向他汇报部务。尽管这样，朱元璋仍害怕大权旁落，或者说担心六部堂官瞒上欺下，玩忽职守。因此，他又借鉴前朝的经验，创设与六部对应的吏、户、礼、兵、刑、工六科。对六部行稽核、纠察与弹劾之权。六科属言官之列，用今天的话讲，就是纪检干部。每科的领导人，称都给事中，官阶八品，都给事中之下，设给事，官阶从八品或九品。所以说六科的干部，都属于中下层官员，但他们的权力却很大。终明一朝，因遭六科言官弹劾而被撤职的六部堂官不胜枚举。这是朱元璋创造的一套小官管大官的统治方法。实践检验，行之有效。从明代的官职设置来看，朱元璋的驭人之道是给实权的不给高位，给高位的不给实权，让其互相牵制。

朱元璋认为，历代灭国之祸，概括起来，不外乎来自女宠、宦官、外戚、权臣、藩镇、夷狄六个方面。他曾对侍臣讲："汉无外戚阉宦之权，唐无藩镇夷狄之祸，国何能灭？朕观往古，深用为戒。然制之有其道。若不惑于声色，严宫闱之禁，贵贱有体，恩不掩义，女宠之祸，何自而生？不牵于私爱，唯贤是用，苟干政典，裁之至公，外戚之祸，何由而作？阉寺便习，职在扫除，供给使令，不假其兵柄，则无宦寺之祸。上下相维，大小相制，防耳目之壅蔽，谨威福之下移，则无权臣之患。藩镇之设，本以卫民，使财归有司，兵必合符而调，岂有跋扈之忧？至于御夷狄，则修武备，谨边防，来则御之，去不穷追，岂有侵暴之虞？凡此数事，尝欲著书，使后世子孙以时观览，亦社稷无穷之利也。"

朱元璋虽然是农民出身，后来还当过和尚，但把他放在中国历代的皇帝系列中考量，这个半文盲也绝对是一个有作为、有思想的开国之君。他认为治国要理好的六个问题，可谓抓住了要害。其制祸之道也行之有效。

立国之初，由于朱元璋严于约束，女宠、宦官、外戚、藩镇等，都还形成不了势力。唯一有可能对朱元璋构成威胁的，就只能是权臣和夷狄了。对于夷狄，朱元璋或剿或抚，恩威并施，处理得虽不是恰到好处，但也没有大的过失。因此，在他的统治时期，边患始终没有对他的政权构成主要威胁。剩下的最后一个问题，就是权臣了。前面已经讲过，朱元璋为了巩固自己的统治而大肆屠戮功臣，就是为了铲除权臣。他提防权臣的方法就是"上下相维，大小相制，防耳目之壅蔽，谨威福之下移"。上下相维就是君守君道，臣守臣道，看似两方面都合道，实际上是要做大臣的对皇上愚忠。大小相制，就是小官管大官。防耳目之壅蔽，就是多设纪检干部，让六科给事中监察六部，他亲自管束六科。明朝的纪检干部除六科给事中外，尚有都察院御史以及大理寺的官员等，有的称言官，有的称宪臣。这部分官员的数目很大，用这么多的纪检干部来防止自己"耳目壅蔽"，朱元璋可谓煞费苦心。最后是"谨威福之下移"的问题。在他看来，权臣的突出表现，就是威福自专，与皇上分享权力，这是皇帝们最忌讳的事。权臣严嵩倒台后，他的继任者徐阶给嘉靖皇帝提出的施政纲领中就有一条"还威福于皇上"。徐阶是松江人，状元出身，是张居正的政治导师。为人有正义感，但比较谨慎，也比较滑头。他如此说是让嘉靖皇帝放心，他永远只是皇上的臣仆，绝不会僭越。

永乐皇帝虽然确立了内阁制度，但当时的阁臣都是直接对朱棣负责，尚无首辅之设。设置首辅是在英宗时代，三杨之后。此后的内阁，便有点像朱元璋执政初年的中书省了。首辅也相当于宰相，但首辅能不能真正行使宰相的权力，则要看所服务的皇帝是英主还是庸君。譬如说张居正在隆庆六年（1572）当上首辅后，辅佐十岁登基的万历皇帝推行"万历新政"，其中有一个考成法，是整饬吏治的重要举措。最核心的就是都察院监督全国各省官员，六科监督六部，而内阁则负责都察院与六科的考核，这样一来，等于说所有的纪检干部都不再直接对皇上负责，而是改在内阁的掌控之下。万历新政的顺利实施，应该说得益于这个举措。但这是分享了皇上的权力，用朱元璋的观点看，张居正是十足的权臣。

不管怎么说，内阁后来演变成中书省，绝不是朱元璋的初衷。在他的统治期间，他始终对权臣保持着充分的警惕。胡惟庸、李善长、蓝玉、宋濂等，多少权臣都被他诛灭或者罢黜。就连徐达、刘基这样谨慎的人，也因时时遭到他的猜忌而始终惊悚不已。甚至有人猜疑，两人的死，也是因为朱元璋的陷害。

当然，聪明的朱元璋也看到，要想从根本上铲除权臣，除了制订一整套行之有效的监控方法之外，当皇帝的人，自己也必须常存忧患之心。他曾对皇太子朱标说："自古帝王以天下为忧者，惟创业之君中兴之主及守成贤君能之。其寻常之君，不以天下为忧，反以天下为乐，国亡自此而始，何也？帝王得国之初，天必授予有德者，然频履忧患而后得之，其得之也难，故忧之也深。

若守成继体之君，常存敬畏，以祖宗忧天下之心为心，则能永受天命。苟生怠慢，危亡必至，可不畏哉！"

朱元璋把好皇帝分为三种：创业之君，中兴之主，守成贤君。他认为只有这三种皇帝能够心存敬畏，旦夕忧患。他希望他的后代都能成为中兴之主或守成贤君。在这一点上，他的想法是好的，但做法欠妥，或者荒谬。譬如说，他诛灭"权臣"，为的是让太子朱标在他驾崩后继任，不至于出现让人篡位的危机。事实上，后来篡夺建文帝皇位的，并不是什么权臣，而是他的第四个儿子燕王朱棣。建文帝是朱元璋的长孙，太子朱标没有等到接任就已病死，朱元璋于是把皇位传给长孙。朱棣篡夺了侄儿的帝位。

对待皇室内部的权力争斗，历代史家都抱着"成者为王败者为寇"的原则，对成功者予以褒奖。最典型的例子莫过于唐太宗李世民与明成祖朱棣身上。这两人都不是按正常途径登上皇帝位的，但都属于有作为的皇帝。他们不属于权臣，但属于权君。

终明一朝，朱元璋所担心的权臣夺威福自专的问题，都没有出现。倒是没有引起朱元璋足够重视的一个问题——即庸君的问题始终存在。

明朝的十六个皇帝，有作为的大概就是朱元璋与朱棣两人（但这两人都以残暴著称）。不作为、乱作为的皇帝倒是屡见不鲜。最突出的典型，以武宗、神宗、熹宗三人为最。

出现这么多的庸君，其原因有三：第一是皇位的世袭制，即太子继承皇位。太子登基之前，称为东宫。尽管历朝历代都非常注重东宫的教育，但所有的书本都无助于培养他们的雄才大略与忧患意识。这如同告诫一个每天吃鱼翅燕窝的人要牢记饥饿一样。饥饿对于他来讲，只是一个概念而非实际的感觉。第二是佞臣太多，这些人为了达到升官发财的目的，千方百计逗皇上开心，因此幸门大开。第三是文化的问题，儒家文化是中国读书人的根本，对皇上讲忠，对父母讲孝。读书人有了这种思想，根本不敢反对皇帝。就说有名的清官海瑞吧，因上疏反对嘉靖皇帝迷恋斋醮不理政事而被打入诏狱。有一天，监狱长听说嘉靖皇帝驾崩，心想老皇上一死，海瑞就可出狱升官了，于是拿来好酒好菜请他吃，意在巴结他。海瑞以为要杀头了，牢头给他送"绝命饭"吃，也就欣然开怀畅饮。吃得酒酣耳热之时，他才知道是皇上死了，顿时两眼一翻，昏厥过去。醒过来后，他把吃下的酒肉翻肠倒胃吐个精光。他虽然骂过皇帝，但仍然觉得皇帝神圣，是不可亵渎的。海瑞一生对贪官恨之入骨，但对皇上的贪墨却三缄其口。中国的儒家知识分子，从来都是"只反贪官，不反皇帝"，这就导致了庸君、昏君的误国、误民。

最后，还是想说一说权臣的问题：

朱元璋对权臣的定位是威福自专。威指权力，福指享受，为人臣者，其权力与享受绝不能超过皇上。皇上可以随便杀一个人，也可以随便提拔一个人。大臣就不行。生杀予夺大权，只能握在皇上一个人手上，大臣想要分享便是犯忌，就成了权臣。

在明代，被戴上权臣帽子的有不少，胡惟庸、李善长都是权臣。嘉靖朝当过二十年首辅的严嵩倒台后，也被冠以权臣。张居正死后遭到万历皇帝清算，再次被称为权臣。把这几个权臣放在一起研究，就会发觉他们之间的差别太大了。严嵩弄权，是为了卖官鬻爵，积敛钱财。即便这样，他也从不敢威福自专，而是挖空心思讨好皇上。张居正柄政时，倒是勇于任事，在他担任内阁首辅的十年，他掌握了实际的权力，这也是因为皇帝太小，无法作为。张居正领导万历新政，在吏治、边防、赋税诸方面实施改革，使本已奄奄一息的大明王朝有了中兴之象。对这样的人，若以权臣来罪他，则是千古冤案。若用权臣来褒他，仍觉言过其实。事实上，万历皇帝虽然只是十岁的孩子，在张居正眼中仍是君父，每每受到这孩子的表扬，他仍然热泪盈眶。这样的记载，在万历朝的典籍中，不在少数。

后世的一些史家，常常用权臣的概念来评判古代大臣，以此定忠奸、定褒贬，窃以为大谬。像朱元璋这样讨厌权臣的皇帝，我们可以理解。他之讨厌，是害怕大权旁落，但喜好权力的人并不一定都是奸臣。今天的人喜欢讲一句话"权为民所用"，若能如此，则权臣有什么不好？

另类男人

宦官问题，历来是政权的毒瘤。各朝各代，将这个问题处理得好的并不多见。朱元璋登基之初，鉴前代宦官之失，制作了一尊三尺多高的铁牌，上面铸了"内臣不得干预政事，违者斩"十一个大字，放在大内门口。洪武元年（1368），也就是朱元璋登基的第一年，他就对身边的侍臣说："吾见史传所书，汉唐末世，皆为宦官败蠹，不可拯救，未尝不为之惋叹。此辈在人主之侧，日见亲信，小心勤劳，如吕强、张承业之徒，岂得无之？但开国承家，小人勿用，圣人之深戒。其在宫禁，止可得之供洒扫、给使令、传命令而已，岂宜预政典兵？汉唐之祸，虽曰宦官之罪，亦人君宠爱之使然。向使宦官不得典兵预政，虽欲为乱，其可得乎？"

从这段谈话来看，朱元璋对宦官干政的问题，保持了相当的警惕。也正因为这一点，在朱元璋眼中，宦官只能是真正的奴才，不要说重用和宠信，连最起码的尊重都不应该享有。

曾有这么一个小故事：洪武三年（1370）十月的某一天，早朝完毕，正好天上下起雨来。朱元璋在回宫的路上，看到两个内侍穿着布靴走在雨地里。他立刻停轿，命人将这两个内侍带到跟前来训斥道："你们穿的靴子虽然不值大钱，但也是出自民脂民力。你等何不爱惜，乃暴珍如此？"说罢，命锦衣卫将这两个内侍各打三十大棍，惩罚完后，朱元璋就此事对侍臣讲："尝闻元世祖初年，见侍臣有着花靴者，责之曰：'汝将完好之皮，为此废物劳神之事。'朕看元世祖说得好。大抵为人，尝历艰难，则自然节俭。若习见富贵，未有不侈靡者。"朱元璋看到了问题的关键，要想控制宦官的私欲膨胀，首先是戒奢。洪武四年（1371），中书省臣奏议：宦官的月俸，定为三石米。此前宦官的月俸米只有一石。与外廷官员相比，显得太低，中书省才有这个建议。朱元璋听到建议后说："内使辈，食衣在大内，自有定额，彼得俸，将焉用之？月支廪米一石足矣。卿等不宜开此端也。"

朱元璋如此说，一来，不肯让宦官提高待遇；二来，他也提防内官与外臣相勾结。此事过后不久，朱元璋又借题发挥说："为政必先谨内外之防，绝党比之私，庶得朝廷清明，纪纲振肃。前代人君不鉴于此，纵宦寺与外臣交通，觇视动静，贪缘为奸，假窃威权，以乱国家，其为害非细故也，间有奋发欲去之者，势不得行，反受其祸，延及善类。汉、唐之事，深可叹也。夫仁者治于未乱，智者见于未形，朕为此举，所以戒未然耳。"

对宦官的治理，朱元璋是防患于未然。他执政时期，没有宦官干政的记录。宦官的确只是洒扫庭除，传旨打杂的奴才。洪武十年（1377），有一名太监指出公文中明显的错讹，朱元璋明知太监说得对，仍然立刻下旨将这名太监逐出皇宫，遣回原籍，原因是这名太监"干政"了。但人亡政息，在他死后，特别是燕王朱棣登基之后，宦官的地位迅速提升。朱棣继承了父亲的性格，猜忌而残暴。但他为何一改朱元璋政令，对宦官开始偏爱呢？这里面有两个原因：第一，他在北京燕邸时，曾向南京建文帝身边的宦官们行贿，刺探建文帝以及身边大臣的言论行踪。他的靖难成功，与宦官们提供的准确情报分不开。因此，对这些宦官，他有一种政治上的认同感。第二，由于他是篡位的皇帝，因此对外廷大臣特别是掌握军权的将军们不信任，于是委派宦官代表他到各地监军。各地总兵的一言一行，都通过监军向他密报。

太监都是被阉之人，属"刑余之人"。由科举步入仕途的读书人，历来瞧不起太监，称他们为"阉竖"。竖是小人的意思，这个词用得很准确。由于生理上的缺陷而导致心理上的变态，几乎是太监的通病。

太监之制，始于汉朝。让被阉之人在皇城内服务，不至于发生宫闱之乱，是此举的初衷。但历朝历代宦官的数量，都没有超过明代。据正德十六年（1521）工部呈上的一道奏折记载："内侍巾、帽、靴、鞋，合用棕丝纱线皮帐等料，成化年间二十余万，弘治年间三十余万，正德八九年增至四十六万，今至七十二万。"从这个用银数字看，明朝宦官的数量，一直是上升的趋势。在东汉的永平年间，皇帝始定宦官人数：中常侍四人，小黄门十人。和帝之后，增至中常侍十人，小黄门二十人。由此可见，宦官在汉朝，一直是个数目很小的群体。到了唐代，宦官数量大增，据记载，唐中宗时内官宦侍有三千余人，但衣紫者不多，所谓衣紫者，就是三品以上的高官。宦官中很少有人穿紫衣，可见其普遍待遇都不高。唐太宗曾有旨，太监官位不立三品，也就是说在太监中不能选拔高级干部。但这个旨意，却被他的后代打破。唐玄宗天宝年间，太监中穿黄衣的人有三千人，穿红衣或紫衣的也超过了千人。其中有不少"称旨"者，用今天的话讲就是称职的人，都官拜三品，可以"列戟于门"，和朝中大臣平起平坐了。这一时期最著名的宦官便是高力士。到了宋朝，又将宦官数额大幅裁减，宋仁宗时定额一百八十人，到了宋孝宗时增额至二百人，后又增至二百五十人。终宋一朝，宦官的数目，也没有恢复到唐朝天宝年间的水平。

朱元璋开国之后，由于对宦官的警惕，其所用数目，比宋朝更有减少。洪武二年（1369），内宦多种职掌总额只有六十人，几乎恢复到汉代的水准。但自永乐一朝开始，宦官数额就开始大幅增加，经成化、弘治、正德三个朝代的急剧膨胀，宦官的总数已经过万。正德之后，直到明朝灭亡，宦官的数目一直维持在这个水平之上。

与庞大的宦官数目相对应的，是宦官机构的不断增设与扩充。正德年间，内廷中宦官机构已有了二十四个监局。这些监局中提供的有品级的职位不下千种。各监局负责人称为掌印，挂五品衔。总管二十四个监局的，称为司礼监。司礼监的负责人即掌印太监，属大内总管。与外廷之内阁对举，被人们称为内相。明人笔记中，常有"宫府之间"这句话，宫，指的就是司礼监。府，即政府的意思，指的是内阁。司礼监与内阁，是替皇帝办事的两个最重要的衙门。

考诸明朝历代，宦官干政为祸，当从成化年间开始。太监汪直深得孝宗信任，一些外廷官员想得到升迁的机会，往往走汪直的路子。只要汪直肯在孝宗面前美言，则此人官运立刻亨通。由此一来，那些想走终南捷径的人，莫不以结识汪直为荣，这样一来就抬高了汪直的身价，也给汪直的弄权创造了更大的空间。

有一次，汪直受皇上派遣，到北方巡边。那时，中国的主要军事力量，主要集中在蓟辽、大同、榆林等处，素称北方九边。担任巡边的人，都深受皇帝信任。巡边大臣在皇上面前的一句话，可以决定边镇命官的生死升谪。因此，被巡之地的官员从来不敢马虎。这次汪直巡边，鉴于他已经是皇上的宠臣，官员们更是唯唯诺诺，尽显小人相。那些督抚、总兵以及所在地的抚台、按台等各种官员，都出境迎接。官员晋见他，都行跪礼。公堂之外，官员们纷纷私下向汪直行贿，以博欢心。这些丧失人格的做法果然奏效，汪直回京之后，所有对他阿谀奉承的人全部升官。反之，那些不肯依附汪直的人，都被免官或遭贬谪。

宦官干政，主要的原因还在于皇帝。只要后代皇帝按朱元璋设计的政治思路来处理国事，把宦官的作用加以限制，则宦官就算想参与政治，也无机可乘。问题在于从永乐皇帝朱棣开始，不但不警惕宦官，疏远宵小，反而把宦官倚为心腹，当作控制外廷大臣的一股重要力量。问题就出在这里。

众所周知，明代有一个特务机构，叫东厂。这个东厂是在永乐皇帝手上创立的，但究竟何时创立，史载不详，一说永乐七年（1409），一说永乐十八年（1420）。没有明确的记载，说明朱棣对这件事讳莫如深。东厂人员的组成清一色都是宦官，其执事者，称为"提督东厂"太监，地位仅次于司礼监掌印太监，通常由司礼监秉笔太监兼任，也有由司礼监掌印太监兼任的。若将这两样大权集于一身，则此太监之威焰，直可熏灼朝野。前面提到的汪直，以及后来的刘瑾、魏忠贤等，都是这样身兼两职的臭名昭著的宦官。

东厂的职责是侦伺官民人等的隐私以及刑部、大理寺、都察院等三法司所无法按正常途径解决的治安问题，最重要的一点，就是暗中监视大臣们的一举一动，使其言行永远在皇上的掌控之中。

东厂与另一个特务组织（亦可称之为宪兵组织）锦衣卫，直接由皇上管辖。因此，大臣们对这两个机构既恨且怕，又无可奈何。在明代，因得罪宦官而被打入"诏狱"的大臣不胜枚举，最惨烈的，莫过于魏忠贤以"东林党人"的名义，迫杀左光斗、杨涟等数十名大臣。

汪直受宠的时候，不但提督东厂，还趁妖僧李子龙事件，向孝宗皇帝建议在东厂之外另设西厂。孝宗皇帝"锐意欲知外事"，很爽快地接受了这一建议。于是，汪直从锦衣卫官校中挑选了"善刺事者百余人"，另建了一个西厂，其职责是"广刺督责，大政小事、方言巷语，悉采以闻"。从职责来看，东厂与西厂并无大的区别，只是增加了一个新的情治机构，让宦官们享有更大的权力。

宦官干政，带来的两大弊端是特务政治与小人政治。历来政治清明的标准，是看当朝主政者是君子多还是小人多。宦官中，也有一些深明大义的君子，但太少。大部分宦官因生理使然，加之长期的训练，都有着无法自拔的侍妾心态。孔子讲"唯女子与小人难养也"，我认为他讲这句话不是从家庭的角度，而是出自社稷的角度，亦即政治的角度。朱元璋把女宠与宦官列为执政七戒的范畴，可见他是从操作的层面上理解了孔夫子的这句话。

宦官从某种意义上讲，是女子与小人的复合体，那些乱政的大太监，无一不是"小人中的小人"。这种人的显著特征，是心态的畸形。有两则小故事可以说明这个问题。

有位宦官出身孤苦，沦为乞丐，被阉进宫，发达之后，立志寻母。当有人费尽周折将他的母亲找到时，这个宦官却拒不相认，其原因是他的母亲是个老乞丐。后来，有人给找来一个妓女出身的老婆子，因这老婆子身上体现出了"富贵气"，他便欣然认母。这个宦官如此荒唐，其因是他认为生母不能给他带来家族的显赫，而妓女出身的老婆子，其仪态，其待人接物，都可登大雅之堂。

显达后的宦官还有一个苦恼，就是不能过正常的男女生活。宫里头也有宫女与太监相好，以夫妻相称者，称为"菜户"。这种菜户只可获得精神慰藉，而无实际的性事。宦官被阉，称为"去势"。有的宦官异想天开，想化"去势"为"还阳"。曾有一个宦官，听信妖道所献秘方，竟觅婴儿脑髓来吃，以为此举可以恢复性功能，真是荒唐至极，也是残忍至极。

宦官既然不能纵情色欲，对财货表现出的贪婪则倍于常人。明代的贪官中，聚敛财物数额特别巨大的，除了严嵩一人是外廷首辅，余下的如汪直、李广、刘瑾、魏忠贤等，都是权倾一时的大太监。

《鸿猷录》中，记录了刘瑾被抄没后的家产清单："金二十四万锭，又五万七千八百两，元宝五百万锭，银八百万又一百五十八万三千六百两，宝石二斗，金甲二，金钩三千，玉带四千一百六十二束，狮蛮带二束，金银汤鼎五百，蟒衣四百七十袭，牙牌二匮，穿宫牌五百，金牌三，衮衣四，八爪金龙盔甲三千，玉琴一，玉瑶印一颗。"这里记录的，仅仅是浮财，至于其不动产如田庄、豪宅之类，又不知道还有多少。

一个太监能积敛这么多的钱财，原因只有一个，就是深得皇帝信任，手中的权力太大。

《謇斋琐缀录》中记载了这样一个故事：深受弘治皇帝信任的大太监李广，因为得罪了太皇太后而喝毒酒致死。皇上听说李广的死信，便派人去他家搜求"异书"，结果抄出了大量的金银财宝，还有一本纳贿簿，详细记载了某人某时送来黄米多少石，白米多少石，等等。弘治皇帝看了纳闷，问身边的人："李广能吃多少东西，竟收了这么多粮食？"左右答道："此粮食非彼粮食也。黄米即金，白米即银。"弘治皇帝这才突然明白李广"赃乱太盛，遂籍没之"，并吩咐科道的监察干部根据纳贿簿对当事官员进行调查。向李广行贿的人多半是朝中重臣。他们之所以位居要职并连连升官，就是因为李广在弘治皇帝面前替他们讲了不少好话。俗话讲，有钱能使鬼推磨，如果皇帝跟前的"鬼"太多，则所有舍得花钱的人，都有官可做了。

座主

一　座主和门生

明代的座主，是一个颇有分量的名词。

封建时代的科举制度，为读书人的晋升提供了一条合法的途径。今人往往按现代的观点，对科举制度大加挞伐，窃以为是不尊重历史的表现。中国的政治，从势豪大户的博弈转而有了一点"仕"的特点，实得益于科举。像王安石、张居正这样的救时良相，皆出身平民，若没有科举，他们就找不到由江湖而入庙堂的途径。我曾在《让历史复活》这篇文章中谈及，研究中国政治，首先要研究皇帝与宰相这两个系列。皇帝的产生只有两途，一是改朝换代，用暴力攫取，是为开国皇帝；二是世袭。宰相的产生也是两途，新朝的开国宰相，都是辅佐新皇上打下江山的读书人。其后的宰相，基本上都是科举制度的产物。历史上，有文盲皇帝，但绝没有文盲宰相。盖因宰相的出身都是读书人。

今天的读书人出路很多，既可到政府部门当公务员，又可当企业的CEO，最不济者，当一个自由撰稿人，日子也过得下去。古时则不同，读书做官是士人唯一的出路。所以，科举是每个读书人必须经过的道路。

明代沿用唐宋两朝的科举制度，读书人参加县、省、全国三级考试。县试合格者为秀才；省为乡试，考中者为举人；国为会试，考中者为进士。进士的一甲，即为状元、榜眼、探花三人，由皇帝主持的殿试产生。每逢乡试与会试，主考官都由礼部任命。特别是会试，主考官往往由皇帝亲自挑选并任命。参加乡试与会试的读书人，若考中举人或进士，则要拜本科的主考官为座主。而座主则称这些弟子为门生。

明代以孝治天下，每家都有一个牌位，上书"天地君亲师"五字。"文革"以前，偏僻的小城镇还保留有这种类似神龛的牌位。我小时候，每逢年节，长辈便领着我到这牌位下磕头。这五个字，天与地放在前头，乃是敬畏神灵的表现。跟着后面的是君王、父母、老师三位，都是每个人必须终生"无限忠于"的权威。

座主的称呼源于老师，但比老师更受人尊重。因为座主兼有老师和仕途领路人的双重身份。明代的座主，一般都是皇上的股肱大臣。如解缙、方孝孺、杨士奇、杨廷和、夏言、严嵩、徐阶、高拱等内阁大臣，都曾担任过会试的主考官。他们一旦掌握大权，便会提携重用自己的门生。

所以说，门生对座主，无不奉令唯谨。这里头除了师生之间的道义，也蕴含了一些功利的因素。因为在封建专制的时代，朋党政治是一个永远无法解决的问题。所谓朋党政治，就是执政者多用私人。乡党、同年（即同科进士，类似于今天的同学）、亲戚、门生、故旧等，都属于私人的范围。古人荐贤"外举不避仇，内举不避亲"的原则，只是一种理想。在实际的操作中，不避仇的很少，不避亲的倒是比比皆是。因为这层原因，就不难理解座主在门生心目中的地位，是何其的显赫和重要了。

座主和门生的关系，说穿了，就是树和猢狲的关系。树大猢狲多，树倒猢狲散，这是一个利益共同体。座主对门生，是提携和保护；门生对座主，是依附和顺从。

若要从历史中寻找座主与门生之间亲密无间的典型，那就太多太多。若要找两者之间生出闲隙甚至仇恨来，就不那么容易了。就我所知，整个明代，门生弹劾或讽刺座主的，只发生过两例：一是武宗朝首辅李西涯，二是万历朝的首辅张居正。

二　罗玘弹劾李东阳

先说李西涯。

武宗皇帝初承大统，信任阉党，臭名昭著的刘瑾得以成势。国事迅速颓败，内阁首辅刘健秉持正义，与刘瑾之流斗争不懈，眼见圣意不可挽回，便率领内阁辅臣集体辞职。在刘瑾的主持下，辅臣大都斥逐，但留下了李西涯一人。李西涯觍颜受命，每日周旋于刘瑾、张永之间，曲意逢迎，几无臣节可言。当时的士林，虽然对他腹诽甚多，但慑于他的权势，很少有人敢于指责。

李西涯有一位门生,叫罗玘,时任监察御史。他看不惯座主的品行,于是修书一封,投到李西涯门下。这封信不长,兹全录如下:

> 生违教下,屡更变故,虽常贡书,然不敢频频者,恐彼此无益也。今则天下皆知,忠赤竭矣,大事亦无所措手矣。《易》曰"不俟终日",此言非与?彼朝夕诣以为常依依者,皆为其自身谋也。不知乃公身集百垢,百岁之后,史册书之,万世传之,不知此辈亦能救之乎?白首老生,受恩居多,致有今日,然病亦垂死,此而不言,谁复言之?伏望痛割旧志,勇而从之。不然,请先削生门墙之籍,然后公言于众,大加诛伐,以彰叛恩之罪,生亦甘心焉。生蓄诚积直有日矣,临械不觉狂悖干冒之至。

这封信虽然多有愤激之语,但罗玘仍不忘师生之谊。只是把信送到李西涯手上,并未公之于众。据说李西涯看了信之后,默默地流泪,不置一语,想是他有很多的难言之隐。

此后,刘瑾伏诛,王振等另一批小人又粉墨登场。李西涯仍琉璃球儿似的周旋其中。罗玘的规讽,显然没有起到作用。但罗玘终究没有撕破脸,与座主闹翻。

李西涯主持内阁近二十年,尽管昏昏老矣,仍不肯离去。一日,又有人朝他的门缝儿里塞了一首诗:

清高名位斗南齐,伴食中书日已西。

回首湘江春水绿，子规啼罢鹧鸪啼。

诗的意思很明显，要李西涯不要再当"伴食中书"了，赶紧回他的湖南老家去。这首诗是不是罗玘写的，已不得而知。

不过，信也罢，诗也罢，罗玘对座主的态度，是激烈而非极端。过后六十年，刘台弹劾座主张居正，就没有罗玘那么温文尔雅了。

刘台是隆庆五年（1571）的进士，那一年的主考官是张居正，名副其实的座主。

三　张居正师徒反目

张居正于隆庆六年（1572）六月当上内阁首辅，提拔了一大批青年才俊。刘台幸运地被张居正选中，由刑部主事升任监察御史巡按辽东。这对于一个入仕才两年的人来说，无疑是极大的晋升。此时的刘台，对张居正这个座主可谓感激涕零。但是，到了万历三年（1575），两人的关系发生了逆转。

那一年秋天，辽东总兵李成梁对蒙古作战取得胜利。刘台抢先向朝廷奏捷。按规矩，奏捷的事应由巡抚和总兵联合上疏，巡按没有奏捷的权力。刘台出于私心上奏，有邀功之嫌。他的奏章送达京城后，张居正看了很生气，便去信将他训斥了一顿。

斯时万历新政刚刚展开，张居正推行考成法，对官员的管理甚严。刘台抢先奏捷,虽非原则性的问题,但在这种大前提下,张居正将他当作典型申斥,其意图是让士林看到他的整饬吏治的决心。

收到张居正的申斥信后,刘台感到没有面子,大概年轻气盛,不思后路,竟轻率地做出了反抗的决定。万历四年(1576)的正月,刘台写了一道弹劾张居正的奏章呈给万历皇帝。

这篇弹章一开头就气势汹汹:

> 高皇帝鉴前代之失,不设宰相,事归部院,势不相摄,而职易称。文皇帝始置内阁,参预机务,其时官阶未峻,无专肆之萌。二百年来,即有擅作威福者,尚惴惴然避宰相之名而不敢居,以祖宗之法在也。乃大学士张居正偃然以相自处,自高拱被逐,擅威福三四年矣……

接着,刘台列出了张居正"擅作威福"的五条罪状:(1)两面三刀驱逐高拱;(2)违背生不称公,死不封王的祖制,给成国公朱希忠赠以王爵;(3)降黜与己政见不合的言官;(4)任用张四维、张瀚等私人;(5)接受边鄙武臣的贿赂。

张居正自担任首辅以来,得到了李太后与万历皇帝母子二人的绝对信任,各方面的改革亦进展顺利,他在朝野之间的威望,也远胜过了前面的夏言、严嵩、徐阶、李春芳、高拱一连五位首辅,达到了前所未有的高度。这时候,刘台的奏疏到京,在朝廷引起的震动可想而知,作为当事人的张居正,更是震怒异常。

前面讲过，明朝门生与座主闹别扭，见诸文字的，刘台之前，只有一个罗玘。但罗玘只是规劝李西涯，尚没有将矛盾公开化。刘台这次却是公开弹劾座主，这是大明开国以来的首例。因此张居正受到很大的打击，他当即向皇上写了辞呈，说了"我朝开国以来，未有门生弹劾座主，臣深感羞耻，唯有去职以表明心迹"这样的话。万历皇帝当然不会让张居正辞官，而是下旨着锦衣卫将刘台押解进京，榜掠之后，逐至偏远地方，削职为民。

但因刘台这件事做得太绝，张居正虽然表面上劝皇上不要给刘台太过严厉的惩罚，但心中却对这个忤逆的门生恨之入骨。底下人看出张居正的真实心境，于是又编织罪名，再将刘台流徙充军到偏远的广西浔州。万历十年（1582），当张居正病死在任上的当天，这个刘台也在流徙地病死。这一对终生都不肯相互原谅的门生与座主，在同一天死亡，或许也是天意。

木主

洪武初年的某一天，朱元璋视察南京太学。太学是国家的最高学府，因此明朝历代皇帝都重视太学的建设与教育。在太学的讲坛上，除了太学本身的教授，有时皇帝还亲自讲学，至于内阁大学士以及六部堂官中学养深厚者，更是太学讲席中不可或缺的人物。

这一天，朱元璋视察太学，除了审查讲义、了解生员学习起居情况，还有一个重要内容，就是瞻拜太学中的文庙。中国古代文化，集大成者，乃儒道佛三家。儒之孔子、道之老子、佛之释迦牟尼，都是圣人级。释迦牟尼虽来自印度，但经过长时间的磨合，他所创立的佛教早已中国化。这三个人中孔子地位更为崇高。因为这三位圣人的侧重点各有不同。释氏为宗教，对应救心；老子为哲学，对应养气；孔子创立的儒学，讲的是经邦济世的学问，对应的是教育。所以中国古代的知识分子，都称自己是儒生。自唐代开始，各县都建有文庙，塑孔子像以祠之。我小时候，家乡县城的文庙还在，前面一道棂星门，中门不开，只能从左右耳门出入。问其故，才知从明朝传下的规矩，春秋致祭日中门才能开放。再就是，若本县出了一名状元，则文庙之中门就可永久打开。照这个条件，则全国各县的文庙的中门，十之八九，是不可能永久开放的了。

孔子地位的尊隆，始自汉朝。后世历朝，皇帝虽有个人好恶，有的崇佛，有的信道。佛道之间，此消彼长。但尊孔之举，却是从来没有改变。二十世纪初新文化运动中，有识之士提出"打倒孔家店"，孔子遭了几十年的厄运，但这只能算是一个插曲。

却说朱元璋到了太学文庙，站在孔子高大的塑像前，半天沉吟不语。陪侍的礼部官员察言观色，揣摩是不是眼前这尊塑像陈旧了一些，引起圣上不悦。于是建议让户部拨款，给塑像修葺妆金。朱元璋盯着那位官员，问他："你见过孔子吗？"官员惶恐地摇摇头。朱元璋又问在场所有的官员有谁见过孔子，谁都不敢吱声。朱元璋于是徐徐说道："你们都没有见过孔子，朕也没有见过孔子。从现在往上数一千年，朕看也没有谁见过孔子。因此，给孔子塑像，都是妄自揣测。大家都来这里祭拜圣人。可这尊塑像并不是圣人啊！"

朱元璋的这席话，没有谁敢反驳。史书记载：孔子生于鲁襄公二十二年十月（前551）庚子日，卒于鲁哀公十六年（前479）四月己丑日，享年七十三岁。见过他真容的人，如果活到朱元璋那个年头，少说也有一千八百岁了。因此，朱元璋认为塑像并非孔子真容，在这尊像前跪拜，便是无稽之举。他因此下了一道圣旨，将太学文庙中的孔子塑像拆除，改为木主。

所谓木主,就是牌位,文庙大殿里没有塑像,只在正中的位子,竖立一块书有"至圣先师孔子牌位"的木板。

朱元璋的这道圣旨,是仅限于太学中的文庙呢还是普及于全国的文庙,已是不得而知。兹后内阁的孔子像易为木主,却是有据可查。但是,我参观过几座明代留下的文庙,如云南建水、山东曲阜等处,孔子仍然塑像庄严。即便是后人重修,在明代,木主之旨亦未在州县得到有力的推行。如天顺六年(1462)三月,朱元璋去世一百多年后,苏州府的文庙塑像剥落,教谕等官员倡议修饰,增其庄严。知府林鹗说:"塑像非古,洪武皇帝视察太学时,下旨易为木主。那尊太学的孔子像并未坏朽,尚且被皇上毁掉。如今我们苏州文庙的这尊塑像已剥落,还修他做甚,易为木主可也。"

林鹗话音一落,教谕就小心提醒:"知府大人,毁孔子像就是对圣贤不敬,还望三思而行。"林鹗笑道:"什么圣贤,这不就是一堆泥土吗?"林鹗态度坚决,且敢承担风险,苏州文庙的塑像,这才彻底拆除,换成木主了。又过了数年,到了嘉靖七年(1528),时任内阁首辅的张璁向世宗皇帝建议:拆除全国文庙的塑像,一律改为木主。世宗准奏,这事儿才在全国正式推行。

张璁是因大礼案而骤然擢居高位的政治投机分子。我曾在《皇帝与状元》一文中指斥他为小人。但在封建时代的政治领域中,无德的小人往往也能做出顺应时代的善政,君子有时也成为拨乱反正的绊脚石。所以,仅从道德的角度分析历史,往往会犯形而上学的错误。

朱元璋治理国家，有激情而无想象力。在处理江西龙虎山"张天师"封号的问题上，他曾说过"天至高至贵，安得有师"这样的话，因此下旨永久革去"张天师"的封号。这与将孔子的塑像改为木主的诏令，同出一辙。

助情花

一 房中术的别称

乍一听这个称谓,似应是花木的一种,其实不是,而是房中术的别称,或者说雅称。

所谓房中术,即男女性爱的学问。自春秋时起,代代都有人研究。但明代对于房中术的搜微探秘,可谓积前朝之大成。说到这个问题,不由让我想起于嘉靖二十一年(1542)十月二十一日发生的一宗震惊朝野的谋逆案。

二 宫女谋逆,想用绳子勒死世宗

当日夜里,世宗皇帝住在曹端妃的居所。这个曹端妃原来只是端嫔,因替世宗生下了第一个女儿,便于嘉靖十五年(1536)晋封为妃。端妃温存伶俐,世宗非常宠爱,故常常驾临。

却说世宗睡到半夜，忽有一群宫女拥入，将一根黄丝绳勒住他的脖子，并用两块手帕塞住他的嘴，又有几个人跳上床，坐在世宗的肚子上蹬压。世宗眼看就要绝命，但宫女不懂绾结之法，绳子活络不紧。户外的人听得房子里的响动，立刻拥入，救了世宗皇帝一命。旋即孝烈皇后赶来，当即将造逆的十六名宫女尽行捉拿。

皇帝虽被救下，但昏迷不省人事。工部尚书兼太医院掌印许绅立即进药，用桃仁、红花、大黄等下血药，辰时进服，未时世宗喉咙作声，被人扶起吐出半盆子瘀血。到了申时，即下午三至五时，才能开口讲话，听了刑部关于案情的汇报，他当即下旨：

> 这群逆宫婢杨金英等并王氏，各朋谋害弑朕于卧所。凶恶悖乱，好生悖逆天道，死有余辜。你们既打问明白，不分首从，便都拿去，依律凌迟处死，锉尸枭首，示众尽法。各族该属，不限籍之异同，逐一查出，着锦衣卫拿送法司，依律处决，财产抄没交官。艾芙蓉系姊拦阻，免究。钦此。

这件案子了结很快，五天以后，十六名宫女全都绑赴西市凌迟。行刑日，北京大雾，几乎终日不散。人们暗地议论，这件弑君案中有冤情，故天象有变。舆情所说冤情指的是曹端妃。她平日深得世宗皇帝的喜爱，孝烈皇后一直满怀醋意。是夜案情发生后，孝烈皇后赶到，趁世宗昏迷不醒，立即下懿旨将曹端妃缢死。其实，宫女们策划弑君，曹端妃压根儿不知道，孝烈皇后只是借此除掉情敌。世宗醒后知道了这件事，虽然生气，却也无力回天了。所以，十六名案犯，不列曹端妃的名字。

曹端妃虽然无辜送命，但冤情并不仅仅限于她。当时就有人隐晦地指出"宫闱秘事，外人难以窥得"。试想一下，十六名如花似玉的年轻宫女，既没有政治上的野心，不可能想取而代之做皇帝；又与外廷隔绝，不可能让人买通充当杀手。那么她们何以对世宗如此痛恨，非要取他的性命不可呢？只有一个可能，那就是世宗皇帝对她们过于"阴毒"，让她们不能忍受，才冒死弑君。

三　世宗笃信道术，在道士陶仲文的指导下炼房中术

这个"阴毒"究竟是什么呢？我大胆猜测，可能与房中术有关。

世宗皇帝一生笃信道术，对炼丹、斋醮投入极大的热情。在他执政的四十五年中，许多道人受宠，获得难以想象的殊荣。

有史可查，第一个得到他信任的方士是邵元节。他教世宗如何炼丹画符，用世宗自己的话说，叫"极称圣意"，所以赏了一个礼部尚书给他做。邵元节死于嘉靖十八年（1539）春。不久，另一位方士陶仲文迅速得宠。

这个陶仲文本是读书人出身，大约还中过举人。获宠前一直在辽东当一个九品仓官，品秩卑微。他给世宗进献房中秘术，一下子就勾住了世宗的心。

明代一些笔记文记载，房中术乃御女之法，所炼药饵都是壮

阳的"春药"。炼药所用的引水,一采自初生婴儿的舌血,二采自未婚少女的经血。这两种采血方式都极残忍。婴儿舌上血,采一次,哪怕是一滴,以针刺之然后挤血,可谓摧残,痛苦至极。少女经血,采取量大,若经血不足,妖道们辅以药石,增大少女们的排血量,延长经期时间。此种作用,亦使少女们痛苦非常。用舌血或经血炼出的丹药,色如辰砂,名曰红铅,或叫含真饼子。

世宗遇上陶仲文时,年方三十七岁,正是精气最为旺盛的年龄,吃了含真饼子这些"春药"之后,周身发燥,阳具彻夜不仆。此时,便按陶仲文所教之法御女。被御者没日没夜地遭受折腾,可谓苦不堪言。

四 "助情花"成为某些小人升官发财的终南捷径

我想,那十六位宫女可能既要提供大量的炼丹经血,又要充当世宗练习房中秘术的工具。那种肉体上的折磨与精神上的摧残,实在超过了她们心理与生理所能忍受的极限,故铤而走险,最终落得凌迟枭首的悲剧下场。

十六位宫女的反叛,并没有让世宗吸取教训痛改前非。他仍痴迷于斋醮以及房中术,因之对陶仲文的依赖越来越深。几年间,陶仲文由一个仓库保管累升为光禄大夫、柱国、少傅、少保、礼部尚书、恭诚伯;除本禄外,还兼支大学士俸。其子荫为尚宝丞。除了上述官职得到的应该俸禄外(收入超过内阁首辅),

还陆续获得世宗赏赐的白银十余万两,锦绣蟒龙斗牛鹤麟飞鱼罗缎近千匹、狮蛮玉带六条、玉印四颗。御赐给他的封号是"神霄紫府阐范保国弘烈宣教振法通真忠孝秉一真人",整整二十二个字,比孔圣人的封号还要长。明代那么多有名的股肱大臣,没有哪一个获得过陶仲文这么多的殊荣。而陶仲文所有的显赫,均来自他献给世宗的"助情花",因秘术嬖幸皇门,这是封建专制社会中屡见不鲜的现象。

陶仲文死后,世宗痛悼不已。几年后,世宗驾崩,隆庆皇帝继位,当年,便下旨剥夺了父皇赐给陶仲文的所有封赏,天下士民莫不称快。

但闹剧并没有结束,没过两年,隆庆皇帝自己也吃起了根据陶仲文留下的药方熬制的含真饼子,导致性欲大增,淫性大发,整夜不能入睡。结果下场比他父亲还要惨,只活了三十六岁,就一命呜呼了。

当然,这"助情花"并非陶仲文的发明。远在弘治年间,首辅万安因酒色过度,加之垂垂老矣,导致阳痿不举。他的门生御士倪进贤登门进献秘方,洗之复起。万安大喜,连忙将这秘方用红木盒子装好,恭恭敬敬写上"臣万安敬献",然后献给孝宗皇帝。孝宗皇帝命司礼监掌印太监将这件事抖搂出来后,万安为士林所不齿。

所以说,在明代,"助情花"已成为某些小人升官发财的终南捷径。

灯节

一 灯节源于敬佛

中国人喜欢热闹,最热闹的方式莫过于过节。老百姓口头语"看他家热闹的,像过节似的"表达的就是这个意思。前几年各地兴起了一股节庆之风,什么牡丹节、石榴节、民歌节、赛马节、风筝节……名目繁多,不胜枚举。节庆的目的,本是纪念和娱乐,但现在的节有些变味了,都成了贸易招商会,应了那句话"文化搭台,经济唱戏"。

中国古代,节庆也不少。除了传统的端午、中秋、春节三大节外,尚有元宵节、花朝节、立夏节、重阳节等节日。少数民族,藏族有雪顿节、回族有开斋节、傣族有泼水节,都各有所源,已成风俗。然而,在这众多的节日里,最热闹的,大概就是灯节了。

张灯的习惯,始于汉代,于今有两千余年的历史。起因是印度僧人进入中国传播佛教,言正月十五,佛祖示现神变,信徒应燃灯表佛,以示虔敬。从此以后,每逢正月十五的张灯,为佛教徒必备的功课。但那时还不叫灯节，彻夜不熄的光明灯，燃烧的还是宗教的情感。

二　上元张灯，始自唐睿宗

张灯于春节之后的上元，应该自初唐始。景云二年（711）正月十五，唐睿宗应一个名叫婆陀的胡僧所请，在长安的安福门外点燃千盏花灯以悦佛。是夜，睿宗亲往安福门城楼观看，帝王于元宵节赏灯，便是从他开始。这时候，还只是一夜灯，灯燃三夜，当从盛唐的玄宗开始。正月十五元宵节的前后二夜，金吾弛禁，开市燃灯，从此成为惯例。

灯节由三夜变为五夜，始于北宋。乾德五年（967），宋太祖下旨礼部："朝廷无事，年谷屡登，上元可增十七、十八两夜。"至此，一连五天的灯节，让北宋的都城汴梁珠光四溢，彩色千重。

靖康二年（1127），北宋的徽钦二帝被大金国掳走之后，钦宗的弟弟康王赵构继皇位，把都城从汴梁迁到杭州，是谓南宋。尽管有靖康之耻、河山沦陷之悲，赵家皇帝仍不改旧习，追求奢侈。淳祐三年（1243），理宗下旨将上元灯节由五天改为六天，即从正月十三至十八日。届时杭州城内，西湖边上，无论巷陌、寺观、市廛、桥道，尽皆编竹张灯，六天时间，杭州成了不夜城。

三　朱元璋当了皇帝后，提高了灯节的档次

明朝的朱元璋夺取天下后，建都于南京。数年后，都城初竣，为展示帝都气象，朱元璋决定恢复因战乱而停止的灯节，并将期限从六天提到十天。所不同的是，灯节不仅仅是赏玩，而加进了招商的功能。朱元璋在南京建了淡烟、轻粉等十四楼，以贮官妓。灯节期间，十四楼灯火最盛，天下富商纷至沓来，十四楼人满为患，其中不乏"腰缠十万贯，骑鹤下扬州"的纨绔子弟，但更多的是寻找商机的客人。所以说，"文化搭台，经济唱戏"并不只是盛行于今日，它最初的版权，应该属于明洪武皇帝。朱元璋是禁止商人当官的，参政议政也不行。十四楼的官妓，商人尽可享用，但五府六部一应权力机构，商人绝不可染指。反之，入仕为官的人，可坐八人大轿，享受朝廷颁赐的特权，但绝不可往十四楼嫖妓。虽灯节期间，概莫能外。

四　迁都北京后，灯节改成灯市

永乐皇帝迁都北京后，灯节又有了一点改变。自他开始，灯节不再叫灯节，而叫灯市。从寅时到酉时，即从早到晚，称为市；从酉时到寅时，即从晚到早，叫作灯。所谓灯市，就是白天

做生意，晚上看灯火。

灯市的时间，仍为十天，从初八开始，到十七结束，到了十三日，灯市便进入高潮。灯市遍于京城每个角落，中心会场设在东华门东，绵延二三里地，铺天盖地全是各种灯火。开市之日，各省的商旅云集。这阵势，有点像今天的广交会，除了外国财团，各省的经贸代表团都组成强大的阵容抵临，全城客店爆满，一铺难求。明代不同的是，各省的客商赶赴北京寻找商机，洽谈合作，纯粹是民间行为，绝不会有省长带队，而朝廷也不会出面组织。有提倡而无干涉，这是明朝对商业经济的一种态度。

却说灯市开张，东华门外九市一起开场。所谓九市，分衢与市，衢纵市横，纵四横五。这九个片区按货物归属划分。从三代八朝之古董、五等四民之用品、布匹绸缎、山珍海味、琴棋书画、油盐酱醋，一应货物，应有尽有。灯市期间，这中心会场肩摩毂接、人流熙熙，十分热闹。一俟天色黄昏，百廛尽收，一队队儿童打着太平鼓，蹁跹跳跃，从不同方向进入衢市。跟着进来的杂耍艺人也各自团起场子，表演舞狮、钻火圈、打斗、蹬坛、蹬梯等节目。直到城楼钟鼓报了戌时，那多至数十万盏的宫灯，一霎间全开了。

灯的用料、制作各出匠心，品类过千种。但是，灯市的费用，并没有从国家财政中支出，而是王侯贵戚或商人自掏腰包。譬如说，东华门东中心会场的这个街市的所有楼房，预先都被各省富商和贵戚租下装饰灯火。这租金随行就市，价格高昂，尽管如此，仍供不应求。商人们租楼装灯，类同今日的广告。哪家最绮丽奢华，他的货品销售就会好。其实，灯楼的装饰费用，都由买货的顾客掏了腰包，这叫羊毛出在羊身上。还有一些商家，觉得仅仅饰灯还不足以炫耀，于是又别出心裁搭起临时高架，在上头放烟花。中国的烟花，实源于永乐皇帝执政时的北京。当时的烟花肯定没有今天的花样品种多，但也有寿带、葡萄架、珍珠帘、长明塔等多种。从这些名字看，当时的烟花也可在空中爆出各种吉祥的图案。

虽然在朱元璋的手上就定下了十日灯市的制度，但灯市期间，朝廷官员并不放假。永乐七年（1409），永乐皇帝下旨赐官员十日假，与百姓一起欢度灯节。因为官员的参与，灯市比过去更加热闹。那氛围，有点像现在的"黄金周"。到了宣宗时，大约考虑到十日假太长，影响公务，于是下旨减半。并规定，官员上班期间，上至阁臣九卿、下至曹官掾吏，一律不得到灯市盘桓、接受宴请。

五 大内的灯会，称为鳌山灯会

唐宋两朝皇帝，每逢灯节，常常走出宫禁，以观灯为乐。明朝的皇帝，却少有出宫观灯的例子。但皇帝也是人，他身边的后妃嫔人，都闷在紫禁城中过于孤寂，大约是灯市的热闹让她们动心，有观赏的欲望。为了解决这个问题，大约也是在宣宗时，下旨在灯市期间，宫内举办灯会，此旨一出，遂为永例。

大内的灯会，一般在午门外的广场举行，称为鳌山灯会。比之东华门外的灯市，这鳌山灯会虽然规模与气势不及，但奢华与精致，却有过之而无不及。用宫灯制成一座数丈高的鳌山，周围再辅以数条灯街，耗资甚巨。大内惜薪司负责鳌山的制作。惜薪司是大内宦官衙门二十四监局中的一个，本负责大内的燃料供应。鳌山既属于燃料方面的事，就该他们负责了。太监给皇上办事，经常虚报数额，从中贪墨。举办鳌山灯会，从最初的一万多两银子涨到后来的十多万两，固然有规模扩大、物品涨价的原因，太监的中饱私囊，亦是执事部门都不敢说破的潜规则。以致到后来，每年大内鳌山灯会，成为国家财政的一大负担。

张居正于隆庆六年（1572）出任内阁首辅后，曾于当年年底给皇上建议"鉴于朝廷财政拮据，暂停鳌山灯会"，万历皇帝准奏。因此，鳌山灯会停办了八年，但东华门外的灯市，一年一度，却从没有间断过。

赏灯成为节日，始自唐朝。但灯市由都城漫向民间，却得力于明朝。如今，灯市已成民俗，大家见惯不惊，但在明朝，可以从灯市看出某个皇帝的喜恶好坏。例如，正德年间，紫禁城内起火，烧掉了一大片宫殿房舍，武宗皇帝登高观看火势，他不但不痛心，反而兴奋地说："是好一棚大烟火也！"他把火灾看成是鳌山灯会，可见昏庸至极。

丽江与木氏家族

一 木府——云南三大土司府之首

大约在嘉靖二十三年(1544),一个名叫木公的诗人,在丽江城中的制高点狮子山上,目睹脚下大片大片匍匐着炊烟的苍苍青瓦,以及家家门前流过的清清雪水,他或许想起了北宋柳永的词句"今宵酒醒何处,杨柳岸,晓风残月",抑或辛弃疾的名句"众里寻他千百度,蓦然回首,那人却在灯火阑珊处",不由得诗兴大发,援笔伸纸,写下一首《述怀》诗:

> 丽江西迤西戎地,四郡齐民一姓和。
> 权镇铁桥垂法远,兵威铜柱赐恩多。
> 胸中恒运平蛮策,阃外长开捍虏戈。
> 忧国不忘驽马志,赤心千古壮山河。

这位木公并非一般的诗人,而是明嘉靖年间纳西土司。研究明代的土司制度与丽江古城的发展史，都绕不开木氏家族。《纳西族史》记载："丽江纳西族木氏土司，曾经元、明、清三朝，传世二十二代，共四百七十年。而明代木氏土司，是其极盛时期，与蒙化、元江并称为云南三大土府。"

中国是一个多民族的国家，处理和协调各民族之间的关系，一直是历朝当政者优先考虑的重大问题。由于历史形成的原因，加之生活习性所致，少数民族一般都住在远离中原的边鄙之地。或山高林密，交通不便；或气候恶劣，驽愚未化；中央政权极难控制。汉之于匈奴，唐之于鲜卑、回纥，宋之于契丹、女真，皆是因为没有处理好民族矛盾而酿成经年不息的战乱。自秦及清历经的朝代，唯有宋朝国土面积最小。其时中国的版图上有辽、西夏与赵宋王朝并存。含北京在内的燕云十六州都在辽国的控制中，大金灭辽，北宋南迁。金与宋基本以淮河为界。南宋的疆域更为局促。元朝灭金灭宋，国土的疆域再次扩大。朱明王朝成立后，少数民族问题没有唐宋那么突出，但也不是河清海晏，疆域安定。东北与西南两处，民族之间的冲突时起时伏。朱元璋处理民族问题，可谓恩威并重。凡拥护中央朝廷的，一律加封；凡是叛乱的，则重兵剿灭。

明朝的官职，分土、流两种。所谓流官，一般在汉民地区所设置的省、府、州、县，任职者按年限升黜有律。而土官则尽在少数民族聚居的边鄙之地。担任土官亦即土司者，则是当地民族的头人或酋长。流官不能久任，到了年限就得迁转。而土官则可以世袭，官职代代相传。这一任职方式，到清代雍正皇帝进行

"改土归流"的改革后才宣告结束。

明朝在西南,即今天的云贵川,任命了三百余个土官,丽江纳西族的木氏家族,可谓是最为荣耀的一个了。

二 元朝两位开国皇帝的赏赐

木氏家族与明王朝的关系,至少可以追溯到洪武十五年(1382)。

却说朱元璋取得政权以后,曾多次招降云南境内的梁王和大理南诏国的段氏,都遭其拒绝。此情之下,朱元璋只好先礼后兵了。他于洪武十四年(1381),派傅友德、蓝玉、沐英三位大将率三十万大军到云南讨伐。第二年,当明朝大军攻破大理后,时任丽江土知府的纳西族首领阿甲阿得出境迎接大军,率众归顺。这是云南第一个归顺朝廷的土官,因此朱元璋相当重视。他给阿甲阿得赐姓为木,并颁诏旨:

朕荷上天眷顾,海岳效灵,祖宗积德。自即位以来,十有五载,寰宇全归于版图。西南诸夷,为云南梁王所惑,恃其险远,弗遵声教。特遣征南将军颍川侯傅友德、副将军永川侯蓝玉、平西侯沐英等率甲三十万,马步并进,罪彼不庭。大军既临,渠魁以获。尔丽江阿得,率众先归,为夷风望,足见摅诚!且朕念前遣使奉表,智力可嘉;今名尔木姓，从总兵官傅拟授职。建功于兹有光，永永勿忘，慎之慎之。

从此，阿甲阿得的后裔都以木氏为姓。关于木氏家族统治丽江的情况，自阿得之后，记述甚详。此前，《木氏宦谱》虽有记载，但比较简略。族谱中记述的第一代祖先叫叶古年，是初唐时期的一个摩娑。这个纳西王是唐朝的一个军事官员，但除了名字，他的事功在历史上几乎没有任何记载。值得记述的是元朝纳西王家族的第三代阿琮阿良。他的父亲牟保阿琮是个传奇人物，据说他懂得各个部落的语言文字，并深谙中国古代哲学家的经典，在世就被纳西人奉为先知和圣人。由于他的努力，长期分裂的纳西族各个部落终于统一，他们联合拥戴牟保阿琮是唯一的纳西王。

阿琮阿良是牟保阿琮的独生子，他继承了父亲的王位。在南宋理宗宝祐元年（1253），蒙古皇帝宪宗亲命御弟忽必烈远征大理。忽必烈自甘肃临洮出发，经过四川松潘过大渡河，一路所经两千余里，都是荒无人烟、鸟兽绝迹的雪山草地，这一次军事行动放在世界的军事史上考量，也无疑是一个奇迹。当忽必烈的大军在距丽江东北方向二百四十里地的宝山乘坐吹涨了的羊皮筏渡过金沙江时，阿琮阿良就派出使者赶到江边欢迎，并表示了归顺之意。两天后，阿琮阿良又亲自来到距丽江八十里地的剌巴江口欢迎蒙古大军。这一举动令忽必烈十分高兴。当他统一中国成为元朝第一位皇帝，便晋封阿琮阿良为茶罕章管民官。几年后，忽必烈又赐阿琮阿良一颗重四十八两的银印，授予他提调诸路统军司之职，并管理原本就是属于他统治范围的七个州府。

作为中央朝廷的命官，阿琮阿良开了一个很好的先例。一百多年之后，他的四代孙阿甲阿得仿效他，再次在西南土著中率先迎接明朝王师。为了纳西部落的利益以及境内民众的福祉，两人都做出了正确的选择。

三　纳西王变成了丽江府知府

一个民族的兴衰，总有一定的规律可循。除了战争、灾难、文化与风俗的作用，领导人在历史转折关头的抉择也非常重要。民族的进化过程同生物的进化过程是一样的，都是优胜劣汰。这个道理虽然浅显，但做起来并不那么容易。中国是一个多民族的国家，在漫长的历史中，各民族之间为争夺土地、资源和人口，常常爆发激烈的战争。最近，我曾到东北及内蒙古等处考察辽金王朝的遗迹，便发觉史书上记载的诸多重要城市如宁江州、塔虎城、临潢府、会宁府等，都变成了一片废墟。特别是辽国都城，位于临潢府的辽上京，这座在公元十世纪足以与北宋都城汴京相抗的塞北最为繁华的都会，竟然沦落为一片草场。当我徜徉其间，偶尔从草地中抠出残损的宫墙殿瓦，心中便浮漾起强烈的历史兴亡感。城市同人一样，有生有灭。但是，有的像天真烂漫的孩童，一场天花就足以摧残她的花季；有的如健康长寿的老人，虽鹤发童颜，依然散发着令人心荡神驰的魅力。

辽上京属于前者，而丽江则属于后者。

丽江位于云南西北部，距昆明约一千二百里。关于这座城市的建设时期，各类史书中均没有确切的记载。在唐朝时，丽江曾称丽水，但那并不是指一座城，而是指金沙江与澜沧江之间的大约六百平方公里区域。这是纳西古国的版图。那时的纳西王，显然还没有一座像样的城堡。据《云南通志》记载：古时这一片区域只有一个土官衙门，设在通安，距现在的丽江城东面三里。忽必烈革囊渡江来到这里时，丽江城还不存在。《丽江府志略》记载，丽江县的设置是在阿甲阿得归顺朱明王朝的洪武十五年（1382）。由此推断，丽江城的建造不会早于此年。两年后，朱元璋又给已更名为木得的阿甲阿得颁下了第二道圣旨：

> 朕设爵任贤，悬赏待功，黜陟予夺，俱有成宪。惟蛮夷土官，不改其旧，所以顺俗施化，因人授政。欲其上下相安也。乃者命入黔中，土官木得，世守铜川，量力审势，率先来归；复能供我刍饷，从我大兵，削平邓川三营之地；献岁之初，万里来贡，似兹忠款，宜加旌擢，今授中顺大夫、丽江府知府。

从这道圣旨推知，木得已完全服从了中央政权的领导，他不再是纳西王，而是帝国官员系统中的一名知府，所不同的是，他的知府职位可以世袭。应该说，这是双方共同努力的结果。一方面，是朱元璋采取了比较正确的民族政策，即"惟蛮夷土官，不改其旧，所以顺俗施化，因人授政"。这短短几句话，细究起来，可谓内容丰富：不改其旧，就是给予民族自治的优惠政策；顺俗施化，就是在尊重各民族风俗习惯的基础上，施以教化，让其学习中原文明；因人授政，则表明了中央政权的原则和立场，被任命的土官，必须与朝廷同心同德，否则，给授的官职不但可以收回，而且还必须接受处罚。这方面的例子，在明朝并不在少数。如洪武二十五年（1392），建昌卫（今西昌）土司月鲁帖木儿造反，想脱离王朝独立，柏兴州土酋贾哈剌跟着起哄。官军立刻前往围剿，两人先后皆被诛杀。两处的世袭土官也从此革除，改任流官。

四 羁縻与因俗施化——明朝的少数民族政策

在总结前朝民族政策的得失而建立起来的明代土司制度，可谓最为完备。《明史·土司传》明载："沿及汉武，置都尉县属，仍令自保。此即土官土吏制度之所始欤！迨有明踵元故事，大为恢拓，分别司、郡、州、县，额以赋役，听我驱调，而法始备矣。然其道在于羁縻。彼大姓相擅，世积威约，而必假我爵禄，宠之名号，乃易为统摄，故奔走惟命。"

我认为，这段论述并没有朱元璋给木得的第二道圣旨那样雍容大度。作为民族政策，"然其道在于羁縻"与"因俗施化"这两句话有着质的不同。前者立足于控,而后者着意于导。控字当头,彰显的是武力;导字当头,提倡的是文明。作为大一统的国家,中央政权没有威严不行,但一味地杀气腾腾,对反抗者只会是镇压而让其威服。恩威并济,是朱元璋民族政策的两手。朱皇帝两手都抓,两手都硬,绝不会是一手硬、一手软。

在整个明朝,木氏家族与中央政权的关系,一直良性地发展。按《纳西族史》的说法:"明王朝依靠木氏土司加强了对滇西北的统治;木氏土司也在明王朝支持下,不但扩大了自己的势力范围,也造就了经济文化空前繁荣的局面。"

朱明王朝对忠于政权的木氏家族,的确呵护有加、礼遇优渥。终明一朝,见之于记录的赏赐有二十八次之多。洪武十六年(1383),木得刚一归顺,朱元璋就亲笔题写"诚心报国"四字,制成金腰带赐给他。木得投桃报李,多次带领自己领导的"义兵"协助官军前往围剿反抗朝廷的另外一些少数民族部落的酋长。

研究丽江在整个明朝的发展情况,与其说是"羁縻"手段的作用,倒不如说是"因俗施化"的政策导向的结果。

五 按天堂的要求建造的城市

今年的八月末,我曾对丽江古城有过一次短暂的访问。一出机场,便看到机场停车坪外矗立的一块巨型广告牌,上面绘有著名导演张艺谋的大幅画像。丽江市政府着力宣传张先生执导的大型山水歌舞《丽水金沙》。同样的广告牌，在丽江市内，我也见到过。看来，丽江市政府希望借此来提高这座古城的知名度。这种做法虽是善意的，却不见得妥当。因为丽江已不需要做任何的宣传，古城里早已人满为患了。

丽江古城地处滇西北高原，海拔有两千四百米，是一座典型的高原城市，或者说，它是一座高原的水城。同家家泉水、户户垂杨的北方泉城济南相比，这里水脉更旺；同河街枋比、扁舟往来的江南水乡苏州相比，这里流波更静。是夜，走进古城一间"纳西人家"的餐厅吃饭，看到窗外的古树清波，闻到略含一点辣子味的潮润沁甜的空气，我的心情一下子就放松了。及至餐后上街漫步，看到一条条穿过明清风雨的街道，我再一次觉得木氏家族值得丽江人民永世纪念。因为，自阿得归顺朝廷并更名为木得之后，近四百余年，丽江没有遭到任何战争的蹂躏与洗劫。

丽江在木得手上始建。他在《木氏宦谱》上被称为第七代，但改姓木后，他则成了第一代。到康熙五十九年（1720），第十七代土知府木兴去世，丽江在木氏家族手中完整地统治了三百余年。这漫长的三个多世纪，既是木氏家族的辉煌期，亦是丽江古城的发展期。

历代木氏家族的统治者们，在保留纳西族文化风俗的基础上，大量吸收先进的汉文化，不同文化的交融与演绎，使丽江古城充满了活力与魅力。美国著名未来学家托夫勒说过一句话："风俗自下而上，风气自上而下。"这自上而下，便是朱元璋所说的"因俗施化"的过程。木氏家族的统治者们，都心仪汉文化，问政之余，以吟诗作赋为盛事。前面所提到的木公，虽然生性骁勇，一生打过很多次胜仗，因军功屡受朝廷嘉奖，但他雅好吟咏，与当时流放云南的大才子、状元杨慎保持着很好的友谊。杨慎编选过一本木公诗集，定名为《雪山诗选》。这本集子，即便放在同时代汉族诗人行列中，亦毫不逊色。

在丽江逗留期间，我曾专门前往参观了被徐霞客誉为"宫室之丽，拟于王者"的木府。这座背靠黄峰、面临玉河的庞大建筑群，不但是国内保存最为完整的土司府，亦是丽江古城繁华兴盛的见证。站在黄峰的楼阁上，我俯瞰十万烟灶的古城，眺望远处逶迤的玉龙雪山，心中忖度：当一个城市的命运与一个家族的命运联系在一起的时候，这个城市或许是幸运的。因为，建设它的人同时也是要居住它的人。你想住在天堂里，你必然就会按天堂的要求来建造这座城市。

读了明朝不明白

一

二十世纪九十年代初，当我萌发了创作长篇历史小说《张居正》的念头时，就有朋友劝诫我说："你进入明史研究可得当心，那可能让你交上霉运。"朋友的话有几分道理，长期以来，明史研究中的禁区甚多。究其因，乃是因为明朝的社会形态，与今天的相似之处甚多。由于意识形态，许多阐微搜剔的工作，便不能畅快地进行。但我觉得朋友的担心是多余的，社会毕竟在前进，许多禁锢正在慢慢地消失。

可以说，四十岁前，我对明朝的历史茫然无知。民间传说"朱元璋炮打庆功楼"以及永乐皇帝诛杀方孝孺等故事，都是在我少年时代接受的明史熏陶，它使我对朱明王朝的印象极为恶劣。我进行长篇历史小说《张居正》的写作，开始静下心来，做了五年明史研究。首先是研究嘉靖、隆庆、万历三个时代的断代史，且由政治而旁及其他。随着研究的深入，我思维的触角开始上下延伸。说老实话，大量的阅读并没有让我产生快感，相反，许多疑惑像梦魇一样在我的脑海里挥之不去。

审视中国数千年的历史，追溯那些已经逝去的王朝，我们不难发现，每一个王朝由兴盛走向衰落，规律大致相同。王朝创建者的智慧与能力，对社稷的领悟，对苍生的关注，决定了他们创立制度的动机以及管理国家的能力。孟子说"吾善养吾浩然之气"，养气不但对于个人，对于一个国家来讲，也至关重要。

汉语是象形文字，研究每一个字的组成，就会惊叹中华民族的祖先是多么的睿智。例如"病"字，丙加一个"疒"旁组成了病字。丙是天干十字中的第三字，按五行来讲，丙属阳火，丁属阴火。阳火一旺，人就会生病，《易经》乾卦中第六爻，辞曰"亢龙有悔"，这个亢龙，就是阳火旺盛的飞龙，它虽然翱翔九天，引得万人瞩目，但它已经是一条有病的龙了。以此类比于国家，即是盛极而衰的开始。

一个人要想终生不得病，第一养生要义就是去除体内的火气。一个国家也是这样，要想平稳发展，第一要素也是要避免"走火入魔"。这去火的过程，就是"养气"的过程。

一个人的精气储于肾囊，一个国家的精气则蓄于精英。因为古往今来的历史反复证明：精英是社会发展的引擎。读者或许要问："你这么说，把苍生百姓置于何处？殊不知，得民心者得天下。"话是这样说，但民心的落实，还得靠精英做他们的代言人。皇帝—精英—百姓，这三者若能有机地统一，则国家稳定，社会和谐。这虽然是现代政治的理想，但此一观点的提出，却是中国古代的哲人。是贤人在朝还是贤人在野,是古人判别政治是否清明的一个重要标准。贤人,即是我们今天所说的精英。一个国家、一个政权,要想养出自己的"浩然之气"来,首先就是要培植和善待精英阶层。

毋庸讳言,当今之世精英的含义已经恶俗化。一些富商、名人、政府工作者被视为社会精英,而广泛受到追捧。但老百姓并不买他们的账。因为他们身上并不具备精英人物的三个前提:道德自律、忧患意识与担当精神。我之所以将精英比之于贤人,是因为古代的贤人,其地位仅次于圣人。比之达人、才人有着更高的影响力。圣人是指出人类生活方向的人,贤人是推动社会进步的人。圣人书写人类的历史,贤人书写社会的历史。所以说,贤人在朝就政治清明。

观诸明朝,我不能不感到沮丧。因为历史的机缘,农民出身的朱元璋依靠武装斗争夺取了政权,创建了大明王朝,由于朱元璋狭隘的农民眼光,他几乎从一开头就排斥精英。尽管从他留存下来的各类谈话与谕旨中,我们看到一个"思贤若渴"的圣君形象。但实际情况是,他眼中的精英,实际上是能够替他管理国家的各类专才。在明代的制度创立中,他过分相信自己的道德判断。这个在田野与寺庙中度过童年与少年,在战场上度过青年与壮年的皇帝,几乎不具备宽广的历史视野。苦难与杀伐的经历,使他的性格粗鄙化而缺乏作为统治者必备的儒雅。这样一来,他始终对读书人怀有猜忌与仇恨。终明一代,只有两个读书人获得封爵,一个是刘基,被封为诚意伯;一个是王阳明,被封为新建伯。这两个人，是典型的贤人、精英，但他们的受封，不是因为他们的道德学问，而是因为他们的军功。

比之朱家后代皇帝的昏庸，朱元璋的确称得上是一个英明君主。他的"亲民"思想表现得非常突出。这民，并不是国土上所有的臣民，而主要指的是农民。他订立的国家制度，其出发点就是保护农民的利益。对士族，他多有压制；对商人，他是侮辱大于鼓励。

今天，我们可以说朱元璋管理国家是"意气用事"，但在当时，所有为他服务的官员莫不将他的圣旨奉为圭臬。朱元璋按自己对精英的理解来选拔官员，其结果是，官员的选拔制度成了逆淘汰，即奴才都走进了庙堂，而人才则终老于江湖。精英若想进入朝廷为官，首先得培植自己的奴性。

尽管从一开始，明朝就发生了制度缺陷这样的悲剧，此后又爆发一次又一次社会危机，可是，它为什么还会将政权维系长达二百七十六年之久呢？

在所有的不明白中，这是最使我不能明白的问题。

二

在各种明代的典籍与笔记中，我们经常会看到一些互相抵触的记述。这本书上记载：南京城中的两位年轻人，因为违反了朱元璋颁发的穿衣的禁令，私自在裤腿上镶缝了一道红布作为装饰，而不得不接受铡断双腿的残酷刑罚；而另一本书上则记载了又一个穿衣服的故事，明中叶以后，随着朝廷纲纪的松弛，南北二京，出现了不少的服妖。其时，朝鲜的马尾裙在北京甚为流行。一条马尾裙的价格，数十倍于苏杭出产的最好的丝绸。因此，拥有一条马尾裙，不仅仅是财富的象征，也是身份的象征。有一位官阶二品的工部尚书，不惜花重金买回一条马尾裙，倍加宝爱。三年来，只要在公众场合上看见他，身上必然穿着这一条马尾裙，即便上朝觐见皇帝也不例外，在京师传为笑柄。

穿着马尾裙上朝与穿一条用红布镶了裤脚的裤子，前者显然更加怪异。但是，前者的招摇过市，仅仅是留下笑柄而已。而在一百多年前的南京，那两位被砍断双腿的年轻人，却给明朝初期的历史，留下一股淡淡的血腥。

实践是检验真理的标准，其实，时间也是检验真理的标准。纵观人类的历史，在漫长的岁月里，并不是以真理为坐标来规划自己前进的方向。找到真理然后又丧失真理，然后再寻找……如此循环往复，时间往往能校正一个王朝的错误，同时，也可以让某一个统治集团颠覆自己的理性。

尽管明朝帝国的创立者朱元璋，从一开始，他的理性就不大靠得住，但他的朴素的农民感情以及农民的智慧，或者说农民的狡猾，使他创建的明朝制度有非常明确的指向：即一切为了巩固朱家的皇祚，一切为了底层百姓的实际利益。不过，他对农民的感情，仅仅局限于让他们得到休养生息的机会，享受田野的牧歌。在政治以及个人自由领域，他始终保持高度的钳制。他厌恶商人，痛恨城市的流民，小时候的苦难经历让他终生不能消除"仇富心理"，这样一些心态让他的治国方略获得了底层百姓的支持，所以开国之初，国家呈现出一派生气。

但朱元璋的错误在于，他将"民"与"士"对立起来。孔圣人从治国的角度讲过一句非常经典的话，叫"惟上智与下愚不移"，由此，他得出结论"民可使由之，不可使知之"。因为这句话，古代的当政者，津津乐道的一个词是"驭民之术"。把老百姓当作牲口一样来驾驭，这是一种盛气凌人的专制的表现。朱元璋尽管亲民，但他并没有放弃统治者的傲慢。而且，他还将这种傲慢从民众移植于士族。中国的"士"，主要由读书人组成，不同于今天的是，古时的读书人，多半是有产阶级。因为，他们不但是知识的拥有者，亦是贵族精神的体现者。在漫长的历史中，特别是春秋战国时期，"士"作为独立的社会阶层可以对皇权起到抑制与抗衡的作用。我认为，"士族政治"亦可称为贵族政治。这种政治的特征是讲求社会的稳定，人格的尊严。自秦政之后，贵族政治在中国已基本消亡。皇权的专制淹没了一切。但是，无法表达贵族政治意愿的"士"，却一直以个体的方式存在。当他们的理想诉求一次次遭受残酷的打击后，他们被迫退而求其次。"学成文武艺，货与帝王家"，自觉降格为统治者的驭民工具，这是民族的悲剧。所以，后来的"士"，已无复春秋战国时期那种鲜活的贵族精神。

但是，不管士人的精神如何受到扭曲，毕竟，中国贵族精神的薪火还在他们中间流传，这也是历代王朝的统治者最不放心的问题。唐与宋两朝,中国的士人尚在政治舞台上发挥较大的作用。尽管他们的政治想象力已大大萎缩,但在治理国家时,他们还可以表现自己生命的激情。到了明朝,入仕的读书人连唐宋的流风余韵都不敢奢望。朱元璋只希望在他的国度里出现大批的工具性的人才,而并不愿意看到与"政统"抗衡的"道统"成长起来。思想者在他的眼中,只能是瑟缩的檐雀而非翱翔九天的鲲鹏。

立国之初,朱元璋深感治国的人才奇缺,有一天他找来中书省(后来被他废掉的这一相当于宰相府的机构)的大臣,对他说:"自古圣帝明王建邦设都,必得贤士大夫相与周旋,以成至治。今土宇日广,文武并用,卓荦奇伟之士,世岂无之?或隐于山林,或藏于士伍,非在上者开导引拔之,则在下者无以自见。自今有能上书陈言敷宣治道武略出众者,参军及都督府俱以名闻。若其人虽不能文章,而识见可取,许诣阙面陈其事,吾将试之。"

这一类的话,朱元璋讲过很多。单看官方的史籍中留下的圣谕,我们会觉得朱元璋是一个非常尊重人才的圣君。但实际情况是,帮他运筹帷幄打下江山的三大士人朱升、刘基和宋濂,没有一个落得好下场。此后的解缙、方孝孺,以及明中期以后的张居正、戚继光、李贽、袁崇焕等,有谁不是在历史中留下悲惨的结局呢?

朱元璋喜欢用奴才,这是不争的事实。在拙著《张居正》中,我曾借张居正的口说过这样一句话:"当奴才不要紧,怕的是只当奴,而没有才。"明朝历代官员,有不少奴性十足的人。对这种人,窃以为亦不可一概否定。套用一句现代术语:"所有的商品,都是为市场准备的。"购买者的意愿决定了商品的价值。奴才的最大消费市场永远在皇帝那里。

单论奴才，品种不一样，在皇帝那里得到的信任度也不一样。单纯只有奴性，虽可见宠于一时，终因不能办成什么事情而遭到遗弃；奴性多一点而才能少一点，可当皇上的家臣；奴性少一点而才能多一点，皇上会对他"限制使用"，不到"挽狂澜于既倒"之时，断不会受到重用，王阳明、张居正便属于此类。皇帝最喜欢的一类，便是奴性与才能俱佳的人。这一类人，亦不可一概而论。他们既可成为干臣，也可能成为滑吏，关键看他个人的操守与奴性的表现。为社稷而奴，为苍生而才，是不得已的选择；为皇室而奴，为私利而才，才应该被钉在历史的耻辱柱上。

永乐皇帝有一次对他相信的大臣说："某某是君子中的君子，某某是小人中的小人。"他是从人品操守的角度来评价，这两个人都是他依赖的股肱。他并不因为某某是君子而特别重用，某某是小人就弃而远之。这种泛道德的用人观，再次说明明代的皇帝们的"痞气"与"匪气"，他们缺乏贵族的高尚，导致政治的进一步恶俗化。

三

从历史的角度看，秦始皇横扫六合统一中国，虽然功不可没，但中国政治的拐点亦自他手中产生。此前的中国政治，是士的政治，亦可称为贵族政治；此后的政治，是皇权的政治，亦可称为专制政治。这种皇权的专制，在明清两朝达到极盛。辛亥革命推翻帝制，应该是中国政治的又一个拐点，从专制走向民主共和。但是，它过多地依赖西方的文化资源，而忽略了春秋战国时期的士的政治，因此并不成功。

产生于春秋战国时期的中国文化的元典精神，是健康的、明朗的、积极的、鲜活的。自秦政之后，这种精神遭到无情的扼杀。魏晋时期的文人，试图恢复去时未晚的贵族精神，但是，强大的皇权阻止了这种理性的回归。自那以后，中国再也没有出现"道统"的领袖。在明朝，虽然王阳明的心学曾经影响了几代知识分子，但终非惊醒梦中人的黄钟大吕。

四十岁前，当我不了解明代历史的时候，我对现实生活的观察与思考，往往找不到解释的根据，甚至将西方的民主自由作为坐标，来衡量我们的政治生活。现在看起来，这是犯了"右派幼稚病"。首先要认识清楚，民主与自由虽然是关联的，但不能等同起来，这是两个不同的概念。春秋战国时期的贵族政治，虽然没有民主，但却是自由的。明朝之后，个人的自由遭到空前的摧残。从朱元璋创立明朝的1368年算起，到中国历史的另一个拐点，推翻清朝帝制的1911年为止，这五百多年间，中国人的心灵一直是在压抑、扭曲之中。除了皇帝之外，没有任何一个中国人活得有尊严，有安全感。走进明朝，仿佛走进了由宦官、特务、幸臣与小人组成的专制统治的博物馆。不是那两百多年间没有精英人物出现，只是这样的精英，只能当明代政治舞台上的配角，但在悲剧的舞台上，他们却是主角。

  以上是我在研究明朝之后产生的思考，它不见得准确，但却是我无法回避的一些问题。至今我仍在努力，想把那些不明白的东西弄明白，但这样做非常困难。就像一个外科医生，他可以熟悉一个人的骨骼和脏器，但是，他无法进入这个人的神经系统。

第三辑

好人不一定是好官。好官的标准是上让朝廷放心,下让苍生有福。在官场里要想做好人,应该比较容易,守住"慎独"二字就可以了。做好官却很难。

读书种子

一

建文四年（1402），久有夺位之心的燕王朱棣决定挥师南下，从北京打到南京去，从侄儿朱允炆手中夺取政权。临行前，他问他深为倚赖的"国师"——大和尚姚广孝有何嘱咐。姚广孝说："殿下到了南京，一定会顺利取得皇位，忠实于建文帝的大臣们也会有许多人不肯同你合作，这些大臣中有一个叫方孝孺的人，他是建文帝的老师，这个人你万万杀不得。"朱棣问他为何杀不得，姚广孝回答："方孝孺是一颗读书种子，你若杀了他，咱们大明王朝，就没有读书的种子了。"朱棣答应了姚广孝的请求。

先说说这个姚广孝，元朝末年战乱期间，姚广孝还是一个年轻的读书人。他少有大志，只是出身寒微，无从发迹。有一天，他看到一位大和尚出行，其显赫排场不亚于高官。不免心动，于是削发出家。朱元璋也当过几年和尚。登基之后，一方面，他很忌讳别人说他和尚出身，另一方面，他又笃信佛教。当政权稳定之后，他听从大和尚宗泐的建议，给他分封各地入藩为王的儿子们每人配一名和尚作为师父，其意一是让这些藩王收敛杀伐之心，不要做出兄弟阋墙的蠢事；二是让他们学会慈悲为怀，确实能担负起化土育民的重任。他从全国的高僧中挑出二十人担此重任，姚广孝列名其中，并被分派到北京燕王朱棣麾下。

姚广孝从南京登程前往北京，过京口时写了一首《京口览古》，诗作不俗，虽是和尚，却透出了难得的英雄气，兹录如下：

> 谯橹年来战血干，烟花犹自半凋残。
> 五州山近朝云乱，万岁楼空夜月寒。
> 江水无潮通铁瓮，野山有路到金坛。
> 萧梁事业今何在，北固青青客倦看。

所谓萧梁事业，指的是梁朝的萧家皇帝大做佛事。有诗人记其盛事"南朝四百八十寺，多少楼台烟雨中"，统治者信佛，可推动宗教，但若到了佞佛的地步，则好事反而变成坏事。姚广孝虽是和尚，对"萧梁事业"却有微词，可见此君的关注点在社稷而不在空门。他之建议朱棣不要杀方孝孺，既是读书人的惺惺相惜，更是他的治国主张的体现。

朱棣是朱元璋的第四个儿子。朱元璋登上皇位时，朱棣才八岁。朱元璋一共有二十六个儿子，客观地讲，这个朱棣是他最合适的接班人。他十一岁封燕王，行邸北京，十年后就藩。此人擅长杀伐，却缺儒性，所以对谦谦君子的建文帝十分瞧不起，便有了篡位之心。虽是篡位，他却给自己找了一个很好的出师名义，叫"靖难"。言下之意，建文帝身边有一群奸臣，把国事弄得糟糕至极，他若再不出兵"靖难"清君侧，大明的国祚就要完蛋。

其实，朱棣的侄儿，已死的太子的儿子朱允炆，也就是当了四年皇帝的建文君，身边的大臣里头并没有什么权奸，倒是有一帮书呆子。这帮书呆子以方孝孺为首。他们也看出了朱棣的夺位之心，制订了许多应对的措施，遗憾的是书生治国，过于讲求道德文章，国难当头，不懂得建立统一战线，结果弄丢了政权。

却说这个方孝孺，本是明初大儒宋濂的学生。朱元璋见到他时，一经交谈便十分赞赏，但并没有对他委以重任。用朱元璋自己的话说，是将方孝孺攒起来，留给日后继承他皇位的太孙朱允炆用。建文帝登极后，果然将方孝孺倚为股肱，每遇大事，君臣密晤。从方孝孺那里讨到见识后，方颁旨号令天下。

朱棣"靖难"成功，攻破南京城后，建文帝不知所终。方孝孺待在家中，倒有几天时间没有人来骚扰他。朱棣即皇帝位前，欲写一份布告昭示天下。写这份布告的人，必须德高望重，在朝野之间有足够的影响力，有此人出面证明朱棣的"靖难"是解国家之倒悬，那么他的登基就是上符天意下得民心的合法之举。朱棣思之再三，便选中了方孝孺来做这件事情。他于是下旨，请方孝孺前来皇宫商议此事。方孝孺屡不应召。后来，朱棣让兵士将方孝孺从家中挟持而来。方孝孺"持斩衰而行见"，持斩衰，即穿上守孝的服装。朱棣见方孝孺这副打扮，心中已是不悦，但压着怒气，铺开纸笔，请方孝孺草诏。方孝孺大声痛哭，斥道："将何为辞？"朱棣命令左右禁住方孝孺的哭声，亲自将笔递给他。方孝孺将笔投在地上，愤然骂道："有死而已，诏不可草。"朱棣大怒，威胁道："你就不怕死吗？"方孝孺说他早就抱着必死的决心。朱棣说要诛他九族，方孝孺答："即便诛我十族又何妨！"朱棣到此时，早忘了姚广孝的嘱咐，下令立即将方孝孺处以磔刑。方孝孺被杀后，朱棣仍不解心头之恨，想到方孝孺的"诛我十族又何妨"的话，便命手下一定要在寻常所说的九族之外找出一族来凑齐十族。君命难违，手下人思之再三，便将方孝孺的门生弟子称为一族凑上。朱棣准旨。于是，方孝孺死后，又诛了他十族，共八百多人。

在明初五十年中，朱元璋为巩固自己的统治，不断制造大案，辅佐他开创基业的有功之臣，大部分都被他以各种理由诛杀或者放逐。方孝孺的老师宋濂，是明朝典章制度的创立者，用古人的话说，他可称为朱元璋的文胆，用今人的话说，他是了不起的"制度设计师"，此公深知"伴君如伴虎"的道理，小心谨慎到了无以复加的地步。朱元璋单独召见过他多次，但没有任何人知道谈话的内容。宋濂不但守口如瓶，而且也不作任何记述，生怕惹祸上身，但就是这样一个谨言慎行的大才子、大国师，最终也难逃厄运，因他的孙子宋慎牵连到一起政治案件中，他差一点送命。要不是马皇后与太子力保，朱元璋早就将他处死了。他虽然保住了老命，却从此离开了权力中枢，被流放到四川茂州，人还没有走到，便病死在长江三峡上的夔州，最终埋葬在那座镇日任涛声撞击的荒城。方孝孺作为他的高足，对此事一直存有腹诽。所以，当建文帝登基，他便辅佐新皇上尽力推行仁政，对江南士族及读书人多加安抚。可惜君臣柔弱，各地藩王又过于强盛，两相对抗，道德文章只能如秋风中的败叶，飘满神州古道，一任铁骑踏碎。

如果说，朱元璋的杀人，在于清除政敌，遭殃的多半是权贵；那么朱棣的杀人，在于要世人承认他入承大统不是篡位而是"君权神授"，所以，遭殃的既有权贵，更有以方孝孺为代表的读书人。

姚广孝似乎有先见之明，朱棣虽然对他礼敬，但在杀方孝孺的问题上却没有给他面子。因为没有记载，不知道姚广孝得知方孝孺的死讯后有何表示。我想，他的心情不会太好，毕竟天下斯文同骨肉嘛。"靖难"之前，姚广孝极为活跃；"靖难"之后，他就变得消极了。朱棣要他还俗娶妻，并赐给他显赫的官邸，他一再谢绝，始终以和尚的面目出入于皇门，并在暮鼓晨钟的寺院里以终天年。

二

在明代对"读书种子"的扼杀，并不自朱棣开始。农民出身的朱元璋，从来都没有把读书人放在正确的位置上。他对读书人要么百般侮辱，要么加宠，但宠得不是地方。读书人虽然也羡慕荣华富贵，也愿意过锦衣玉食的生活，但最大的快乐仍在于"学有所用",即所谓"学成文武艺,货与帝王家"。但朱元璋对读书人始终存有戒心,且极敏感,生怕读书人嘲笑他没文化。为此,不少读书人罹祸。曾有一位翰林院编修张某,好直言,常常戳到朱元璋痛处。朱元璋对此公心生厌恶,便将他贬往山西蒲州当一个八品学正的小官。皇上生日,天下百官照例都得撰文祝寿。对此类贺表,朱元璋也都细心阅读。一日,他读到张某的贺表,见表文中有"天下有道""万寿无疆"等词语,顿时大怒,斥道:"这老家伙被朕贬了官,心里不服气,如今写文章来骂朕。什么'疆',什么'道'?他是咒朕僵了倒了。深为可恨。"于是立即派锦衣卫到蒲州将张某枷掠到南京,并亲自审问,厉声喝道:"汝谤语犯上,死到临头,还有何话说?"张某回奏:"请陛下容小臣解释,说毕领死不辞。陛下有旨,祝寿表文不许杜撰,用语必须出自经典。臣说'天下有道',乃先圣孔子格言;臣说'万寿无疆',乃《诗经》中臣子祝圣君之至情。今陛下认为小臣诽谤,实在冤枉。"朱元璋听罢,怅然良久,自我解嘲说:"这老家伙竟敢犟嘴,拖出去放了!"老学正步履蹒跚走出皇宫。许多高官大僚都吓出汗来,私下议论说:"数年以来,敢跟皇上顶嘴而能够活命的,仅此一人。"

百官的议论不假,朱元璋驭臣之道,一直采用重典。所谓恩威并重,实际上是恩少而威多。再说一件朱元璋滥用"重典"的事。立国之初建国子监,就是国家最高学府。一日朱元璋前往视察,觉得国子监的廨房(即今天所说的大学行政楼)建得过于奢华,当时就大发雷霆,把负责督修的官员找来,训斥一通就地正法，还不许收尸，就埋在墙角下，以儆效尤。所谓奢华，就是门楼高了一点，所用的木材超过了标准。可怜这位"子曰诗云"的文官，因此送了一条命。若干年后，一位新科进士偷偷跑到那个埋人的墙角跪下烧纸，被人发现问他原因，这位进士泪流满面说："埋在这墙角下的是先父。"听者骇然，劝新科进士快走，不要因为这次祭奠而葬送前程。

朱元璋起于草莽，虽是粗人，却也向中山王徐达说过"武制祸乱，文能安邦"之类的话。由此可知，他并不是不知道读书人的重要，知识的重要。当了皇帝后，他曾下旨有司访求古今书籍，藏之秘府，以资览阅，并对负责撰写起居注的侍读学士詹同说："三皇五帝之书，不尽传于世，故后世鲜知其行事。汉武帝购求遗书，而六经始出。唐虞三代之治，始得而见。武帝雄才大略，后世罕及，至表章《六经》开阐圣贤之学，又有功于后世。吾每于宫中无事，辄取孔子之言观之，如'节用而爱人，使民以时'，真治国之良规。孔子之言，诚万世之师也。"

由此可见，朱元璋之读书，之尊孔子，是为了找到治国的良规，舍此，哪怕再好的学问，也会被他弃之如敝屣。他与刘基的一次谈话，可以证明这一点。他问刘基："今天下以平，我们讨论一下国家的生息之道，何如？"刘基回答："生息之道，在于宽仁。"刘基特别点出"宽仁"二字，其因在于看到朱元璋驭臣太过苛严。朱元璋当时沉下脸来，回答说："不施实惠，而概言宽仁，亦无益耳。以朕观之，宽仁必当聚民之财，而息民之力，不节用则民财竭，不省役则民力困，不明教化则民不知礼义，不禁贪暴则民无以遂其生。如是而曰宽仁，是徒有其名，而民不被其泽也。"这段话对刘基的观点进行了严厉的驳斥，也道出了朱元璋驭臣之严的心理原因，乃是为了便利老百姓的休养生息。

自古以来，官与民似乎势同水火。读书人出仕为官，也分化得极为厉害。一些人秉持正义，为民请命；而也有人挟权自用，贪鄙无度。朱元璋看到了这一点，所以对为官者特别苛刻，简直到了"防官如防贼"的地步。应该说，他的出发点是好的，也想真正地为老百姓谋求福祉，但因自己耻于六义，难免给后世留下微词。

帝王的学问观、读书观，对当世影响甚巨。也就是说，他的好恶，直接决定了"读书种子"的优劣，更决定一个朝代的文运兴衰。

关于学问，朱元璋曾对翰林待制秦裕伯说过一段话："为学之道，志不可满，量不可狭，意不可矜。志满则盈，量狭则骄，意矜则小。盈则损，骄则惰，小则卑陋。故圣人之学，以天为准，贤人之学，以圣为则。苟局于小而拘于凡近，则岂能充广其学哉？"

很明显，这段话经过文人的修饰。以朱元璋肚子里的那点墨水，说不出这种文绉绉的话。但话里头的观点，无疑出自他的思想。他认为世上的学问都要以圣人为准，而圣人的学问则以天为准。谁代表天呢？当然是他这位皇帝。他认为真正有用的学问，就是能够帮助朝廷稳定政局，保固国本。他对詹同说："古人为文章，或以明道德，或以通当世之务。如典谟之言，皆明白易知，无深怪险僻之语。至如诸葛孔明《出师表》，亦何尝雕刻为文？而诚意溢出，至今使人诵之，自然忠义感激。近世文士，不究道德之本，不达当世之务，其辞虽艰深而意实浅近，即使过于相如、扬雄，何裨实用？自今翰林为文，但取通道理、明世务者，无事浮藻。"

这段话，非常完整地表达了朱元璋的学问观。在他看来，天下读书人的文章，要么"究道德之本"，要么"达当世之务"。舍此两种，皆是无用之学。因此，他非常瞧不起汉代才华横溢的大才子司马相如和扬雄，认为他们的文章无补苍生。他告诫当代的读书人不要学他们"无事浮藻"。比之"可怜夜半虚前席，不问苍生问鬼神"的汉文帝，朱元璋的识见的确高一筹。他知道什么是人间的大学问，他要在他统治的国家里，提倡一种讲求实务的学问风气。

一次，朱元璋心血来潮，亲自跑到国子监给太学生们讲课，他说："孔子作《春秋》，明三纲，叙九法，为百王轨范，修身立政，备在其中。未有舍是而能处大事决大疑者。近诸生治他经者众，至于《春秋》，鲜能明之。继今宜习读，以求圣人大经大法，他日为政，庶乎有本。"

朱元璋这个观点的偏执不言自明。其实，除孔儒之外，春秋战国的诸子学问中，优秀者甚多。就好比一桌精美的菜肴，你只肯吃其中的一道，终不能做到百美俱收。作为执政者，一定要有博大的文化胸襟。从过往的各门学问里，开拓更深更广的精神资源，以提升其执政的能力。朱元璋囿于己见，不能做到这样，实在是明朝的遗憾。

由于朱元璋对孔子学问的推崇，有明一代，孔子的地位空前提高。洪武十五年（1382），朱元璋下旨全国各州县都建孔庙，并将对孔子的祭祀列为重要的国典。今天，我们能见到的山东曲阜与云南建水两处规模最大并保存最好的孔庙，都是明代存留下来的辉煌建筑。

朱元璋尊崇儒学，也信奉佛教。从他的言行来看，他是个很有理性的人，但缺乏想象力。所以，那些擅长诗词歌赋，吟风弄月的读书人，是不会取得他的好感的。他也绝不会像唐朝的皇帝那样以诗赋取士，吸纳孔门圣徒之外的诗人学者为国服务。对于那些企图以左道见宠的术士，他更是一概弃绝。曾有一个道士，将自己写的一本道书通过关系送到朱元璋的手上，以求得到擢用。朱元璋说："彼所献，非存神固形之道，即炼丹烧药之说，朕乌用此！朕所用者，圣贤之道，所需者治术，将跻天下生民于寿域，岂独一己之长生久视哉！苟受其献，迂诞怪妄之士必来争矣。故斥之，毋为所惑。"

从这些地方看，朱元璋又显得非常可爱。大凡执掌九鼎之人，享尽世间福，便想着如何长生不老。秦始皇、汉武帝等雄才大略之主，都大致如此，因此方术泛滥，巫婆神汉大行其道。朱元璋看到这一点，并说希望天下生民都能够长寿，而不必自己一个人长生不老。这种与民同寿的思想，使他疏离术士，更不让邪教有机可乘，这是朱元璋的高明之处。

"独尊儒术，罢黜百家"，朱元璋似乎比汉武帝做得更彻底。

儒家讲求秩序,希望社会各个阶层的人和睦相处,一切事物都有章可循,所有国家事务都能够有条不紊地进行。朱元璋理想中的国度,是一个统治者构想的"桃花源"。他的文化观作用于治国理念,便是过分地讲究秩序和等级。他不允许在他的官僚队伍中,有那种"立辞艰深而意实浅近"的文士,更不允许有那些以左道邪术惑众邀宠的神仙术士。他希望在他的国度里,不用看度牒、勘合等任何法律文件,单从服饰与言谈中,就能确切地知道每一个人的身份。为了做到这一点,他于洪武二年(1369)订出公服之制,确定每一等级官员的补服差别;洪武二十二年(1389),他又申严官民的巾帽之禁;洪武二十三年(1390),申严官民服饰样式;洪武二十四年(1391),他又亲自制定天下生员学生的巾服样式……此外,公文的样式,书信的称谓,他都一一厘定。

考诸史籍,历史中像朱元璋这样事无巨细一律将其制度化的皇帝,可以说绝无仅有。这是一个宵衣旰食、励精图治的勤勉之君,可是其文化上的呆板,也让人难以忍受。

三

毛泽东在他的不朽名篇《沁园春·雪》中写道:"惜秦皇汉武,略输文采;唐宗宋祖,稍逊风骚。一代天骄,成吉思汗,只识弯弓射大雕。"这位睥睨万世的中华人民共和国的缔造者,对历代皇帝择其要者进行评点，总其一句，讥他们为缺少儒雅的赳赳武夫。

自秦以降，大的朝代的开创者，唯有刘邦、刘秀、朱元璋等少数几个是依靠农民起义夺取政权的。朱元璋没有受过任何正规教育。他和读书人，则是两股道上跑的车。辅佐朱元璋夺取天下的几个大知识分子，如朱升、刘基、宋濂、李善长等，几乎没有一个得到善终。参与创立明朝的第一代读书种子下场都很悲惨。而参与建设明朝的第二代读书种子又因为"靖难"之役，损伤大半。这一代的读书人，比之上辈，分化较为厉害。与方孝孺同时在建文帝手下担任重要职务的著名知识分子，并不在少数。例如胡广、金幼孜、黄淮、胡俨、解缙、杨士奇、周是修等人，都名噪一时，也都得到了建文帝的信任，可谓"贤人在朝"。可是，当朱棣的兵马逼近南京城，这些平时信誓旦旦要与建文帝共存亡的大臣，立刻各露嘴脸。却说破城之日，这些大臣相约为建文帝殉节，并邀齐了去应天学府集体自杀。但是，真正实现诺言的唯有周是修一人。他修具衣冠，在学府里拜罢孔圣人像，自缢于东庑下，真正地从容就死。余下的人全都负约。他们活下来不仅仅是偷生，而是立即改换门庭，投到新皇帝朱棣门下效命。他们这种做法，颇为江南士子所不齿。但世间的一切，污秽也罢，圣洁也罢，都可以被时间的流水冲涤净尽。若干年后，当这些人成了永乐朝廷中的枢机大臣，或入阁为学士，或掌部院，时人只羡慕他们服紫腰玉的当下，却忘却了他们无法擦拭的人格污垢。当"靖难"夺权的血腥散尽，朝政稍有宽弛，这些人便想着为慷慨赴死的老友周是修做一点功德，于是解缙为之作志，杨士奇为之立传。言辞之间，仍以同志相属。杨士奇还对周是修的儿子说："当时我若和你父亲一道去死，今天，就不能给你父亲作传了。"闻者笑之。当时就有士子就此发表评论："诸公不死建文之乱，与唐之王珪、魏徵无异。后虽有功，何足赎哉！"

事功与操守，是每一个读书人都必须面临的问题。成其一端者，历史上大有人在。两者兼美，如范蠡、诸葛亮之辈，则属凤毛麟角，少之又少。而中国的读书人，往往把操守看得比事功更为重要。因此，对那些事功卓著却又大节有亏的人，无不褒贬并施；对那些靠钻营猎取高位而品行不端者，没有哪一个可以逃脱口诛笔伐的命运。

细研明朝初期的历史，不难看出，朱元璋和朱棣所需要的读书人，是那种有知识而无智慧的人。朱家皇帝希望读书人在技术的层面上而不是在思想的层面上帮助他们管理国家。他们需要实用性人才而非智慧性人才。换句话说，他们需要驯服的工具而厌恶读书人有独立的品格。上有所倡下有所趋，因此，有明一代的读书人，比之春秋战国，比之唐宋，他们在中国文化星空中散发出的光芒，便要微弱得多了。

明代的文脉之弱，首先弱在气上。窃以为一个国家，一个时代的文气之强弱、之多寡、之繁简、之清浊，乃是这个国家、这个时代精神面貌的体现。汉高祖的诗"大风起兮云飞扬，安得猛士兮守四方"，可谓豪气四溢。这种天风海雨式的呼唤，决定了汉朝的基本国策是扩张型的；毛泽东的"俱往矣，数风流人物，还看今朝",可谓踌躇满志,震烁千古,这就决定了共和国的执政党是进取型的。而朱元璋呢,几乎从他登基的第一天开始,想的就是如何使皇图永固。有一则故事,说一个七岁小儿替父服役,被朱元璋瞧见,便出了一个上联让这小儿对,说如果对得好,就免他徭役。他的出联是"七岁小儿当马驿",小儿立即对"万年天子坐龙廷"。朱元璋大喜,便放小儿回家。稗记本不足为凭,但即使捕风捉影,亦可证以时事。

朱元璋没有秦皇汉武、唐宗宋祖那样的英雄气势,更缺乏继往开来的文化胸襟。所以,有明一代的文气疲弱。我想,即便朱棣听信姚广孝的话,不杀方孝孺这样的读书种子,明代的文运,也绝不会盛到哪里去。这不关一两颗读书种子的事,乃是一个朝代政策的失误。而且,立国之初制订的政策,到了后来也极难改变。

明代的第四代皇帝仁宗,比之爷爷和父亲,身上的匪气、侠气少而儒气增多,他继位之后,写过一首《望崇文阁》的五古:

> 岩峣崇文阁,乃在城北隅。
> 登高一睇望,翼飞切云衢。
> 其上何所储,千载圣贤书。
> 其下何所为,衣冠讲唐虞。
> 国家久兴学,侧伫登俊儒。
> 愿此阁下人,勉哉惜居诸。

这首诗十分的冬烘，呆板艰涩。放在唐宋两朝，再无能的君主，也不可能写出这等毫无灵气的诗来。但相比明朝的其他皇帝，这位仁宗还是一个喜欢读书的人。如果不是他的爷爷一味地尊孔而排斥六艺，他从小接受广泛的文化熏陶，也不至于变成如此的笨伯。而且，他所宣扬的，仍是以孔子为代表的圣贤书，经过两代人的洗脑，他已经习惯了这样一种错误的文化思维。

皇帝与状元

一 由《临江仙》引发的故事

长篇历史小说《三国演义》开篇引用的那首《临江仙》,想必所有的三国迷耳熟能详。我十一岁时读这首词,内心便受到感染,产生难以排遣的惆怅。后来,当我第一次坐上渡船行驶在长江上,便禁不住吟诵:"滚滚长江东逝水,浪花淘尽英雄……"等读到词的结尾"白发渔樵江渚上,惯看秋月春风。一壶浊酒喜相逢。古今多少事,都付笑谈中"时,少年的我,虽不大理解这词中的苍凉,但仍然觉得这种感伤既让人亲近,又让人害怕。

等到成年后,我才知道这首词的作者并非罗贯中,而是明嘉靖年间的杨慎。罗先生创作出不朽名著,但非杨慎之词,不足以表达他小说的主旨,可见这首词所蕴含的人世沧桑,具有多大的震撼力。

但是,现在,我却想让读者读杨慎的另外一首诗:

> 七十余生已白头,明明律例许归休。
> 归休已作巴江叟,重到翻为滇海囚。
> 迁谪本非明主意,网罗巧中细人谋。
> 故园先陇痴儿女,泉下伤心也泪流。

这首诗名为《六月十四日病中感怀》,是杨慎死前二十多天写下的,语极凄伤,可谓字字血泪。这首诗的背后,隐藏的是杨慎一生巨大的悲剧。

二 四川新都的杨家,一门三代均是高官

杨慎,字用修,别号升庵,出生于四川新都一个官宦世家。祖父杨春,成化十七年(1481)进士,官至湖广提学佥事;父亲杨廷和,成化十四年(1478)进士,先于其父一届,时年十九岁。杨慎是杨家入仕的第三代,正德六年(1511)二十四岁时参加会试,殿试第一成为本科状元。一门三代进士,还出了一个状元。这样的家族不仅仅在新都,就是在全国,亦属罕见。

杨家三代官员中,官当得最大的当数杨廷和。他入仕四十六年,除正德十年(1515)丁父忧回家守制三年外,余下四十三年全在京城为官。成化十四年,从翰林院庶吉士干起,历任翰林院检讨、修撰、侍读等。弘治八年(1495),改任左春坊左中允,这一职务是太子的老师,这太子即是后来的武宗皇帝。七年后,

又迁升左春坊大学士。正德二年（1507），由詹事府詹事超升东阁大学士，入阁主管诰敕。担任内阁辅臣不久，因得罪臭名昭著的大太监刘瑾而被驱逐出京，改任南京吏部左侍郎、户部尚书。半年后，正好碰上刘瑾劣行败露被武宗"忍痛割爱"，诛除了。杨廷和又得以回到京城，入阁当了辅臣。到武宗皇帝驾崩时，杨廷和已是首辅。

武宗一生胡闹，亲近过的女人难以计数，大概也是这个用情不专的原因，这位风流皇帝竟然没有生下任何儿女。因此，他这一死，便没有法定的子嗣来承继皇祚。按规定，必须在武宗近支的宗藩中寻找一位"王子"来承祧，主持这项工作的便是杨廷和。

当时有三个人都有条件继承皇位。经过一番考虑，杨廷和选中了朱厚熜。这个朱厚熜的父亲名叫朱祐杬，是孝宗的弟弟。武宗皇帝是孝宗皇帝的独子，朱祐杬是他的叔叔，朱厚熜是武宗堂弟。

三 宪宗——明朝第一个搞"姐弟恋"的皇帝

孝宗的父亲宪宗，是明朝第一个搞"姐弟恋"的皇帝。宪宗十八岁即位，就将年已三十五岁的宫女万贞儿立为贵妃。这位万贵妃一直侍候宪宗长大，两人年龄相差十七岁，论辈分应该是母子，但两人更像姐弟，少年的宪宗从万贵妃那里知道了情事的快乐。奇怪的是，宪宗对万贵妃的宠爱二十年不衰，这种"海枯石烂不变心"的爱情观，搁在一位皇帝身上，实属难得。万贵妃三十六岁时为宪宗生过一个儿子，但未满周岁就死了。此后，万贵妃一切的怀孕努力都是"瞎耽误工夫"，她因此很伤心，也变得很歹毒。她只要听说别的妃嫔怀孕了，就一定会将这妃嫔弄死。因此，宪宗尽管妃嫔成群，却没有谁给他养出儿子来。他当了十一年皇帝后，有一次在剃头的太监面前感叹自己老之将至，却膝下空虚。太监这时斗胆告诉他，有一个来自广西壮族的宫女，姓纪，生下了一个儿子，为免遭万贵妃的毒手，宫里头的人都替纪氏隐瞒，放在隐蔽的安乐堂中偷养，如今这孩子已长到六岁。宪宗喜出望外，立即宣旨将孩子从安乐堂中领出来，交给周太后抚养。万贵妃得信，不到一个月就将纪氏毒死。但对孩子她却没有办法，因为周太后那儿门禁森严，她进不去。

既然宪宗有了儿子，万贵妃便改变方略，由对妃嫔的"计划禁育"变成"鼓励超生"。这样，短短几年，宪宗便有了十一个儿子。

但因纪氏所生的儿子是老大，便理所当然成了太子。这个太子朱祐樘，就是武宗皇帝的父亲孝宗皇帝。

孝宗是个好皇帝，但养了一个坏儿子，武宗不似父亲正派、勤勉政事，却像祖父宪宗皇帝那样风流、昏庸。他喜欢和那些比自己年龄大的女人上床，大约也是承继了祖父"姐弟恋"的传统。

介绍了这么多背景资料，话题还是回到武宗的接班人上头。按道理，孝宗皇帝的十一个弟弟的后代，武宗皇帝的堂兄弟，都有资格承祧。但杨廷和从综合条件考虑，选中了朱厚熜。

朱厚熜的父亲朱祐杬，在孝宗即位之后，被封为兴王，藩邸在湖北安陆。朱祐杬就藩之后,朱厚熜在安陆出生。不久,朱祐杬病死,谥号为献,十二岁的朱厚熜袭封兴王。

四 嘉靖皇帝登基后的"大礼案"

武宗皇帝死时,朱厚熜十四岁。在杨廷和主持下,朱厚熜来到北京继位。

杨廷和谙熟朝廷掌故,朱厚熜来京后,便找这位即将登基的皇帝谈了一次话:他要朱厚熜办一个法律手续,过继给他的伯父孝宗皇帝。这样,他将以孝宗的儿子而不是侄子的身份来嗣位。这种做法叫"承祧"。朱厚熜满口答应,因为他知道,如果不答应,这个皇帝就轮不到他做了。

但是,当朱厚熜登基成了名副其实的皇帝后,就立刻变卦了。他登基后的第六天,就下诏群臣讨论如何尊崇他的亲生父母。当杨廷和以承祧的原则提醒他时,这位十七岁的皇帝恼下脸来狡辩说:"孝宗本是伯父,如何变成了父亲?兴献王本是朕生父,如何又变成了叔父?这样绕来绕去不妥当。"

从此之后,围绕这个问题,嘉靖皇帝与以杨廷和为首的大臣们进行了不屈不挠无休无止的斗争,一直斗到嘉靖三年(1524)的正月,嘉靖皇帝如愿以偿,终于将"兴献王"改成了"皇考兴献帝"。

杨廷和眼看无法挽回,愤而致仕回到四川新都颐养天年。这件事，是明史嘉靖朝中有名的"大礼案"。

然而，大礼案并未因杨廷和的去职而停止，反而更加激烈。

五　桂萼与张璁——小人中的小人

谈到大礼案，不能不说说桂萼与张璁这两个人。桂、张二人都是嘉靖皇帝登基前不久的新科进士。特别是桂萼，考中进士时已年满四十七岁。若要按明代官员的考成法，他就是勤勤恳恳干到六十岁，能当到七品县令就很不错了。大礼争议兴起时，两人都属于观政。所谓观政，并非实职，只是正式任职前的一种锻炼，若安排在刑部，就叫刑部观政；安排在礼部，就叫礼部观政，以此类推。吏部根据该人在观政期间的能力和表现，再授予实职。

考察明朝的官场众生相，分为大类，当然只有君子与小人两种。但君子中有的以精明练达著称，有的以道德文章行世；有的立下扭转乾坤的事功，有的保持廉洁奉公的操守。论及小人，有屈己媚上者，有哗众取宠者，有贪赃枉法者，有冒功邀赏者，品类众多，不一而足。如果说，君子行列中还能找得出赝品，那么小人堆里则个个都是正宗。永乐皇帝一生阅人无数，他评价手下大臣，说："某某是君子中的君子，某某是小人中的小人。"用其意，桂萼、张璁则可称为"小人中的小人"了。

大礼争议初起，由杨廷和领导的文官集团几乎是一边倒，坚持嘉靖皇帝应该将孝宗认作"皇考"。初登大位的嘉靖虽心有不甘，但还没有力量战胜内阁。尽管皇帝的权力至高无上，但必须一呼百应方能奏效。让嘉靖皇帝感到憋气的是，其时一呼百应的是杨廷和而不是他这个一言九鼎的皇帝。

应该说，杨廷和坚持的是正确的东西。历史中关于承祧的游戏规则，在他看来不可更改。这是文人政治家可爱的一面，亦是可悲的一面。在今天看来，孝宗与兴献王谁为正宗，纯粹是皇帝家事，大臣们如此认真地争论，真可谓"秀才多事"。但在明朝，这一类的争执，往往酿成巨大的政治灾难，如英宗复辟、宪宗废后、神宗抬高生母身份、熹宗朝的三大案等，莫不都制造出轰动朝野的惨案与冤狱。

就在大礼争执陷入僵局，皇帝与首辅处于对峙的阶段，有两个人站出来打破了平衡，他们就是桂萼与张璁。

两人看出嘉靖皇帝的焦躁与不满，立即意识到这是他们出人头地的绝佳机会，于是策划于密室，各自写出反驳杨廷和的奏章上呈。大意是"凡大孝根心之人，未有不敬重亲生父母者。敬父母就是敬祖宗，敬社稷。皇上为亲生父母正名，是天底下第一等的孝子，是苍生百姓的楷模"。

嘉靖收到这道奏章后，大喜过望。相权对皇权的制约本来就很脆弱，桂、张二人的奏章立刻就打破了平衡的格局。这就是杨廷和等大臣陷入被动的原因。

其时桂萼已担任南京刑部主事，张璁也调到南京，同样担任南京刑部主事。这种安排，我们也可以从中看出蹊跷来。皇上要给张璁升官,杨廷和哪里挡得住?但他可以做点手脚,找出很多让皇上难以反驳的理由,将他高升到外地。不要他们留在北京兴风作浪,这是杨廷和的老辣之处。

张璁到了南京,迅速与桂萼纠合在一起,就"大礼案"继续给皇上写奏章。嘉靖皇帝有了奥援,态度变得非常强硬,这导致内阁大臣的全体辞职。

杨廷和一走,文官中再没有像他这样精明强干坚持原则的强势人物了,相权再也无法制约皇权。嘉靖变本加厉,决定提拔一批忠实于自己的官员。在他的脑子里,最应该受到重用的,当然还是桂萼和张璁。

六 杨慎不买嘉靖皇帝的账——拒绝和小人合作

杨廷和致仕回家时,嘉靖已经十七岁。经过三年的磨炼,他已从乳臭未干的毛孩子变成了猜忌刻毒的政治家。他不但懂得报复,也懂得权术。他知道单单提拔桂萼和张璁,会引起朝臣的非议。于是采取迂回措施,决定补充八名翰林院学士,将桂萼与张璁放在里头,打头的,却是杨廷和的儿子杨慎。

抛开杨廷和的因素不讲,仅就杨慎个人的学识与资历而言,也足以服人。他正德六年(1511)考中状元后,就当上了翰林修撰,官阶六品。后因母丧,丁忧三年,于正德十二年(1517)回到京城,官复原职。武宗皇帝当年八月出居庸关,以巡边名义到塞外寻欢作乐，杨慎上疏力谏，武宗对他很不高兴。其时杨廷和在首辅任上，大约是出于对儿子的保护，当年杨慎又以养病为由辞官离开北京。他第三次来到北京，是嘉靖继位之后不久，因为他的才识，也因为他父亲的权力，他被安排为经筵讲官，当上了嘉靖皇帝的老师。这一年，他三十三岁。距他考上状元，已整整十年了。

嘉靖皇帝对他这位老师没有好感，因为杨慎总是利用讲课的机会，采用古代的实例对他施政的不妥之处进行规讽。但一来碍于杨慎的名气，二来也因为他是杨廷和的儿子，故这次选拔翰林学士，还是把杨慎列为第一人选。

但杨慎不买这个账。当他得知任命的消息后，由他领头，翰林院三十六位同事一起附名，给嘉靖皇帝上了一道奏章，内中有这样一段：

> 臣等与萼辈学术不同，议论亦异。臣等所执者，程颐朱熹之说也；萼等所执者，冷褒、段犹之余也。今陛下既超擢萼辈，不以臣等言为是。臣等不能与同列，愿赐罢斥。

七　左顺门前，一百二十九名官员死谏

嘉靖皇帝收到这封奏章，震怒非常，他下旨切责，并给予杨慎为首的上奏章者罚俸三月的处分。过了一个多月，嘉靖决定将

父亲封谥"本生皇考恭穆献皇帝"中的"本生"二字去掉。一时舆论大哗。桂萼上书皇上请求召对大廷,进行辩论,以明国是。嘉靖准奏。在朝廷的争论中,张璁与桂萼以十三宗罪指斥反对改谥的廷臣为朋党。大臣何孟春一一驳斥。但这反对的声音对嘉靖不起任何作用。

朝会后,在何孟春的倡议后,京城各大衙门共有一百二十九名官员聚集在左顺门,伏跪请愿。杨慎与何孟春同气相求,对聚合的众官员慷慨陈词:"国家养士百五十年,仗节死义,正在今日!"话虽不多,但字字金石,掷地有声!

这些官员中有内阁大臣、六部尚书,也有给事中、翰林学士,都可谓朝廷栋梁。他们从早上七点跪到下午一点,不肯散去。嘉靖皇帝派锦衣卫前来镇压,捕捉了领头的八个人。杨慎拍着左顺门大哭,不肯退去的官员跟着一起哭,声震内廷。到这地步,嘉靖皇帝绝不肯退却,他下令将所有伏跪请愿的官员全部共一百三十四人下锦衣卫大狱。二日后,下旨廷杖杨慎等一百六十余人。十天后,余怒未消的嘉靖,再次下令将杨慎等七人二次廷杖。这次大礼之争,共有十六名官员死于酷刑之下,一百八十多人被贬职废黜,有八人永远充军,不可赦回,杨慎就是其中的一个。

八 杨慎被谪云南,待遇如同囚徒

关于这场大礼之争,当时北京城中传出一首童谣:

太庙香炉跳,
午门石狮叫。
好群黑头虫,
一半变蛤蚧,
一半变人龙。

无疑,桂萼、张璁都是蛤蚧之类;而杨慎则是受人敬重的人龙了。但是,蛤蚧之流从此居庙堂之高变成人龙,而人龙则只能处江湖之远,变成蛤蚧了。

八月,就在杨慎被缇骑兵押解,离京前往谪戍地云南永昌时,张璁骤升为二品大臣,入阁参赞机务。兹后不过三年,张璁便荣膺首辅之职,桂萼也沐猴而冠当上内阁辅臣。这两人在大礼案中狼狈为奸,但兹后分道扬镳,为争权夺利斗得驴嘶马喘。但有一点,两人永远一致,那就是对待大礼案被贬黜的官员,始终采取高压的手段,绝不给予平反。

嘉靖三年(1524),杨慎未过中秋,便带着妻小离开京城,踏上了前往云南的谪戍之路。夫妻相伴到了湖北江陵。从这里,杨慎的结发妻子黄峨将与他分别,带着孩子溯江而上,经三峡回到四川。而杨慎将独去湘黔,进入那传说中的蛮瘴之地。

按《明史·刑法志》规定:流放分安置、迁徙、口外为民、充军四种。最重是充军。而充军又以地域远近分极边、烟瘴边、远边卫、沿海卫四等;以年限分为终身、永远二等。杨慎属于最严厉的"永远充军烟瘴"。户在军籍,平常所穿的儒衫必须脱下,换上罪卒的赭衣戎帽，其待遇同囚徒差不多。

杨慎在途中走了将近五个月，于嘉靖四年正月来到永昌。一到军营报到，换上罪卒的衣服后，杨慎立刻感到失去了尊严，孤苦无助中，他写了《军次书感》这首诗：

> 凭高一望倍凄然，日暮乌啼生野烟。
> 天地侧身孤旅外，江湖短发乱兵前。
> 屈平憔悴渔翁问，韩信栖迟漂母怜。
> 何事穷愁无伴侣，东风独坐感流年！

出身官宦世家的杨慎，过惯了锦衣玉食的生活，突然变成囚徒，生活与精神两种优越感顷刻间丧失殆尽。但是事情并没有终结，忌恨的嘉靖皇帝，在处分了杨慎之后，又于嘉靖七年（1528）褫夺了已致仕在家的杨廷和的所有封赠与爵秩，削职为民。第二年，这位有功于社稷的大政治家，便含愤罹疾，死于家中。

杨慎闻讯，在谪戍地派人监护下，回到老家奔丧，但很快就回到永昌。永昌在今滇西保山一带，五百年前，那里的确是杳无人烟之地。杨慎在这里生活了三十五年，直至病死。

杨慎初谪的那几年，朝中君子几乎损失殆尽。以张璁、桂萼之类的小人当政，即便不肯同流合污者，也绝不敢抗命为杨慎等谪官说话。到了嘉靖十六年（1537），在大礼案中得到好处的官员，几乎都已致仕。这时候，有些官员便开始委婉地劝说嘉靖皇帝给受贬者一个出路。嘉靖皇帝部分采纳了建议，大部分受贬官员都做了不同程度的改正。但对丰熙、杨慎等领头闹事的八个人，则坚决维持原来的处罚，在各自的充军地永不赦回。

九 嘉靖与杨慎——两个特殊的孝子

初谪充军，当地官员慑于朝廷的压力，对杨慎看管甚紧。尽管当地巡抚念旧，让他担任军中文书，但每逢团操，杨慎仍要手持军械参与操练。这就是他自吟的"江湖短发乱兵前"的不堪写照。

明代以孝治天下，孝子在社会上受到普遍的尊重。从某种意义上说，嘉靖与杨慎，都是堪称楷模的孝子。嘉靖不惜大兴冤狱，也要为其父兴献王弄一个皇帝称号，杨慎不惜以身殉国，也要坚持父亲杨廷和议定的大礼。世上事怕就怕"认真"二字，遗憾的是，嘉靖与杨慎都认真过头了。

到了嘉靖二十七年（1548），因大礼案谪戍而且尚在的一百四十二人在吏部的一再提请下，赦还归田的有一百三十六人。丰熙、杨慎等六人，属于永不赦还之列。嘉靖对杨慎的仇恨太深了，他深居大内，几十年中，总不会忘记杨慎，经常问："杨慎如何？"常言道，凡事不怕忘记，就怕惦记。有嘉靖皇帝这么牵肠挂肚，杨慎就不会有出头之日。

关于戍边充军，按律，凡年满六十岁者，可以返回家乡。但杨慎满了六十岁后，主动申请却没有人敢受理。这样挨到六十八岁，他以垂老之年请假返乡，在泸州住了将近三年。但是，由于嘉靖皇帝的又一次询问，流戍地与借居地的官员都十分惊恐。两地派出枪兵，将年近七十二岁且体弱多病的老人重新押解到永昌。到了戍所后，杨慎悲愤交加，写了《六月十四日病中感怀》这首诗。

尽管杨慎对嘉靖皇帝内心痛恨，但到死也不敢公开指骂，只是说："迁谪本非明主意。"而将自己一生的悲剧，归结到"网罗巧中细人谋"。这细人，就是桂萼、张璁之流。

十 隆庆皇帝给杨慎平反——迟到的安慰

如果我们试图找出嘉靖一朝最有代表性的事件，那么，杨慎的悲剧或可入选。

嘉靖与杨慎，一个是皇帝，一个是状元；一个是学生，一个是老师；一个代表政统，一个代表道统。两个人都拒绝和解，拒绝屈服，都在与时间拔河，看谁能坚持到最后。不幸的是，杨慎比嘉靖大了十九岁，年龄上不占优势。他病死戍所后，嘉靖还当了八年皇帝才离开人世。

嘉靖四十五年（1566），嘉靖的儿子朱载垕继承皇位，是为隆庆皇帝。他登基当年，便给杨慎平反，追赠光禄寺少卿。平反书中载明是"奉遗诏"，意思是说给杨慎平反是嘉靖的遗旨。这种"此地无银三百两"的政治策略，明眼人一看便知。

杨慎在晚年写过一首诗《毕节见滇老妓》：

同是天涯沦落人，相逢白首话青春。
不须更奏琵琶曲，司马青衫泪满巾。

作为后代文人的我，看到这首诗心情创痛，一个文章盖世的状元，却只能在穷乡僻壤与一个花容不再的老妓女一起叹息命运的无常。这说明了什么呢？感慨唏嘘，感慨唏嘘！

生不逢时的王阳明

一 王阳明的著作,蒋介石终身奉为圭臬

寻山到山寺,得意却忘山。
岩树坐来静,壁萝春自闲。
楼台星斗上,钟磬翠微间。
顿息尘寰念,青溪踏月还。

这首诗名《香山次韵》,作者王守仁。

说起王守仁,明朝之后的读书人,很少有人不知道他。世人都知道他是学问大家,其阳明心学不但成为明朝晚期士人不可或缺的思想读本,对明之后的中国,亦影响甚巨。他的著作,蒋介石终身奉为圭臬。在中国思想史中,他是承前启后的伟大人物,以国学大师称之,尚不足以誉其德。但是,对他的官场生涯和建立的事功,世人知道的却并不多。

上面这首诗,应是他年轻时逗留京城所作。诗中表露的情

绪,是大多数中国知识分子无法逃脱的心路历程。"达则兼济天下,穷则独善其身。"历代读书人,莫不都在"达"与"穷"之间调适心态,寻求平衡。所谓外儒内道,外儒对应"达",内道对应"穷"。这一套中国特有的精神修炼法,是在消极的处世哲学中植进积极的人生态度。虽偏向于保守,却行之有效。

这种求静求淡的尘外之思,王阳明虽然终生追求,但终生没有得到。这与他特殊的人生经历有关。

二 中年之前,王阳明充满厄运

王守仁,字伯安,浙江余姚人。因少年时曾隐居家乡的阳明洞读书,后世多称他阳明先生。他的父亲王华,是成化十七年(1481)会试的状元。王华在官场一辈子,但从未当过封疆大吏,一直在京城里担任讲臣。最荣耀的经历,莫过于当了几年孝宗皇帝的老师。相比于父亲,王守仁的一生可谓充满了传奇。他虽然没有像父亲那样考中状元,但无论是文章和事功,他都超过了父亲。

传说王华的夫人怀孕十四个月才生下王守仁。王守仁出生前夜,王华的母亲梦见一位神仙自云中送下孙儿,故王守仁生下后取名为云。他五岁还不会讲话,家里人都很担心,遍请良医诊治都不奏效。一天,有一位异人来访,他抚了抚王守仁的脊背,并为之更名为守仁。从此,王守仁才开口学话。他虽然是状元之后，从小却喜欢骑射。二十岁乡试中举，此后又于弘治十二年（1499）会试考中进士。武宗皇帝登基时，他在刑部主事任上。这年冬天，因疏救被逮下狱的南京兵科给事中戴铣等二十余人，触怒了大太监刘瑾，被给予廷杖四十、远谪贵州龙场驿丞的处分。他的父亲王华也受到牵连，由北京的礼部左侍郎迁为南京吏部尚书。这种安排明升暗降，因为相比于北京，南京留都的官职都没有什么实权，只是享受相应待遇而已。

龙场即今贵州修文县城。但当时属边鄙之地，万山重叠，苗彝杂居，连一间像样的房子都没有。按通常情况，一个出生于江南的世家子弟，一旦来到这种风俗嚣薄之地，不是自暴自弃，就是自命清高，很难调适。王阳明的聪明就在于懂得"适者生存"的道理。他一来到这里，就立刻放弃所谓文明人的优越感，主动亲近当地的土著，教他们识字。他立刻得到了回报，土著们伐木为其筑屋，拿出好吃的让其分享。他在龙场的四年，应该是他生命中最安定的时光，远离中原，亲朋见稀。疏远朝廷，是非隔绝。因此他有充裕的时间读书与思考，他的核心思想"知行合一"便是在这一时期悟出。这次放逐，成就他成为一位伟大的思想家。所以说厄运对于一个人，并非完全是坏事。

刘瑾事败被诛，被他贬黜的人逐一平反复职。王守仁得以离开龙场，量移庐陵知县，入觐迁升南京刑部主事。但没有到任，时任吏部尚书的杨一清看中王守仁的才能，将他留在吏部验封司供职，不到两年升任考功郎中，未几又升任南京太仆少卿，再升为鸿胪寺卿。应该说，这六年时间，王守仁的官运不错，由八品的知县升为四品的鸿胪寺堂官。但是，从他担任过的官职来看，除吏部考功郎中是个显官，余下职务皆为闲差。真正转运的，是正德十一年（1516）的八月，他被拔擢为右佥都御史，巡抚南赣。

三　由于兵部尚书王琼的提携，王阳明时来运转

明代的巡抚，是中央派驻各地的要员。这巡抚并不是固定的级别。就像今天，县、市、省各级的一把手都是书记，但级别大不一样。明代的抚台，类同今日的书记，到处都有。但要判别这抚台大人官职的大小，就要看他挂什么官衔。通常的情况，巡抚所挂的官衔，都寄在都察院名下。明代朝廷中有九个二品衙门，也就是今天的正部级。它们依次是吏、户、礼、兵、刑、工六部和通政司、大理寺、都察院三个。通政司相当于今天的中央办公厅，大理寺类似于今天的最高人民法院，都察院相当于中央纪律检查委员会。都察院供职的人既然都是"纪检干部"，所以又被称为"风宪官"。都察院的一把手叫左都御史，正二品，被尊称为都堂大人。副手叫右都御史，同样为正二品。依次排下来，有左副都御史、右副都御史、左佥都御史、右佥都御史、都御史、御史等。在都察院上班的，是实授。各地巡抚寄名的，叫挂衔。各地的一把手（主要是省、地级），都在都察院挂衔，乃是朝廷控制地方官员的一种做法。全国数百个抚台大人名义上都是都察院派出的"纪检干部"，这种高级干部的管理方式在今天看起来

好像有些不顺，但在明代却通行无阻。

鸿胪寺卿是鸿胪寺的堂官。凡称为卿的，是一把手，称少卿的，是二把手。鸿胪寺与太仆寺、詹事府、翰林院等九个机构的一把手被称为小九卿。一般都是正四品衔。右佥都御史也是正四品。级别量移，王守仁并没有升官，但事权完全不一样。这情形，如同将某一个厅长调任某地级市的书记一样，看似平调，实际是重用。因为，当地方上的一把手，负有守土安邦、牧民施政的重任，被称为封疆大吏。朝廷拔擢重臣，若没有在地方开府建衙的资历，便很难进入权力核心。

所以说，王守仁这次巡抚南赣，是他一生仕途的转折。他得到这一职务，乃是遇到了"贵人"的提携，此人叫王琼，时任兵部尚书。

王琼是山西太原人，传说八岁能通《尚书》，长年手不释卷。出于惺惺相惜，他对王守仁的学问非常欣赏。在多次交谈中，他更是了解到王守仁深沉有侠气，是书生中难得的用兵之才。正是因为他的力荐，王守仁才从闲职步入封疆大吏的行列。

四　南赣剿匪，王阳明初展才华

当时在中国的中部，有两个地方，长年匪患不息。一是湖广的郧阳府，也就是今天的鄂陕交界的十堰市郧阳区、竹溪一带；二是南赣，即广东、江西、福建三省的接合部。这两处皆崇山峻岭，流民极易啸聚滋事。大凡派往这两地当巡抚的人，都必须懂得军事。

在王守仁到任之前，南赣所辖的横水、桶冈、大庾岭、乐昌、大帽山等处，都有强匪盘踞，横行肆虐。前南赣巡抚文森无力收拾局面，又害怕身家性命不保，便以患病为由，多次申请归田，获得朝廷批准。王守仁前来便是接替文森留下的空缺。他到任时，正值横水、乐昌两股贼匪会合攻赣州，赣县主簿吴玭战死。

很快，王守仁就察觉赣州各衙门内，许多掾吏都被匪首收买，成为耳目。官府每有举动，贼匪先得情报。王守仁从一个老吏找到突破口，严加侦询，将"耳目"一网打尽，再让这些人戴罪立功，即时禀报贼匪动静。然后，发出公文邀请广东、福建两省出兵会剿。王守仁自带五千兵卒驻扎上杭，会同广东、福建两省兵力三路进剿，不到三个月，连破四十余寨，俘获七千余人。多年来，愈剿愈猖獗的匪患终于得到遏制。

鉴于三省兵马各有所主，很难统御，王守仁适时向朝廷建言，请给旗牌，便于提督军务。他的这项申请，等于是要朝廷在三省常设的军事机构外，再增加一个新的建制。这种动议，类似于"非典"期间，各省成立的"非典领导小组"一样，虽是临时机构，但因集合了多个权力部门，故应付突发事件的能力很强。

本来，王守仁一到任就有这个想法，但他知道，自己新来乍到手无寸功，在朝廷还说不起话来，所以暂时忍耐。现在打了大胜仗，朝廷受到鼓舞，再提出这个要求，成功的把握就要大得多。

在兵部尚书王琼的支持下，王守仁的建议很快通过。他这个巡抚，终于获得总督军务的权力。旗牌关防到手，王守仁立即着手更改兵制。为了便于部队灵活作战，他将最小的作战单位改为二十五人。即二十五人为一伍，设指挥官小甲一名。二伍为一队，设总甲一人。四队为一哨，设哨长一人，协哨二人。二哨为一营，设营长一人，参谋二人。三营为一阵，设偏将一人。二阵为一军，设副将一人。在战斗中，每一级指挥官都享有"将在外，君命有所不受"的权力，但强调协同作战，赏罚亦极分明。自此，官军的战斗力大增，不二年，南赣乱山中被贼众盘踞的八十四寨悉数攻破，十几位作恶多年的贼首或斩或擒。几十年的匪患至此剿灭，王守仁因此功绩，被晋升为右副都御史，并给予荫子一人，世袭锦衣卫百户（后转副千户）的奖赏。所谓荫子，也是明朝笼络官员的一种制度，即给予儿子世袭某种官职的待遇，这种官职，一般并无实权，只是享受级别恩禄而已。这好像我们现在说某人是正厅级调研员一样，这个调研员并非实际的权力岗位，只是待遇的体现。

南赣的三年剿匪，改变了王守仁清流的形象，他因此成为正德时期明朝政坛的著名人物。与他同时期的另一位名臣王廷相，说过一段很有见地的话："志不存乎天下者，不可以言用道；不本之经术者，不可以言治政；不妥当之安民者，不可以言仁。"以此三样来考量王守仁出任封疆大吏的政绩，则样样合格。

但是，在武宗皇帝一味地昏聩导致小人当道的政治环境下，像王守仁这样的国家栋梁，肯定会被无耻谄事者视为眼中钉。不久，王守仁果然因"宁王反叛"一事几乎陷入绝境。

五 宁王朱宸濠的谋反，王阳明早有察觉

宁王朱宸濠是朱元璋第十七个儿子朱权的后代。朱元璋二十六个儿子，共有二十四个封王。王位按规矩由长子世袭。朱权初封地在大宁，后迁到南昌。

看到武宗骄奢淫逸，同为朱元璋后代的朱宸濠认为有机可乘，便于正德十四年（1519）六月在南昌起兵造反，四天就攻克了九江。

檄报到京，朝廷上下一片混乱。这情形有点像燕王朱棣从北京兴兵南下攻打建文帝一样，许多官员不知道如何站队。这是因为武宗皇帝确实太糟糕，身边的小人又多于过江之鲫，因此才使得众多官员犹豫不决。那一段时间，不少京官愕骇之余，偷偷地跑去求神问卦以卜吉凶。此情之下，如果朱宸濠英明威武如朱棣，说不定明史就要改写了。但朱宸濠本身也不是心系社稷安危挂念天下苍生的善辈，他之反叛，主要是自己想过一把皇帝瘾。朝中为数不多的几位直臣如内阁首辅杨廷和、兵部尚书王琼等都立场坚定地替武宗站台，出谋划策平息这场突起的叛乱。

传说寇报至，兵部衙门顿显慌乱，王琼走出值房，大声说道："你们何事惊慌，竖子鸟鼠聚，克期成擒！"有人讷讷问他：

"大人信心来自何处?"王琼答:"王守仁据上游,蹑濠后,擒濠必守仁。"

王琼话说得不差,王守仁率领的部队,的确做出了快速反应。

早在一年前,朱宸濠素闻王守仁的大名,两人又都在江西境内,因此数度礼请,想将王守仁招至麾下。一次,朱宸濠宴请王守仁。席间,朱宸濠说:"武宗政事缺失。"外示愁叹,旁边人接腔:"世岂无汤武耶?"守仁说:"汤武亦须伊吕。"宸濠回答:"有汤武便有伊吕。"守仁接言:"若有伊吕,何患无夷齐?"很明显,朱宸濠将武宗比作商纣王,而自比汤武,他希望王守仁当伊吕辅佐他。至此,王守仁看出朱宸濠有反叛之心。为便于掌控,趁着朱宸濠投书问学之机,他将自己最信任的门人冀元亨派往宁王府讲学。朱宸濠屡屡抛出话头来试探,冀元亨佯装听不懂,却大讲君臣之义。朱宸濠便认为冀元亨是个傻子,因此礼送出城。冀元亨回到王守仁身边,禀报了朱宸濠准备造反的种种蛛丝马迹。

王守仁既然已有警惕,密切关注朱宸濠的所有动静。所以,一旦朱宸濠举起反帜,他立刻就布置兵力前往镇压。

六 王阳明活捉了朱宸濠,却无法献俘

若要全面描述这场因叛乱而引起的战争,那将是一部非常精彩的电影题材。朱宸濠起兵反叛的第四十三天,即七月二十六

日,他就被王守仁擒获于江西省新建县的樵舍镇。当天早上,朱宸濠与其部属在船舰上会议,王守仁派出数十只小船尽载柴草,顺风驶近叛军船队,然后纵火,使叛军死伤无数,朱宸濠的妃子娄氏等眷属大都投水而死。朱宸濠乘坐的旗舰仓促中搁浅,弃舟登岸,遂被王守仁的部将王冕活捉。

对于朱宸濠的造反,武宗皇帝的反应极慢。两个月后,他才在备受宠信的干儿子江彬的怂恿下,以讨伐朱宸濠的名义大举南征,其真实的目的是到江南选美。出征之前,武宗皇帝给吏部下旨说:"镇国公朱寿宜加太师。"此前,他在江彬的引诱下离开京城到了西北门户宣府。又从宣府出关,巡游大同、榆林、绥德一带。回到太原后,他下旨封自己为"镇国公",敕文是"总督军务威武大将军总兵官朱寿,亲统六师,肃清边境,特加封镇国公,岁支禄米五千石"。朱寿是武宗给自己取的另一个名字。

对于武宗的胡闹,吏部官员虽然腹诽不少,但也只好一律照办。

武宗于八月二十二日率领数万官军离开京师,四天后到达涿州,在那里接到王守仁派人送来的捷报。看到捷报,武宗不但不高兴,反而有些恼怒。因为朱宸濠被捉,他就失去了南征的理由。无论是武宗,还是江彬以及被任命为征南副统帅的许泰(武宗的另一个干儿子),都不愿意就此鸣金收兵回到京师,他们都还想借此机会到南方搜刮金银,征歌选色呢。因此,对王守仁的捷报秘而不发,数万大军继续浩浩荡荡地向南方进发。

这就难坏了王守仁,抓住了朱宸濠,却无法献俘。因为武宗对此一声不吭，就是表明他根本不承认王守仁的战果。本来，王守仁已经将朱宸濠押解上路，准备觐见武宗。武宗这个态度，他也就不敢去见了。何况，武宗身边的小人，特别是江彬、许泰和监军太监张忠三人，更是想方设法设置障碍，不让王守仁与武宗见面。这些嬖幸为何要这样做呢？原因有二：第一，朱宸濠反叛之前，曾花巨资贿赂武宗身边的宠臣。这三人都得过朱宸濠的巨额贿金，设若王守仁已侦得个中机密，一见到皇帝就抖搂出来，那会是什么结果？按《大明律》，勾结叛贼者，轻者戍边，重者杀头。即使武宗有意袒护，但朝臣趁机起哄，也不是轻易应付得了的。第二，擒获朱宸濠这样的大功，让他王守仁抢去了，他们这些陪侍武宗追鹰逐兔堪称一流高手的"将军"，率领大明王朝最为精锐的御林军，不但没有仗打，连比划几下露点花架子的机会都没有了，这岂不让人难堪？出此两点，嬖幸们不但一直阻挠王守仁与武宗见面，甚至还无中生有，捏造事实污蔑王守仁为"奸人"。

七　武宗身边的奸臣，给王阳明捏造罪名

第一条罪名是：王守仁曾协助朱宸濠反叛。

江彬之流说：王守仁一直暗中与朱宸濠勾结，甚至派出自己的心腹冀元亨去宁王府为之谋划。朱宸濠起兵后，王守仁一看皇上亲自命驾南征，感到势头不对，这才掉转枪口，打了朱宸濠一个措手不及。

第二条罪名：朱宸濠富可敌国，王守仁攻进南昌后，将宁王府的金银珠宝洗劫一空，据为己有。

这两条莫须有的罪名，无论哪一条，都可以将王守仁送上断头台。本是第一号功臣，如今却成了第一号罪人。这就是明代中期政治的一个特点，简单地用颠倒黑白来概括，还不足以显其荒唐。

只是苦了王守仁，带着朱宸濠既不能北上觐见皇上，又不能南退赣中，这时候，他听说大太监张永到了杭州，便自江西取道玉山赶到杭州求见。

论述正德时期的政治，张永是一个绕不开的人物。武宗皇帝初登基时，他与刘瑾等八位太监深受武宗信任，时人谓之"八虎"。后来，刘瑾权势增大，骄焰灼人。张永与之生下嫌隙。恰逢武宗的本家，封在宁夏的安化王朱寘鐇造反，朝廷起用已告老还乡的"三边总督"杨一清率兵前往剿灭。张永作为监军，一同前往。杨、张二人因此建立了很好的关系。在杨一清的劝说下，张永终于同意在武宗面前揭露刘瑾"谋反"的罪行。两人的联手，导致武宗诛除了刘瑾。在这一点上，张永功不可没。也因为这一功劳，张永一直得到武宗信任，外廷大臣也都对他印象很好。张永的辈分，在江彬、许泰之上，属"德高望重"的人物，江、许之流虽然横行无忌，但还不敢触忤张永。这次武宗南征，张永随军赞划机密军务，地位也在江、许之上，王守仁找到他，目的是想通过他化解这一场致命的危机。

关于两人的见面，《明史·王守仁传》中记载甚简：

> 守仁夜见永，颂其贤。因极言江西困敝，不堪六师扰。永深然之，曰："永此来为调护圣躬，非邀功也。公大勋，永知之。但事不可直情耳。"守仁乃以宸濠付永。

但是，在民间的稗记中，关于两人的相见，却被描绘得有声有色。道的是两人在西湖上的一座酒楼相见。走上二楼雅室，王守仁命清退楼上一应闲杂，屏去左右，然后又让人撤去楼梯。张永见状大惊，问："王大人何故如此？"王守仁答："今晚卑职与老公公相见，唯天知地知，你知我知。"张永问："所谈何事？"王守仁从怀中掏出一沓纸来，说："这是从宁王府中抄出来的，请老公公过目。"张永接过一看，是一份朱宸濠历年来向京城权势人物行贿的名单。何人于何时何地纳贿银多少，都登记在册。江彬、许泰、张忠之流，都不止一次收受贿赂。这份纳贿名册上，居然没有张永。不是张永干净，而是王守仁事先做了手脚，所以王守仁当面"颂其贤"。张永心知肚明，于是称赞王守仁"公大勋，永知之"，并出主意说"事不可直情耳"。这意思讲得很清楚，就是"你王守仁千万不要将这件事向皇上禀报，否则，我想救你也救不了"。王守仁虽然占着理，但不占势。若是个书呆子，拼着项上的头颅不要，也要争出个清白来。这等清流，虽然气节可嘉，但在龌龊的官场，往往对自己、对家人酿成极大的悲剧。王守仁审时度势，绝不肯当"得理不饶人"的愣头青，而是降低身段，以卑微的姿态，把纳贿册与朱宸濠这两样在别人看来是奇货可居的战利品，拱手交给了张永。

八　大太监张永帮王阳明化解了危机

如果我们据此来嘲讽王守仁的人品,那是太不了解明代的政治。在小人横行、嬖幸肆虐的政坛,一个人要想为社稷服务,为苍生谋福,他就必须"与狼共舞"。行贿不为私,同流不合污,这是一个正直的知识分子欲求"事功"而必须做出的选择。

从事后的结果来看,王守仁争取到张永的保护与支持是极大的成功。第一,信誓旦旦要亲率大军进入南昌的武宗终于更改初衷,带着江彬、许泰之流一直逗留在镇江、扬州、南京一带寻欢作乐。设若皇帝与官军进入江西,则赣省的老百姓将会遭受比朱宸濠造反更大的洗劫。第二,江彬等屡屡在武宗面前告王守仁的刁状,均被张永化解。后来,经张永斡旋,武宗同意王守仁再上捷报。但捷报必须载明"奉镇国公威武大将军朱寿讨贼方略,而讨平叛乱"。很明显,这讨贼的功劳,要全部归功于武宗。而武宗身边的嬖幸如江彬、许泰、张忠之流,尽入有功者名单。江彬看到这份捷报,挑不出任何毛病,这场横祸才算平息。

九　武宗死后,王阳明的厄运还在继续

但事情还没有完。武宗南征归来,染疾不愈,很快就驾崩

了，接替他的世宗皇帝入朝。此时，在内阁首辅杨廷和的主持下，江彬、许泰之流已尽行诛除。世宗也知道王守仁是实际上的平叛功臣，于是宣王守仁入朝受封。

但是，当王守仁风尘仆仆赶到北京，等待他的并不是鲜花美酒，而是一种难受的冷落。读者或许会问，江彬之流不是已经伏诛了吗？武宗皇帝不是也"入土为安"了吗？怎么还会这样呢？皆因王守仁在平定叛乱中，还得罪了另一个强权人物，就是时任内阁首辅的杨廷和。

关于杨廷和的情况，我已在《皇帝与状元》一文中做过介绍，这里不再赘述。杨廷和是一个胸富韬略的政治家，为人也很刚正。但是，他与时任兵部尚书的王琼素来不和。人与人之间的关系不是靠逻辑推理能够表述清楚。杨廷和与王琼都是朝廷中素有名望的大臣，对刘瑾、江彬之流都切齿痛恨，但不能据此就说明他们"心心相印"。君子与君子之间生起龃龉来，有时也会不共戴天。王守仁因为是王琼发现的人才，对王琼自然心存感激。所以，在给武宗上的两道捷报中，都赞颂王琼运筹帷幄、谋划在先。虽然，这也是事实，在宁王叛乱之初，王琼三天内给武宗上了十三道奏疏，提出多条平定叛乱的措施。但是，王守仁的捷报中讲了事实，却没有讲规矩。这也是王守仁的疏忽。毕竟，杨廷和是内阁首辅，六部衙门应在内阁之下。兵部尚书做出任何功绩，都须取得内阁的支持。

因此，杨廷和对王守仁的捷报一直心存不满。他由此认定王守仁是王琼的私人。明代政治中除了小人政治，还有朋党政治。

党同伐异、因人划线的现象非常严重。

由于杨廷和的阻挠,有关衙门以"国哀未毕,不宜举宴行赏"为由,免了应由皇上为王守仁举行的庆功宴以及给立功将士的颁赏。出于安抚,提拔王守仁担任南京兵部尚书,这是一个闲差,只不过有了"正部级"待遇而已。王守仁一气之下,给新登基的世宗皇帝呈上请求归田的手本。于是皇上敕谕有关衙门议定了给王守仁的封赏:"特进光禄大夫、柱国、新建伯,世袭,岁一千石。然不予铁券,岁禄亦不给。"明代受封,以铁券为凭,以岁禄为实。王守仁两样都没有,仅落得一个空名而已。而和他一块浴血奋战平定叛乱的功臣,除吉安知府伍文定升官有赏之外,余下所有的人,都是明升暗黜,拿不到一分钱的赏银。这次打击令王守仁万念俱灰。如果说,在与江彬之流的争斗中,王守仁还游刃有余,进退有序。那么,面对来自"斯文骨肉"的同道者的算计,他就只能有苦难言、退避三舍了。正好,他的父亲此时病故,他借守制之机回到家乡,钻研他的"知行合一"的学问去了。

十 嘉靖六年,王阳明再度出山

却说王守仁归乡守制期间,他的一些门生屡屡为之鸣不平,多次上书朝廷以求重新取用,但终因有强势人物阻梗而未成。嘉靖六年(1527),思恩、田州土酋造反,两广总督姚镆无力平定,有人又荐王守仁。世宗这才任命王守仁为两广总督兼巡抚前往平叛。王守仁赋闲六年之后，再次临危受命，运用他的智慧，不费一兵一卒，把造反的卢苏、王受两人招降，妥善安置了七万叛兵。不但如此，他还顺势平息了断藤峡造反的瑶民。

但命运之神总是在紧要关头给王守仁来一点黑色幽默。王守仁这次出山，得力于张璁与桂萼，这两人因议大礼拍世宗的马屁而骤贵。张璁取代杨廷和当上内阁首辅，桂萼当上吏部尚书，都是炙手可热的人物。张、桂二人对付杨廷和同仇敌忾，但此时他们自己又掐了起来。桂萼本不喜欢王守仁，当初只是附和张璁而起用王守仁。可是，王守仁走马上任后，并没有对他表示特别的热心和感激，甚至还不听从他的建议去攻取交趾。于是桂萼在世宗面前进谗，说王守仁把不该招降的招降了，不该镇压的镇压了。照他这么说，王守仁的广西平叛不但没有功劳，还要追究其渎职罪。

此时，王守仁已病得很厉害，听说桂萼的攻击后，他立即上书请求致仕，并推荐已在他身边协理的郧阳巡抚林富接替职务，而且也不等朝廷的批复，就束装上路。走不多远，便死在南安途中。

人虽死了，桂萼还不肯饶过，上奏皇上说王守仁"擅离职守"，世宗大怒，下廷臣议，给予了王守仁子孙不再承袭新建伯的处分。

十一　王阳明的一生充满了悲剧色彩

综观王守仁的一生，正好印证了一句话"做好事的不如做事的，做事的不如不做事的，不做事的不如做坏事的"。这虽是愤激语，却也道出了某种不正确的社会现象，也说明了在恶劣的政治环境下，一个人欲求事功是多么的艰难。

正德初年的内阁首辅李梦阳在给杨邃庵的信中说过这样几句话：

> 愚尝窃观今天下之才，正德不如弘治，弘治不如成化。岂否泰消长，生才有高下耶？抑有之而未用耶？用之而未尽耶？

这种感叹，与鲁迅先生的"九斤老太论"一样，都是觉得人才一代不如一代。但这种现象说明了什么呢？张居正说"天生一世之才，必足一世之用"，这是当道者极有自信的表述。但多少个时代，多少人才昧于草莽、流落江湖啊！即便有见用者，也终因掣肘太多而无法展其才华，以致一流的人才只能干三流的事情，到头来保不准还弄个悲惨的结局。

黎东方先生说，王守仁的才能不比诸葛亮逊色，我同意他的观点。遗憾的是，王守仁生不逢时，因此就干不出诸葛亮那样的丰功伟业。幸亏他还能做学问，成为中国思想史上泰斗级的人物。不然，若仅以官场的成败来衡量他，恐怕只能在悲剧人物谱中加一个名单了。

古怪的海瑞

一

隆庆三年（1569）的某个秋日，时以御史中丞职务出使应天巡抚的海瑞，坐在衙门的廨房里翻阅朝廷的邸报，忽有衙役来报，外头有人递来了讼状。海瑞一听来了精神，当即接过讼状来读，看后不觉脸色大变。原来这份讼状很特别，告状人落款是柳盗跖，被告者是伯夷、叔齐兄弟。缘由是他们依仗孤竹君之势，强占首阳山，辱骂周武王，希望海大人秉公而断，为柳盗跖申冤，判处伯夷、叔齐兄弟有罪。

柳盗跖、伯夷、叔齐均是春秋时期人物，前者是著名的大盗，后两者是著名的贤人。熟悉当时苏、松地方情况的人都知道，这份讼状是讽刺海瑞的。说他自来应天府行政以来，一味偏袒奸宄小人，而使忠厚之家富庶之人屡受其害。

每一个朝代，都会产生很多名人。而名人又分两种，一是载诸史籍，一是在老百姓中流传。载诸史籍者十之八九都会被后世遗忘。因为除了史学工作者,很少有人会花大把时间去啃那些枯燥乏味的史书。而在老百姓中口口相传的人物,则是真正的名人了。

老百姓喜欢的人物,或者说老百姓痛恨的人物,极易得到流传。尽管老百姓的爱憎,并不代表某一人物的历史功过。但老百姓心中的一杆秤,还是能够称出是非曲直来。一般来讲,偏差不会太大。

明朝的海瑞,便是老百姓比较喜欢的名人。他的清官形象,一直让人怀念。但是,明人笔记文中对他的评价和描述,与老百姓对他的"造型"有些差异。以上这则记于《山志》中的笔记,便明显表示了对海瑞的不恭。

二

海瑞是海南岛琼山县人,身历嘉靖、隆庆、万历三朝。此人以清廉著称,在当世就有极大的影响。他从走上仕途的那一天起,就表现出特立独行的品格。

他当的第一个官,是在福建某县的学官里当一个九品的博士。这个卑微的教职,只能说是有一份俸禄,根本谈不上有什么职权。有一天,省里的御史大人来到县里,视察学宫。县里的一应官员,在县令、教谕等带领下,齐刷刷跪在堂下行恭迎大礼。唯独这位海瑞挺身不跪,旁人吓得不得了,问原因,海瑞说:"如果我到了御史衙门，当以下官的礼节谒见，但此处是学宫，是师长教士之地，教师在这儿向视察的上司磕头，岂不有辱师门？"这话乍听起来，确有道理，但官场上的尊卑之分，却是另有规矩。因此，学宫的负责人——两位训导认为海瑞狂悖，一起上前，摁住海瑞要他磕头。海瑞虽然瘦弱，此时发了犟，居然力气很大，两位训导摁不下他。这场会见被他搅局，弄得不欢而散。

这一次事件，可以称作海瑞进入公门的第一次亮相。大家都觉得这个人有骨气，但也是个"拗相公"，不好打交道，便送给他一个"笔床博士"的绰号。

几年后，海瑞被浙江巡抚看中，聘往浙江主持省试。能当一个省级的主考官，是读书人莫大的荣耀。海瑞只是一个乡试的举人出身，并没有朝廷的金榜题名的进士头衔。浙江巡抚礼聘他前来主持阖省乡试，也算是不拘一格用人才了。海瑞因此也看重这个。但是到浙江不久，他就和巡抚大人闹翻了。其因是他要按照惯例自己出考题。巡抚大人岂肯让出这份权力？坚持说主考官只能监考，不能出题。其实，这种做法在当时已司空见惯，许多主考官乐得接受。毕竟，省试之后，考中的举人都会认主考官为"座主"，一时间多了这么多的门生弟子，等于在官场上有了一股忠于自己的势力，何乐而不为呢？海瑞偏不这样想，他说："身为主考官而不能自出试题，这主考官岂不虚设？"他坚决不肯当聋子的耳朵。巡抚大人当然也不肯让步，相持不下，海瑞便将巡抚送来的聘金尽数退回，带着苍头拂袖而去。后在有关方面官员的斡旋下，巡抚任命他为淳安县令。海瑞接受了，自此算是真正当上了一名品级低下的行政长官。

浙江虽为膏腴之地，但淳安县却是个穷县。海瑞到县之后，就带着老苍头将衙门中的隙地开垦出来种麦种菜，以求自给。凡事节俭，绝不扰民。一天，浙江总督胡宗宪的儿子过淳安县，胡公子自恃乃父威权，开口向海瑞索要人夫差银。海瑞只以粗茶淡饭招待，并告之县里无人夫可供，若一定强要，他这个县令就只好亲自当差，给胡公子当轿夫。胡公子一听，急咻咻走了，回去向胡宗宪告状。胡宗宪平倭有功，是深得嘉靖皇帝宠信的封疆大吏，平常也很骄横，因此就起了心思要治治这个不通人情的海瑞。这时，他听亲信汇报说，海瑞刚刚给老母祝寿，只买了两斤肉，便立即打消了念头。胡宗宪想，这样一个倔汉，招惹他有何意义？还是敬而远之为妙。

仅此三件事，海瑞就声名鹊起，大家都知道官场有个叫海瑞的人，清廉而又板倔，公正却又迂腐。谁都愿意给他唱颂歌，但谁也不愿意和他交朋友。官当到这种地步，别人觉得他难受，但他自己怡然自得，没有任何不舒服的地方。

中国古代官场的当道政要，对于海瑞这种人，尽管内心不大喜欢，但表面上还是要肯定他为楷模。海瑞虽然没有朋友，也没有后台，但作为官场的"花瓶"，出于点缀的必要，他还是不断地升官。嘉靖末年，他终于从淳安县令升任为户部的六品主事。从地方官变成了京官，这仕途不能说不顺利。

但是，当了京官的海瑞，却一点也没有改变个性，仍然像过去那样疾恶如仇，快人快语。如果说过去他得罪的只是封疆大吏，到京城之后，他更是将批判的矛头，直接对准了嘉靖皇帝。

海瑞上书指斥嘉靖皇帝种种不端，这是他历史中最为光彩的一笔。吴晗据此而写成的戏剧《海瑞罢官》，影响甚大。因此本文不用对这件事做充分的描述。但是，这件事发生后的两个小故事，倒是有趣，不妨记录如下：

> 传闻公疏即入，世庙震怒。握其疏，绕殿而行。曰："莫教走了！"一宫女主文书者在旁窃语曰："彼欲为忠臣，岂肯走乎？"已而，召黄太监问之，黄曰："此人极戆，朝臣皆恶之，无与立谈。昨此疏既上，其仆已亡去矣。"上问："何以处之？"黄曰："彼欲以一死成名，皇上杀之，正彼所甘心，不如置狱中，使之自毙。"上是其言，既而有旨："此畜物有比干之心，但朕非纣也。"

> 帝初崩，外庭多未知。提牢主事闻状，以瑞且见用，设酒馔款之。瑞自疑当赴西市，恣饮啖，不顾。主事因附耳语："宫车适晏驾，先生今即出大用矣。"瑞曰："信然乎？"即大恸，尽呕出所饮食，陨绝于地，终夜哭不绝声。

海瑞上书骂皇帝，吓得跟了他多年的一个老仆人都连夜逃走，可见此事的严重性。若不是黄太监，他纵有十颗脑袋，也都保不住。嘉靖皇帝对他可谓恨之入骨。可是，他一听说嘉靖皇帝驾崩，立刻哭得昏天黑地。尽管当时就有人讥刺他这是"作秀"，不是出自真心。但不管怎么说，中国文化中的"忠君"思想，使海瑞必须那么做，这不是海瑞精神的矮化，而是时代的束缚。

三

　　海瑞在诏狱里坐了整整两年。嘉靖皇帝不死，没有人敢给他说话。老皇上一咽气，当时的首辅徐阶立刻就向新登基的隆庆皇帝建议，给海瑞平反复职，并官升三级。海瑞挂职在都察院，官衔是四品的御史中丞，出使应天府。应天府就是今天的南京，管辖苏州、松江、凤阳等府治。古戏文中所说的"八府巡按"，就是海瑞这个角色。

　　此时的海瑞，可谓名满天下。但他秉性不改，到江南履任，又弄出了许多令官场难堪的名堂。

　　按规矩，他这个御史大人出门应乘坐八人大轿，有一支人数不少的仪仗队。有鸣锣开道者，有举着"回避""肃静"等牌面者，有擎伞盖者，有荷刀护卫者。这些待遇都是朝廷规定的，就像今天规定各级干部的坐车标准一样，是正当名分的待遇，不算腐败，更不算僭越。但海瑞却将本该乘坐的大轿与仪仗队革去。出入自乘一马，安排两名差人荷杖随行，以便随时照应。

　　他的这种做派，就是今天所说的"轻车简从"。出门从简，但每日在衙门内升堂，海瑞又把仪式搞得非常复杂。他规定所有属官以及僚吏，都得穿上正规的官服，待他坐定之后，依次入堂向他行拜见之礼。当年他当博士时,不肯向省上来的御史大人行跪见之礼,时至今日,他却要求所有的下级官吏向他磕头。前后一比较,许多人便对他产生了不满。特别是他的属官与僚吏,更是意见很大。盖因海大人的轻车简从,极得民心。许多老百姓便以他为榜样,去衡量其他官员。他这个御史大人出门骑马,以此类推,他的属官级别比他低,出行不但不能坐轿,甚至连马都不能骑。因为,你不能与堂官享受同等待遇嘛。因此,每逢他的属官乘轿出行,便会受到老百姓的冷嘲热讽。在外遭遇种种不堪,来到公堂,又须得向海大人下跪,里外都尴尬,里外都难受。半年之内,这些属官都纷纷要求调动,不肯在他的手下工作。

海瑞对待手下苛刻,对来他的府治检查工作或者过境的官员,也一概损抑。比如说,该官员的品秩,照例可用十个差役,他则减半调拨;可无偿乘坐官船的,他则配给一匹马;该供一桌丰盛酒席的,他只给四菜一汤,而且也不派人陪吃。当时官场的风气,大凡官员入境,必提高规格接待,像海瑞这样减半执行的,大概国内再没有第二个人了。因此,在他的府治,很少会有上司前来视察。不少过境的官员也都绕着走,不肯与他见面。

关于这种情况,清人笔记《山志》中有一段描述:"陆伯生《樵史》有云:'海忠介公瑞开府江南,意在裁巨室,恤穷闾,见稍偏矣。卒之讼师祸猾乘机逞志,告讦横起,举三尺而弁髦之,遂成乱阶。诸大姓皆重足立,三吴刁悍风自此而长。'予尝谓忠介清风劲节,元不可及。然为政之道,贵识大体,使忠介当国,吾不知其竟何如也?"由此可见,时人对海瑞的作风,已有微词。

更有甚者，海瑞处理公务，亦有强烈的"劫富济贫"思想。他到应天府治的第二年，正碰上吴中大旱，百姓春荒无食。海瑞可怜饥馑中的小民，便劝富人放赈。他的"劝"，实际上是强行摊派。他先到溧阳，找到致仕回籍闲居的史太仆，要他出三万石粮食。史太仆家本富饶，加之知道海瑞是个惹不起的角色，便老老实实捐了三万石粮食。而后，海瑞又跑到华亭县找到已退休回家的首辅徐阶，要他捐出一部分家产以赈乡里。前面说过，这个徐阶是将海瑞救出诏狱的恩人，但海瑞不讲情面，执意要徐阶认捐。他这么做，是抓住了徐阶一点把柄。徐阶的儿子横行乡里，早有一些民怨。海瑞与徐阶讲条件，你若不认捐，就把你儿子治罪。徐阶无奈，也只好捐了几千石粮食应付过去。

这件事情，对海瑞的杀伤力最大。中国是一个人情社会，知恩图报又是被人们普遍赞颂的美德。海瑞如此对待恩人徐阶，许多官场中人便认为这个人完全不通人情。尽管他很有民心，在官场却陷入彻底的孤立。

从当时的一些记述来看，海瑞这一系列做法的确大得民心，但由此也培植了一些小民的"吃大户"的思想。社会风气也的确在变坏。本文开头讲的那份递到海瑞手上的状纸，正是在这种情况下出现的幽默。

万历中期的李乐在《见闻杂记》中说："当官者贪财无耻，想是性生，不足责矣。有一等廉靖无求之人，非不可嘉可重。至于临大事，决大疑，遇大欹，须要有胆略，有才智，方能办得事来。吾乡万历十六年荒甚，有一郡伯令穷民至富家食粥，百十成群,几致大乱……此郡伯甚为清介,然何补于荒政也?"

历史中这一类的事情很多。我们通常都把"清官"当作好官的典型。我个人认为,这是一种偏见。清官之廉洁,是品行的优良,这是一种道德的评判。但当官仅有良好的品行是不够的,还要有为朝廷增辉、为百姓谋福的能力。有好的品行,又有很强的执政能力,方是好官;若仅有好的品行,则只能算是好人。

海瑞便属于品行优良的好人。若论他当官的政绩,则乏善可陈。我想,这也是朝廷的用人不当。像海瑞这样的人,让他当监察方面的风宪官,则十分称职;让他开府建衙,当地方上的行政长官,则正好应了一句谚语:戴碓窝玩狮子,自己累死了,别人还说不好看。

四

海瑞这一次在江南的开府,不到两年就干不下去了。他自己提出辞职。隆庆四年(1570)二月,朝廷将他改任为南京粮储督官,未及一年,又因与同僚相处不谐产生剧烈冲突,从而提出辞职。这本是一个姿态,但他的手本送到御前,没有一位大臣替他讲话,于是皇上准了他的奏本。海瑞也就只好怀着一腔怒气,回到海南的琼山老家闲居。他是在隆庆四年末辞职归里,两年后,隆庆皇帝去世,十岁的万历皇帝继位,张居正代替高拱担任首辅之职。这位明朝中晚期的中兴名臣,甫一上任就以雷霆手段除旧布新，推行"万历新政"。他惩处了一大批贪官、庸官，也破格提拔了一批新人。但他在其执政的十年中，始终不用海瑞，因为张居正的用人政策是"重用循吏，慎用清流"。在他看来，海瑞只是一个好人，但并非一个好官。他对海瑞个人的操守表示欣赏，但认为海瑞并非"循吏"，就是说海大人没有能力发展经济，让老百姓获得福祉，所以弃而不用。

张居正于万历十年（1582）去世，在他死后，万历皇帝对张居正进行了最残酷的清算。这时，又有人提出起用海瑞，万历皇帝首肯。于是在万历十三年（1585），经由吏部安排，海瑞再次复官，任南京吏部右侍郎、南京右佥都御史等职。从这种安排来看，海瑞虽然复官，但并未受到重用，因为当时的中央政府在北京。南京虽然保留了一套中央机构，但因只是留都，故多半都是闲官。万历皇帝将海瑞安排在南京当官，我猜他的心思，也只是想借海瑞的名，而并非要他担当治国理民的重任。

海瑞第三次复出时，已经六十多岁了，两年后，他死于任上。同事王用汲检点他的遗物，除了自写的诗文，一点破旧的日常用品，财物方面只有几两碎银，可谓清贫到家。听说他的死讯，官民两方面的态度大不相同。官员中有不少人私以为庆，而老百姓则为之举哀，许多人哀恸不已，竟"罢市者数日"。海瑞出丧的那一天，他的灵柩抬出南京城经由水路运回老家，老百姓沿途设祭，数百里不绝。那场面实在感人。当时有一位南京的秀才，叫朱良，写了一首吊唁海瑞的诗：

批鳞直夺比干心，苦节还同孤竹清。
龙隐海天云万里，鹤归华表月三更。
萧条棺外无余物，冷落灵前有菜根。
说与旁人浑不信，山人亲见泪如倾。

朱良没有官身，所以是老百姓的代言人。海瑞死后，纪念他的诗，最有感情的，大概就是这一首了。

只有疏狂一老身

一 一方水土养一方人

研读中国历史，会发现一个有趣的问题：某一个人物，生在某一个朝代是福气，头上戴着光环，到处受人尊敬。换到另一个朝代，便成了天地难容的人物，不但吃尽人间苦头，弄得不好还会丢掉性命。杜甫说李白"世人皆欲杀，吾意独怜才"，其意很明显，道的是李白不合时宜，世人都不喜欢他，必欲诛之而后快。其实，杜甫言过其实，李白生活在盛唐，当属社会的宠儿。他虽然受到流放夜郎的处分，也是在犯下了严重的政治错误之后。他参加了谋逆者反抗朝廷的军事举动，若碰上朱元璋或康熙一类的皇帝，十个脑袋都搬家了。把中国历朝做一个区分，则可以说：春秋战国养士，汉朝养武，唐朝养艺，宋朝养文，明清多养小人。我们说一方水土养一方人，套用之，一个朝代也会使某种人能得到特别的发展。照这个逻辑来推，大思想家李贽生活在明代，不能不说是一个悲剧。

二　李贽是明晚期少数清醒的读书人之一

李贽写过不少《咏史》诗，其中有这样三首：

持钵来归不坐禅，遥闻高论却潸然！
如今男子知多少，尽道高官即是仙。

盈盈细抹随风雪，点点红妆带雨梅。
莫道门前车马富，子规今已唤春回。

声声唤出自家身，生死如山不动尘。
欲见观音今汝是，莲花原属似花人。

　　读这些诗句，我仿佛看到一个清癯瘦削的老人，戴着斗笠骑在驴背上，看着满街的驷马高车，发出鄙夷的微笑。李贽为何有这等感情呢？这还得从明代的政局说起。

　　李贽出生于嘉靖初年，在嘉靖之前的正德年间，实乃是明代政治的一个分水岭。在正德皇帝之前，朝廷的清明虽不如开创初期，但大臣都还讲究操守；皇帝虽不能严于律己，却还能宽恕待人。正德皇帝十五岁登基，未谙世事，国家的操控权实际掌握在大太监刘瑾手中。胡闹几年，朝廷被弄得乌烟瘴气。虽经正直的大臣设计诛除了刘瑾这位"九千岁",但正德皇帝并未汲取教训,依然胡闹。由于皇帝坏了坯子,他身边的小人就像韭菜一样,割了一茬又长一茬。到他死时,小人当道而形成的官场潜规则,早已变成了指导官员的"世间法"。继位的嘉靖皇帝不但不能扭转颓风,反而因为迷恋斋醮、猜疑多忌而助长了小人政治的发展。出生于嘉靖六年(1527)的李贽,终其一生,都是在病态的社会环境中度过。在他入仕为官的二十多年,君是昏君,臣是庸臣。除开张居正柄国十年推行"万历新政"这一时期外,政坛上生气凋敝,乏善可陈。

政坛上越是腐败,想当官的人也就越多,这几乎已成规律。因为一些心术不正的人可以通过当官来获取非分的名利。按市场经济学的观点,官职永远属于短缺经济。这就导致卖官鬻爵的情形大量发生。大官吃小官,小官吃百姓,官民的尖锐对立已使大明帝国陷入深刻的危机。但是,俗世的享乐与眼前的利益促使帝国的士人放弃了忧患,官场因此变成了名利场。

李贽是少数的清醒的读书人之一,他讥笑那些把高官当神仙的人。既然官道腥膻,令他心寒齿冷,与官场的断绝便是无可替代的选择。在多年的道德探求之后,他终于发现了"菩萨道"的美妙,既可救心,亦可救世。于是,他自负地吟唱"欲见观音今汝是,莲花原属似花人"。

在古代,对皇帝的效忠被看作一个读书人起码的道德要求。但是,李贽弃官绝俗皈依佛门,并以观音自居,在士大夫眼中,他便成了双重的叛逆者,既背叛了皇帝,也背叛了儒家。比之李白，李贽是真正的"世人皆欲杀"。他认为自己的灵魂只能安置在莲花宝座上，但在世人眼中，他只能待在万劫不复的地狱中。

三 在李贽眼中，孔子并非圣人

读李卓吾的《藏书》《焚书》《续焚书》，我们会感到，像他这样的叛逆者，当也是属于那种五百年才可能出现一个的人物。他经常发表惊世骇俗的观点，他说天地间只有五部大文章，即汉司马迁的《史记》、唐杜甫的诗集、宋苏东坡的文集、元施耐庵的《水浒传》、明李梦阳的《李献吉集》。这五个人，前四位皆是文章翘楚，各自代表了一个时代。但我们注意到，他不提孔子、孟子，亦不提老子、庄子，更不提二程与朱熹。儒道两家的圣人与典籍，尽管被天下读书人奉为圭臬，但却不入他的"法眼"，特别对孔子，非难尤多，他在《题孔子像于芝佛院》一文中指出：

> 人皆以孔子为大圣，吾亦以为大圣；皆以老、佛为异端，吾亦以为异端。人人非真知大圣与异端也，以所闻于父师之教者熟也；父师非真知大圣与异端也，以所闻于儒先之教者熟也；儒先亦非真知大圣与异端也，以孔子有是言也。其曰"圣则吾不能"，是居谦也。其曰"攻乎异端"，是必为老与佛也。
>
> 儒先亿度而言之，父师沿袭而诵之，小子瞢聋而听之。

万口一词，不可破也；千年一律，不自知也……

从这段话中可以看出李贽的态度，在他眼里，孔子并非圣人，老、佛也非异端，他对儒先、父师之类谬传知识的人物讥刺、抨击，毫不留情面。正由于这样一些人把孔子抬到圣人的地位，李贽发誓不肯加入抬轿子的行列。中国是一个善于造神的民族，因为造神者得到的好处远远大于被造者。所以，许多国人乐此不疲。李贽看出这一点，十分痛心，在给友人耿定向的信中言道："夫天生一人，自有一人之用，不待取给孔子而后足也。若必待取足于孔子，则千古以前无孔子，终不得为人乎？"对于造神者的批判，李贽一针见血。

李贽穷诸学问，关注当下。李白说"古来圣贤皆寂寞"，他比李白更彻底，干脆认为自古本就无圣贤，这种思想脉络，可从禅宗慧能的偈言"菩提本无树，明镜亦非台"中寻找。佛家讲"众生即佛""我心即佛"，是民本观念，而儒家的内圣外王，则是精英观念。李贽援佛批儒，在儒家中国，他当然不会有什么好下场。

四　李贽认为张居正是"宰相之杰"而海瑞只是"万年青草"

中国古代的读书人，研修学问，讲求经邦济世，即学问服务于国家，作用于社稷的功能。从观念上看，这一点是不错的。但由于儒家学说的局限，读书人入仕后，所作所为，所思所想，往往与经邦济世的理想南辕北辙。究其因，乃是因为儒家把道德伦理作为建设社会秩序的基础。事实证明，离开法制，社会根本就没有秩序可言。这道理虽然简单，中国古代的儒生却似乎难以懂得。李贽虽也是儒生，也入仕为官，但他并不把道德伦理看成是至高无上的学问。他对古人与当世人的评价，其着眼点不在操守，而在于对社会发展的贡献。其中最有说服力的例子，是他对张居正与海瑞的断语。

李贽与张居正、海瑞是同时代人，都生于嘉靖初年，死于万历时代。客观地讲，这三个人，外加一个戚继光，应该是那一时代最负盛名的四大人物。张居正于隆庆六年（1572）出任首辅，辅佐十岁的神宗皇帝朱翊钧，开创了"万历新政"，是有明一代绝无仅有的中兴名臣，力挽狂澜的大改革家。他执政期间裁抑豪强，注重民生，后世称他为"权臣""法家"，讪谤甚多。海瑞最著名的事件，莫过于抱着一死的决心给沉湎斋醮荒怠政务的嘉靖皇帝上万言书，是有明一代最大的清官。张居正柄国，始终弃用海瑞，这一点曾引起当世士林的诟病。关于张居正为何不用海瑞，我在拙著《张居正》中已有专门描述，这里不再赘言。张居正死后，朱翊钧迅速对他进行残酷的清算，并重新起用海瑞。在史籍与口碑中，张居正毁大于誉，而海瑞却是誉满天下。

作为他们同代人的李贽，却没有随波逐流。他深情地赞誉张居正是"宰相之杰"，而评价海瑞为"万年青草"。在李贽看来，张居正是真正的经邦济世的伟大人物，而海瑞只是以人格取胜。生命如草可以万年长青，但绝不是振衰起隳的国家栋梁。

从这两种截然不同的评价来看，李贽心仪的政治人物，不仅仅是会做道德文章，更应该有着为社稷求发展，为民生谋福祉的巨大的担当精神与行政才能。

道德与事功，清流与循吏，一般的读书人，都看重前者，而李贽赞赏的却是后者。

五　晚明思想界的一盏明灯

李贽既不能像张居正那样，以事功影响后世，也不能像海瑞那样，用道德影响士林。但他的叛逆精神与追求本真的学问，却是晚明时期思想界的一盏明灯。关于他的生命轨迹与学问人生，付秋涛先生做了详尽的考证与理性的分析，读者可以从书中看到李贽的精神画像。

数年前，我在一篇文章中谈到，人有两种：一种是石头，在任何激流中挺立；一种是咖啡，可以百分之百溶入水。李贽当属于前者。他特立独行，蔑视世俗，因此当世难容。比起张居正与海瑞来，他的处境更惨。皇皇一部明史，张居正、海瑞皆有列传，而他只在耿定向的条目中附上数语以示交代，可见皇室操纵的史家，对他这位狂人，连贬损几句的兴趣都没有。李贽晚年弃绝功名，对这种"世人皆欲杀"的处境，早已有了心理准备。他在一首诗中写道：

若为追欢悦世人，空劳皮骨损精神。
年来寂寞从人谩，只有疏狂一老身。

以七十六岁疏狂之身在狱中用剃刀自杀，表明了李贽与流俗抗争到底的决心。死后不到半个世纪，明朝就以崇祯皇帝的上吊而在中国历史的舞台中谢幕。比起崇祯来，李贽的悲剧似乎更能体现文化上的意义。因为他不仅死在明朝最腐败的时期，更是思想上最为平庸的时期。

大笑大笑还大笑

一 魏忠贤成了实际的"九千岁"

天启五年（1625）四月的某一天，司礼监秉笔太监魏忠贤将大理寺丞徐大化找到自己的值房面授机宜。要他借熊廷弼案，对杨涟、左光斗等六人实行栽赃。当天晚上，徐大化就写出弹劾杨涟等六人的奏章，第二天送至御前。

魏忠贤本是河北肃宁县一个混混，在当地小有名气，后来因赌博输得精光，竟到了上无片瓦下无寸土的地步。万般无奈，只得自阉，托人走后门，入宫当了一名小火者。现在，我们将净身入宫服务的人，统称为太监，这其实是一个错误。真正的太监，是指那些有权有势的内侍，而大量的阉侍，只能称作火者。

魏忠贤入宫时，可能是贿赂了管事太监，被分配到熹宗母亲王才人的门下当厨子。他一生的转机由此开始。王才人因病早死，熹宗由乳母客氏养大。魏忠贤与客氏勾搭成奸（可见魏忠贤的净身之说大可怀疑）。熹宗是万历皇帝朱翊钧的长孙、光宗的儿子。光宗登基不到一个月就死掉。熹宗继位时十六岁，封客氏为奉圣夫人。因为客氏的鼎力相助，魏忠贤在熹宗面前日渐受宠。到了熹宗三年，他已成了一人之下万人之上的"九千岁"，不但在宫里头一手遮天，就连权力中枢的内阁也成了聋子的耳朵——摆设。

二　熹宗成了名副其实的木工皇帝

如果把仁宣与光熹这两个时代做一个比较，就会找到明代由盛转衰的轨迹。仁宗是永乐皇帝朱棣的太子，他登基不到十个月就死去。儿子宣宗继位，享了九年国祚；光宗是万历皇帝的太子，登基不到一个月就一命呜呼，他的儿子熹宗继位，当了七年皇帝。这两次传承，仁宣是由复苏走向大治；光熹是由衰败走向大乱。宣宗虽然好玩蟋蟀，但对国事非常用心，而且内阁六部大臣，几乎全都是君子在位，所以国家才产生升平气象。熹宗却不一样，在他登基之前，他的爷爷神宗皇帝已四十年不上朝，阉侍之祸与朋党之乱已经把国家搞得乌烟瘴气。他登基之初，是个什么也不懂的毛孩子，坐稳龙椅之后，对国事没有任何兴趣，却迷恋上了木工。一天到晚在紫禁城里拉锯子推刨子弹墨斗线，做个官帽椅罗汉床什么的颇有心得，对大臣呈进的奏章却懒得翻动。大奸大猾的魏忠贤就是钻了这个空子，把批览奏章的权力揽到自己手上。他因此成了实际的皇帝。由于他的淫威，一批正直的大臣被罢黜，而换上了供他驱使的一批小人担任要职。刑部员外郎徐大化便是其中一个。魏忠贤为何要徐大化诬陷杨涟呢？这还得从头说起。

三　小臣杨涟成为朝廷的股肱

杨涟是湖北应山县人，万历三十五年（1607）进士。万历四十八年（1620）神宗皇帝去世时，他担任的职务是兵科右给事中。这是个从七品的职位，相当于今天的副处级。万历四十八年（1620）发生的梃击、红丸与移宫三大案，杨涟是后两案的积极参与者。这三大案都关系到政权的更替，既是皇帝家事，更是国家大事。杨涟官职虽小，但活动量很大，且身上有一股正气。光宗与熹宗的顺利继位，都有他的功劳。光宗很器重他，病危时，还把他叫到病榻前，与内阁大学士方从哲、刘一燝、韩爌等大臣一起同受顾命。在明代，顾命大臣具有极高的威望。所谓顾命，就是前任皇帝的遗嘱执行人，肩有辅佐新皇帝的重任。明史言杨涟以"小臣预顾命，感激誓以死报"。从此，杨涟把辅佐熹宗当作自己的神圣任务。

偏偏熹宗不争气，不想当皇帝而想当鲁班的徒弟，开一个红木家具厂。天启元年（1621），因移宫案的争论喋喋不休，熹宗将双方的领头人杨涟与贾继春同时罢黜。杨涟当了不到一年的草民，又于次年重新起用，任礼科都给事中。都给事中是一把手，右给事中是副手。原来，熹宗心里还眷顾着杨涟，待移宫案风波平息，他就逮着机会给杨涟升官。在礼科都给事中任上不多久，又升任为太常寺少卿。第二年即天启三年（1623）的冬天，再次升职为左佥都御史，过罢春节，又超擢为左副都御史。都察院管理天下言官，机构与六部平级，一把手的职位叫左都御史。左副都御史属正三品，为都御史的副手。从万历四十八年（1620）秋的八品兵科右给事中到天启三年春正三品的左副都御史，杨涟只用了三年时间。到此时，杨涟不再是"小臣"而变成了朝廷的股肱。

如果杨涟贪恋禄位，即便不肯与阉竖同流合污，只需对朝廷发生的乱象作壁上观，他也会有享不尽的荣华富贵。但杨涟生性耿直，始终不忘顾命大臣的神圣责任，对朝廷中任何干扰善政的恶势力，都想遏制与铲除。

就在杨涟升官的天启三年，魏忠贤已是淫焰灼人。当时，朝廷善恶两股势力旗鼓相当。杨涟、赵南星、左光斗、魏大中等人皆任要职，凭借手中权力抑浊扬清，广植善类。魏忠贤则搜罗党羽，凌辱官员。但是，这种均势是暂时的，因为魏忠贤控制了皇帝。虽然杨涟等赢得了民心，但在专制时代，谁都知道民心轻如鸿毛，而皇权重于泰山。

四　杨涟上书皇上，列举魏忠贤二十四宗罪

严重的危机感促使杨涟必须采取行动。天启三年（1623）的六月，杨涟在做了充分的调查取证之后，向熹宗上了一道弹劾魏忠贤的奏章，内中列举了魏忠贤二十四宗大罪，奏章结尾一段是这样写的：

> 凡此逆迹，皆得之邸报招案，长安之共传共见。非出于风影意度者。忠贤负此二十四大罪，惧内廷之发其奸，杀者杀，换者换，左右既畏而不敢言。惧外廷之发其奸，逐者逐，锢者锢。外廷又皆观望而不敢言。更有一种无识无骨苟图富贵之徒，或攀附枝叶，或依托门墙，或密结居停，或投诚门客，逢其所喜，挑其所怒，无所不至。内有授而外发之，外有呼而内应之。向背忽移，祸福立见。间或内廷奸状败露，又有奉圣客氏为之弥缝……故掖廷之内，知有忠贤，不知有皇上；都城之内，知有忠贤，不知有皇上。即大小臣工，积重之所移，积势之所趋，亦不觉其不知有皇上，而只知有忠贤……且如前日，忠贤已往涿州矣，一切事情必星夜驰请，一切票拟，必忠贤既到，始敢批发。嗟嗟！天颜咫尺之间，不请圣裁而驰候忠贤意旨于百里之外。事势至此，尚知有皇上耶……

这篇奏章洋洋洒洒，痛快淋漓。只看文字，就知道杨涟是何等的血性男儿！在明代，外廷的大臣与内廷太监争斗，几乎就没有成功的例子。前朝的大太监汪直、刘瑾，虽作恶多端，但弹劾他们的官员，轻者贬斥，重者坐牢戍边。最终让他们倒台的，多半是因为发生了内讧或用非正常的手段促使皇帝下令诛除。杨涟当了十几年的言官，对这些朝廷掌故应该说烂熟于胸。但出于对朱明王朝的责任，对社稷苍生的忧虑，他明知山有虎，偏向虎山行。豁出一条命来，也要把魏忠贤绳之以法。

五　魏忠贤挟持皇上，将杨涟、陈于廷、左光斗三人罢官

君子遇到危难求助于法，小人遇到危难求助于术，这大概就是善恶的区别。当杨涟求助于"法"时，魏忠贤便以"术"待之。

却说魏忠贤得知杨涟写了奏章弹劾他时，顿时吓出一身冷汗。虽然他觉得自己与客氏串通起来，可以偷梁换柱指鹿为马，但对杨涟却又不得不存一份小心。毕竟杨涟是顾命大臣，熹宗对他抱有一份好感。如果让杨涟亲手把奏章递到熹宗手上，这证据确凿的二十四宗罪可能会引起熹宗的警惕。因此，魏忠贤听信爪牙的主意，不让熹宗与杨涟见面，更不让熹宗看到杨涟的奏疏。

杨涟是赶在熹宗早朝的头一天写完奏疏的，准备上朝时送达御前。但是，熹宗突然宣布免朝，杨涟的希望落空。这时，宫廷内外都知道杨涟写了这么一道奏疏。杨涟担心夜长梦多，立即决

定到会极门投帖。明朝故事：大臣凡有急事奏禀皇上，可不必通过政司而直接到会极门投送。值门太监拿到奏疏后就会立即送往乾清宫，不得耽搁。凡误事者必受严惩。杨涟的想法是，先让熹宗看到奏疏，第二天早朝再当面揭露。

但是，杨涟的计划再一次落空。会极门当值太监把他的奏疏直接送到了魏忠贤手上。魏忠贤目不识丁，听手下念完这篇奏疏，顿时心中又恨又怕。于是，一连三天，他阻止熹宗上朝。须知皇帝早朝视事是亲政的一项措施。六部九卿大臣都是趁此机会禀报政事领取诏旨。熹宗多日不早朝，引起外廷大臣的种种猜测。眼看完全让熹宗待在乾清宫不出来无法向外臣交代，魏忠贤又改变主意，他亲自陪同熹宗早朝，并派数百名带着枪械的大内锦衣卫站在丹墀之下，把皇上与大臣隔开，又事先告知殿前传奉官，不得允许任何大臣奏事。就这样，熹宗在文华殿晃了晃又起驾回宫，杨涟没有任何机会向皇上当面奏事。到此时，所有的大臣都看出来，魏忠贤已牢牢控制了熹宗，杨涟的命运岌岌可危。

就这样僵持了三个月，魏忠贤无日不在思虑如何除掉杨涟。他知道杨涟不是孤立的一个人。他的周围，聚集了不少朝臣，他们同仇敌忾，与阉党势不两立。其中主要有左光斗、周朝瑞等十几位级别较高的官员。对这些人，魏忠贤统统以"东林党"目之。他指使爪牙弄了一个《东林点将录》，将所有反对他的官员都搜罗进去。关于东林党，可以说的话题很多，我将另写一篇文章详述，这里姑且从略。当时在朝的大臣，被称为东林党的人，级别最高的是吏部尚书赵南星。魏忠贤找了一个似是而非的理由，矫旨罢黜赵南星。按规矩，赵南星的继任者，必须廷推产生。所谓廷推，就是皇上钦点的几位大臣在御前提出合格人选。杨涟有资格参加廷推，但他拒绝参加，因为他认为赵南星的罢黜是阉党所为，并非熹宗本意。一心想惩治杨涟但苦于找不到理由的魏忠贤，这下终于逮到了机会，他立即假借熹宗的名义，诏斥杨涟"大不敬，无人臣之礼"，勒令致仕回乡。同时被罢官的还有吏部左侍郎陈于廷、左佥都御史左光斗。

这三人受到处分，类似于今天的"双开"，从某种意义上讲，甚至比"双开"还要厉害。因为，今天"双开"的人，至少还可以住在原地。这三个人，却是连北京的户口也注销了，统统由锦衣卫（相当于武警）押送回原籍。

六　徐大化借熊廷弼案，再次构陷杨涟

魏忠贤这种"枪打出头鸟"的做法，使京城十八大衙门的正人君子遭受巨大的打击，制约他的力量几近崩溃。奸贼之所以成为奸贼，就是因为他做任何坏事都不存在道德上的障碍；小人之所以成为小人，乃是因为他做了坏事后还想做更多的坏事。将杨涟削职为民"蒸发"于政坛，并不是魏忠贤的所求，他的终极目的是彻底消灭杨涟的肉体。所以，在杨涟回到湖北应山老家一年多以后，便出现了本文开头的那一幕。

徐大化究竟是怎样利用熊廷弼案赃害杨涟的呢？弄清这个问

题，先得简单介绍一下熊廷弼案的来龙去脉。

熊廷弼是湖广江夏人（今湖北武昌区），万历二十六年（1598）进士。万历四十七年（1619）以兵部侍郎兼右副都御史的身份，经略辽东。他在辽东任上十六个月，正值神宗、光宗相继去世以及大内"三大案"的发生，可谓风雨飘摇的多事之秋。熊廷弼在这种情况下，独撑辽东危局，运筹帷幄，使虏敌不敢进犯，应该说功劳很大。但被吏科给事中姚宗文、兵部主事刘国缙与御史冯三元等人构陷，说熊廷弼一味防守不敢进攻，致使虏敌坐大。他因此被解除兵权丢了乌纱帽。谁知他离任不到两个月，接替他的人完全不懂军事，导致沈阳与辽阳失守。此情之下，朝廷只好重新起用熊廷弼为辽东经略。但不同的是，辽东的十几万兵马不再统率于他的麾下，而由辽东巡抚王化贞调度指挥。半年之后，努尔哈赤率兵进攻广宁，满肚子子曰诗云的王化贞不知如何拒敌，熊廷弼能打仗却又没有兵权。这种错位导致广宁失守，辽东官军全线溃败逃回山海关。

失掉辽东，熹宗不分青红皂白下旨将熊廷弼、王化贞两人一起处死。受尽冤屈的熊廷弼呼天不应，呼地不灵。为了保命，便托内阁中书汪文言向魏忠贤求情，愿意送他四万两银子以求活路。魏忠贤答应了这个请求。但是，熊廷弼并非贪官，亦非巨富，一时间凑不出这笔巨款，魏忠贤认为这是熊廷弼有意诳他，决定提前执行他的死刑。

杀了熊廷弼，魏忠贤又逮捕了汪文言，要他诬陷熊廷弼曾向杨涟、左光斗等六人行贿，杨涟接受贿银的数目是两万两。汪文言虽受尽酷刑，但至死不肯陷害杨、左等人。但参与审理此案的徐大化还是弄到了汪文言的口供画押，然后据此上奏熹宗。

在木工车间干活的熹宗，经过魏忠贤长达数年的"洗脑"，早已认为杨涟这个顾命大臣已经蜕化变质，成了朝廷的蛀虫了。所以，在接到徐大化的奏章后，便立即下旨往逮"党同伐异，招权纳贿"的杨涟。

七　汪文言拒绝诱供，但六君子仍同遭逮捕

汪文言拒绝诱供，受到严刑拷问时，曾大声疾呼"世上岂有贪赃杨大洪哉！"这个杨大洪便是杨涟的别号。应山，今天改名为广水市，境内有一座雄伟的山脉，叫大洪山。杨涟为自己取的别号，盖源于此。他考中进士入仕之初，被任命为江苏常熟县的县令，在任五年，吏部考核，给予的评语是"举廉吏第一"，这个"天下第一清官"的称号，可不是随便可以得来的。此后，杨涟一直以廉洁著称。所以，汪文言才有那样一句撕肝裂肺的呼喊。但是，在黑白颠倒、小人猖獗的时代，事实与真理不起任何作用。秦桧的专利产品"莫须有"，到了魏忠贤手上，变得"技术含量"更高，完全可以一剑封喉。

我不知道熹宗的诏旨下到应山，京城的缇骑兵日夜兼程赶到大洪山下时，应山的老百姓是如何做出反应的。据当时一些笔记文记载，当杨涟泰然就逮，坐进囚车上路时，老百姓将缇骑兵团

团围住，几欲酿成事变。是杨涟自囚车上走下，苦劝父老乡亲让开道路。《明史·杨涟传》是这样记载的："士民数万人拥道攀号，所历村市，悉焚香建醮，祈祐涟生还。"常言道民心不可侮，通过这段文字，我们完全可以想象"钦犯"杨涟登程北上时所遇到的感人场面。

与杨涟一起被逮的另五人是：左光斗、魏大中、周朝瑞、袁化中、顾大章，他们都是反对魏忠贤的中坚，史称六君子。

六君子此前俱被削职，此次又被缇骑兵从各自家乡押解来京。他们到达北京的具体时间是：周、袁二公五月初到达北镇抚司。顾公五月二十六日到达南镇抚司，二十八日改送北镇抚司；魏公六月二十四日到南镇抚司，二十六日移交北镇抚司；杨、左二公六月二十六日到达南镇抚司，次日押送北镇抚司。

八　明代的"诏狱"刑具灭绝人性

在明代，只要一提"诏狱"这两个字，人们无不为之股栗、汗涔涔下。诏狱，顾名思义，就是专门羁押钦犯的地方，一般设在锦衣卫管辖的南镇抚司与北镇抚司。南与北的关系，类似于拘留所与监狱的关系。诏狱之所以令人害怕，一是人容易进来不容易出去；二是这里审讯所用的刑具可谓灭绝人性。

对以杨涟为首的"六君子"的审讯是从天启五年（1625）的六月二十八日开始。负责审讯的是北镇抚司堂官许显纯。这许显纯是魏忠贤豢养的一条鹰犬，狠毒至极。

其实，审讯只是走过场，六君子被逮之日，魏忠贤就已定下了他们的死罪，但又不能让他们速死：一来是要让他们多受酷刑；二来要追缴"赃银"，人一死，银子就没处讨了。

对六君子的审讯始于杨涟到案的第二天，即六月二十八日。诸君子各打四十棍，拶敲一百次，夹杠五十下。

镇抚司的刑具分五种：第一种叫械，用栗木或檀木做成，长一尺五寸，宽四寸许，中间凿两孔放手。犯人出囚室前，即械枷，使之不得逃脱。如果狱卒想杀人，会先将人犯械起，然后用榔头敲其头颅，人犯双手械住无法反抗。第二种叫镣，用铁铸成。我们说锒铛入狱，这锒铛就是铁镣。这铁镣长五六尺，盘在左足上，以右足受刑，人犯无法伸缩。第三种叫棍，削杨榆条为之，长约五尺。每用棍刑时，狱卒用麻绳束起人犯腰胯，绳的两头拴在石墩上，用刑开始，便有两个棍手踩住绳子两端，受刑人的腰立刻被箍死，完全无法转侧，再用一根绳捆住人犯双脚，一名壮汉拉住绳头狠命朝外拽，人犯手被械，腰被箍，脚被拴，无法动弹了，棍手便开始使棍，棍头弯曲处像小手指般长短，一棍下去，"小手指"尽入人肉，深八九分。第四种刑具叫拶，用杨木做成。长尺余，直径四五分，每用拶，两人扶受拶者跪起，用拶夹住受刑人十根指头，两头用麻绳揪紧，只要稍稍用劲，受刑人的手指立刻就血肉模糊。第五种叫夹棍，也是用杨木做成，两根为一套，长三尺多，离地五寸左右安置，中间贯以铁条，每根中间还安了三副拶。凡夹人，就把夹棍竖起来，让受刑人贴近捆住双脚，将绳套绑住受刑人各个活动关节，然后放平，再用硬木棍一根撑住受刑人脚的左面，使之无法挪动。又用大杠一根，长六尺，围四寸。刑手用它猛敲受刑人的足胫，只需一下，受刑人就会骨折。

诏狱中有一些专用词语，如用刑叫比较，索命叫壁挺。夹、拶、棍、杠、敲五种都用叫全刑。

六君子进了诏狱后，几乎是隔天一比较，五天一全刑。因为六君子入狱的原因是收受熊廷弼的贿赂，因此，"追赃"是审讯的主要内容。凡比较之日，六君子的家属都会早早儿来到刑房外守候。许显纯规定，各家凡交"赃银"，每次不得少于四百两。交足了，只用一种刑，或免刑，差额交付者，多用刑罚；不交者，用全刑。

徐大化陷害六君子，开列的贿银数目都很大。最少的是袁化中，六千两。最多的是杨涟，两万两。杨涟本出自穷人之家，虽入仕为官十九年，当上了"正部级"领导干部，但因从不受贿，仅靠俸禄生活，因此家中并无多少积蓄。北镇抚司恶吏索要"赃银"，杨家变卖所有家产，只凑起了四千两。杨涟的八旬老母和妻儿数口，都搬到县城的谯楼上暂时栖身。每天既无薪柴，又无灶米，全靠乞讨或乡人救济为生。即便这种情况，恶吏催"赃"毫不心慈手软，直接放言："要想杨涟活命，必须限期如数交齐贿银。"

九　应山的父老乡亲想救杨涟一条命

杨涟在北京诏狱受刑的消息传到家乡，应山的父老乡亲为了能救下杨涟的一条命，纷纷解囊。上至士商地主，下至卖菜佣仆，都尽最大的可能捐款。但因两万两的数目太大，仓促之间难以凑齐。因此，杨涟几乎是五天经受一次全刑。到了七月四日比较之后，杨涟已须眉尽白，身上浓血如染，没有一寸完肤。其实，所追缴的"赃银"，没有一分一厘交纳国库，大头孝敬给魏忠贤，小头由许显纯领导的"专案组"作为赏钱私分了。

七月十五日，是杨涟五十四岁生日。一清早，左光斗等五位患难知己向杨涟拱手以祝。杨涟苦笑了笑，让狱卒拿来一大碗凉水咕噜咕噜吞下。稍有常识的人都知道，凡重创之人若生饮凉水，无异饮鸩。见众难友惊愕，杨涟说："魏阉将我等逮入诏狱，就没有打算让我们活着出去。一旦'赃银'追齐之日，便是我等毙命之时。我已抱定必死之决心，喝凉水只求速死。"听这一席话，诸君无不掩面唏嘘。

这一天，许显纯受魏忠贤指示，送给杨涟的生日礼物是全刑。受刑前，杨涟将在刑房外守候的家人喊到跟前，吩咐道："你们现在都回老家去，好生服侍太奶奶，对各位相公传我的话，再不要读书为官了，都学着种田去。"这几句话看似平淡，究其内涵可谓沉痛至极。杨涟至此已明白，如果没有熹宗的昏庸，绝对就没有魏忠贤的凶残。因此，作为顾命大臣的他，已是彻底地看透了朝政的腐败。

这天用罢全刑后，杨涟昏死数日。到了二十日这一天，杨家送饭，在菜食中杂藏金屑，此举是帮杨涟自杀，让其吞金自尽少受痛苦。可惜被狱卒检查出来，从此再不准杨涟与家人见面。

七月二十七日，为杨涟与左光斗入狱的一个月，这是魏忠贤为他们划定的死期。这天中午，一狱吏偷偷对人嗟叹道："今夜，当有三位老爷壁挺。"果然，是夜，杨涟、左光斗、魏大中三人被锁头叶文仲用酷刑折磨至死。锁头是明代狱卒中的一种称谓，类似于监狱长。这个叶文仲狠毒为狱卒之冠，是魏忠贤、许显纯之流最为欣赏的刽子手。

此后到九月十四日，余下袁化中、魏大中、顾大章相继死去。六君子的惨案至此毕矣！

十　杨涟死前用鲜血写出"大笑大笑还大笑"

杨涟三人死后，许显纯顾忌舆论，没有即刻发布消息。而是三天后，通知三公家属到诏狱后门领尸。三公家属赶来，但见三具尸体用苇席包裹。斯时天气尚炎热，尸首搁置三天已腐臭，路人闻之，既掩鼻呕吐，又潸然泪下。

杨涟的次子带着两个苍头，来京参与营救，此时只能买来薄棺入殓高堂。当灵柩出城，迢迢两千余里回到应山，凡经过之地沿途人家，无不摆出香案致祭。在半路上，杨二公子收到一个人冒死送来的杨涟在狱中临死前写的血书。文字不长，全录如下：

> 涟今死杖下矣，痴心报主，愚直仇人。久拼七尺，不复挂念。不为张俭逃亡，亦不为杨震仰药，欲以性命归之朝廷，不图妻子一环泣耳。打问之时，枉生赃私。杀人献媚，五日一比，限限严旨。家倾路远，交绝途穷，身非铁石，有命而已！雷霆雨露，无非天恩；仁义一生，死于诏狱，难言不得死所。何憾于天，何怨于人？惟我身副宪臣，曾受顾命。孔子云：托孤寄命，临大节而不可夺。持此一念，终可以对先帝于在天，对二祖十宗与皇天后土矣。大笑大笑还大笑。刀砍东风，于我何有哉！

读这段文字，如我童年时读《革命烈士诗抄》，心灵受到莫大的震撼。历史上不乏铮铮铁汉大丈夫，但这等英雄人物的产生条件，是邪恶势力占据了政治舞台的中心。杨涟的这篇血书，认真读进去，便不难看出他隐约吐露的"我不负皇帝而皇帝负我"的哀痛。

据无名氏撰述的《诏狱惨言》记载，杨涟每次受刑，均大声骂贼，所以六君子中他受刑最多，也最惨烈。他入狱十天，就须发全白，这种身体的异常变化，除了刑罚的折磨，更重要的是他的报效朝廷的心死了。他临死前用鲜血写出"大笑大笑还大笑"这等语言，让我猜想颇多。他笑什么呢？是笑阉党的倒行逆施，还是笑世人的含羞忍垢？是笑皇上的颟顸无能，还是笑同道的执迷不悟？也许这些意思都有，也许这些意思都没有。他只是想用大笑来迎接死亡，表明永不妥协的斗士心志。

张居正的为官之道

一　给皇上与太子讲课的，被称为帝王师

张居正于嘉靖二十六年（1547）考中进士，被选为翰林院庶吉士。翰林院是国家的重要人才库。凡新科进士选拔进来，当了庶吉士，只要不犯过错，日后必为朝廷重用。明代的内阁辅臣，多半都是庶吉士出身。张居正当庶吉士两年时间，大量研究历朝的典章制度以及治国之道。两年以后他就有了一个实际的官职——翰林院编修。翰林院类同于朝廷的智囊机构，人们习惯称在里头供职的官员为"词臣"，若为皇上讲学，则称为"讲臣"。

张居正在翰林院里，词臣与讲臣都当过。在古代，给皇上与太子讲课的，被称作"帝王师"。张居正当讲臣是在嘉靖皇帝执政期间，被安排到裕王府中讲课。裕王朱载垕是嘉靖皇帝的第二个儿子，太子死后，他就成了皇位继承人。嘉靖皇帝于1566年去世，朱载垕继承了皇位，是为隆庆皇帝。一般来讲，新皇上登基，都会起用旧邸老臣。所以，朱载垕登基不久，就将张居正拔

擢为东阁大学士,入阁参赞机务。

二 入阁前,仕途并不顺利

进入内阁之前,张居正的仕途并不一帆风顺,他从未做过地方官,没有封疆大吏的经历。他年轻时的大部分光阴,都是在北京度过。当时的内阁首辅是奸相严嵩,加之嘉靖皇帝沉迷斋醮道术,张居正无法施展自己的政治抱负。三十多岁时,他因为身体不好,回老家江陵休养了五年。后来又回到京城,当了国子监二把手,他在这个任上又工作了好几年。国子监在明代也称为太学,是国家最高学府。国子监的一把手叫祭酒,相当于校长;二把手叫司业,相当于教务长。张居正到国子监当司业的时候,国子监的祭酒是高拱。高拱于隆庆二年(1568)当上了内阁首辅,比张居正早入阁三年。两人的入阁,都得力于当时内阁次辅徐阶的提携。徐阶是江苏松江人,嘉靖初年的状元出身。

这位徐阶是一个非常老练的政治家,他当次辅时的首辅是严嵩。大家知道,严嵩当了二十多年的首辅,有能力、有才华,但心术不正,且贪鄙成性。与他共事,就是"与狼共舞",始终都不会有安全感。徐阶居然与之相处平安无事,可见他有高超的政治智慧。既保全自己,又不同流合污。这一点,很少有人能做到。

张居正与高拱在国子监的时候,可谓同气相求。好批评时政,常常表露对严嵩的不满。徐阶劝他们隐忍,并刻意保护。徐阶很欣赏张居正的才能,他当了首辅后,就把张居正从国子监提拔到礼部当了右侍郎。礼部相当于今天外交部和教育部的职能,还兼管民族与宗教,权力很大。明代的中央政府一共有九个一级衙门,我们称之为大九卿。哪九个衙门呢?吏部(管干部)、户部(管财政)、礼部、兵部(国防部)、工部(工业和经济管理部门)、刑部(公安部);六部之外还加上一个都察院,相当于现在的中纪委一类的机构;还有一个大理寺,相当于最高人民法院;还有一个通政司,类似于中办或国办,传达号令的地方。这九个部门的一把手,六部都叫尚书,都察院叫左都御史,大理寺叫大理寺卿,通政司叫通政使。这些衙门里的一把手或者二把手通称为堂上官。六部的二把手叫左侍郎,三把手叫右侍郎。张居正从国子监的教务长升职礼部右侍郎,官职提了三级,从四品提到了正三品。

嘉靖皇帝去世,隆庆皇帝登基后月余,张居正从礼部右侍郎提升为吏部左侍郎。这两个官职,看起来是平等的,但因为吏部类似于今天的中组部,是替皇帝选拔和管理人才的,所以吏部尚书被称为天下文官之首,也被称为"天官"。张居正从礼部右侍郎调任吏部左侍郎,是一种高升。但是张居正并没有实际到任,只是有这样一个待遇,以这样的资历升任东阁大学士,在隆庆元年(1567),张居正就入阁当了辅臣。

三 内阁的体例因时而变

明代的内阁,是朱元璋废除宰相制度后创设的一个机构。创设的初衷,是选几个谙熟朝廷典章制度的文臣给皇帝当顾问。所以,入阁的辅臣都必须有大学士的资格。可见,内阁最初只是一个秘书机构。演变到后来,内阁的职能发生了变化,辅臣又开始承担起宰相的角色。但选拔辅臣的规矩没有改变,入阁之前,必须先有大学士的资格。内阁中的一把手称为首辅,余下的称为次辅。内阁的辅臣多少,没有定编,最多时有七八个,少时只有一两个。内阁和今天的国务院差不多,首辅相当于总理,次辅相当于副总理。张居正入阁才四十二岁。在今天看来,这么年轻就当上国务院副总理,根本不可能。所以说,张居正真正的政治生涯,是他进入权力中枢之时,也就是从四十二岁开始。

张居正入阁之初,首辅是徐阶。一年后,接替徐阶担任首辅的是张居正的老搭档高拱。高拱比张居正先入阁一年,本与徐阶关系不错。他之入阁,徐阶起了不少作用。但后来为一些工作上的事情积下嫌怨,矛盾越来越大,最后不共戴天。首先是徐阶把高拱排挤出了内阁,让高拱回到了老家,接着又是高拱翻盘,把徐阶排斥回了老家,他回到内阁当了首辅。

四　两虎相斗护其弱

在高拱与徐阶的争斗中，第一次检验了张居正在处理人际关系上的平衡能力。这两个人，一个是他的恩师，一个是他的盟友。这样两个人掐起来，张居正既不能帮助高拱整徐阶，也不能帮助徐阶整高拱。他暗自为自己订了一个行事的原则，即两虎相斗时，自己决不参与，但一定要想办法保护弱势的那一方。比如徐阶比较强势，高拱比较受压时，他尽量采取一些办法保护高拱。后来高拱强势，几欲把致仕在家的徐阶置于死地，他这时候便和徐阶关系密切起来。有一次高拱要惩处徐阶的儿子，说他在乡里横行不法，还把他抓进了大牢。张居正依靠他的能力，使徐阶的儿子免受惩处。这件事情让高拱非常不满意，有一次他闯进张居正的值房，把张居正狠狠说了一顿。他问："我听说你收了徐阶三万两银子，然后徇私情，把他儿子的事情大事化小、小事化了，有这个事吗？"历史记载，张居正听了高拱的指责以后，用手指天剖白自己，言辞甚苦。就因为这件事，高拱和张居正两人之间开始产生了隔阂。

高拱入主内阁柄政时，内阁还有李春芳、赵贞吉、殷士儋、张居正四位辅臣。在连续三年的时间里，高拱把除了张居正之外的三个辅臣全部排挤出了内阁。在别人被排挤时，张居正一是保护自己，二是采取附和高拱的态度。这期间他们既有矛盾又有联合。到了隆庆四年（1570），内阁只剩下高拱和张居正，两个人的矛盾也就从那个时候开始表面化了。

民间有一句话"一条绳拴不住两头叫驴"。高拱与张居正两个人，都有经邦济世之才，都想干一等大事，心中也都很有主见。任何一个单位，大至国家，小至处室，如果领导层都是很有主见的人，都想坚持己见，就没有办法以谁为主了，更无法建立起团队精神。隆庆四年的内阁就是这种状况。尽管高拱与张居正在对待西北军事问题上，在对待蒙古的问题上，在对待开放、海禁的问题上，执政的理念与方针基本一致，但在用人问题上，却经常发生龃龉。

高拱在当时是最有权势的人物，他不仅仅是内阁的首辅，同时还兼任了吏部尚书。除了朝廷的行政权，他还把人事权牢牢控制在手里。这就相当于今天的国务院总理，还兼着中组部部长一样，这个权力实在太大了。

我在《张居正》一书中写到两人矛盾的爆发，是因为两广总督的人选问题。因为当时广西的一些壮民造反，占山为王，两广总督李延率兵去剿匪，剿了很长时间，不但没有取得胜利，反而土匪越剿越多。其军费开支也没有节制，耗费了大量的国库银子。张居正认为此人非换不可，并推荐了他的同年殷正茂接任。开始高拱坚决反对，其理由是殷正茂有贪名，在江西巡抚的任上，就有人来信揭发他贪污受贿的行为。当然，这件事是控告有名，查证无实。高拱拈出这档子事来，是个托词，真正的理由是因为殷正茂与张居正同为嘉靖二十六年（1547）的进士，属于同年，私交不错。但在隆庆皇帝病重期间，高拱审时度势，态度突然来了一个一百八十度的大转弯，他忽然主动提出让殷正茂接任两广总督。这时候仍有人对高拱说殷正茂有贪名，喜欢钱。高拱说了一句话："我给他二十万银子让他贪，只要他能够把剿匪这件事办好，就让他贪了。"我写这段故事并非全是虚构，高拱对殷正茂态度的转变，明史有明确记载。高拱在用人问题上不拘一格、量才而用，这是他的可贵之处。但在用谁的问题上，他却比较自私，因为受了朋党政治的影响，他习惯用门生故旧，亲戚乡党，就为这件事，他与张居正的矛盾与分歧越来越大了。

到了隆庆六年，也就是1572年的夏天，隆庆皇帝死后，两人矛盾终于彻底爆发了。隆庆皇帝朱载垕三十六岁驾崩，留下一个皇后、一个贵妃、两个儿子。大儿子朱翊钧十岁，小儿子潞王朱翊镠四岁。按照规矩，皇后没有生孩子，如果妃嫔生了孩子，名义上的母亲必须是皇后，称为嫡母，而他的母亲就称为生母。这时候刚刚登基的万历皇帝朱翊钧，其嫡母陈皇后不过三十二岁，生母李贵妃也才二十七岁，他自己也只是一个十岁的孩子。主少国疑，国家管理的链条好像突然一下子断了。这时候内阁的权力变得非常大，因为皇帝不能亲政，内阁跟皇帝沟通要靠一个中转部门——司礼监。司礼监和内阁是什么关系呢？司礼监是一个太监的机构，紫禁城里有二十四监局，里面有一套完整的小社会。这二十四监局里，比如尚官监，相当于组织部，管太监的提拔和惩处；供用库相当于财务部，替皇上管财产；衣帽监是管皇上的穿戴……总共二十四个衙门，另外加上一个商业机构宝和店，皇上做生意的地方。还有一个东厂，皇上亲自管理的特务机构。总管这二十四个监局的，就是司礼监。司礼监有一个掌印太监，下面还有三到四个秉笔太监，为皇上批复文件。司礼监的掌印太监一般叫作"公公"，或者"爷"。内阁和皇上打交道，大臣要见皇帝，呈文件都要通过司礼监。因此政令是否畅通，首先决定于内阁和司礼监的关系。隆庆皇帝上任之初，免除了司礼监掌印陈洪的职务。按照资格，接任掌印太监的应该是冯保。冯保资历非常老，已当了很多年的司礼监秉笔太监兼东厂提督，其地位在太监中排在第二。论他的资历，顺理成章应该由他接任司礼监掌印，但高拱觉得他控制不了这个人，因此就向隆庆皇帝力荐孟冲接任。孟冲出身御膳房，是给皇上做饭的。隆庆皇帝有一个特点，非常喜欢吃驴肠，御膳房每天杀一头驴，为的是让隆庆皇帝吃上新鲜的驴肠。而最会做驴肠的就是孟冲，因此隆庆皇帝对孟冲也很赏识，便同意了高拱的推荐。

高拱突然把孟冲推到司礼监掌印的高位，让所有人都大跌眼镜。孟冲知恩图报，在司礼监任上四年，对高拱俯首帖耳、言听计从，因此高拱跟皇上的联络十分畅通。隆庆皇帝一死，形势立刻发生了变化，因为万历皇帝是个十岁的孩子，凡事都依赖他的大伴儿冯保。冯保一直是万历皇帝的男保姆，晚上还带着他睡觉。万历皇帝小时候闹百日咳，整晚不睡觉，只有一个方法可以让他安静，就是骑在冯保的背上，把冯保当马骑。冯保就趴在砖地上绕圈，一停下来万历皇帝就哭。所以冯保只有一夜夜地在地上转磨儿，膝盖都磨出了血。万历皇帝对冯保产生了依赖之情，从来不喊冯保的名字，就喊他"大伴儿"。李贵妃也很喜欢冯保。在当上皇帝的当天，五月二十五日下午三点，万历皇帝就让太监送一道中旨到了内阁，免去孟冲的司礼监掌印职务，改由冯保接任。

五　高拱与李太后作对，终遭免职

一听这道圣旨，高拱没有思想准备，因此很生气。生气的原因是：第一，这种重大的人事任免不但没有经过他同意，连事先通气都没有做到；第二，圣旨颁行，在明代有一整套规矩：当一个大臣向皇帝汇报问题时，要写成奏章，通过通政司送到司礼监，司礼监念给皇帝听了以后，皇帝不提任何意见，便把奏章发还给内阁。由内阁辅臣根据朝廷的制度以及具体情况拟出一个回答的方案，叫作"拟旨"。代皇上拟好圣旨以后又送还司礼监。如果皇帝同意辅臣的意见，就由秉笔太监用朱砂笔工整地抄写下来，再发布。如果皇上不同意，就发还内阁重拟。所有的圣旨都要经过票拟，拟完以后经过皇上同意再发下来的叫作"圣旨"。如果没有经过内阁辅臣票拟而由皇上直接发下来的指令，称为"中旨"。十岁小皇帝的第一道圣旨就是中旨，这让高拱感觉到内阁的相权受到了严重的伤害，何况中旨的内容也使他极为不满。当时高拱就把中旨摔到地上，传旨太监吓坏了，说这可是皇上的谕旨。高拱说："什么皇上的谕旨，都是你们这帮太监搞出来的！

迟早要把你们都赶走！皇上一个十岁的孩子，他懂得什么？"太监回去把话告诉了冯保，冯保立即进乾清宫向李贵妃母子告状。但他改变了一点内容，禀报说："高胡子说，十岁的孩子能当什么皇帝？"据说，李贵妃和朱翊钧母子二人听了这句话非常震惊，也很害怕，两人抱着哭了一场。所以万历皇帝一直到老，终生都不肯原谅高拱，非常记恨他。就因为这件事，在冯保的撺掇之下，李贵妃和小皇帝做出了决定，撤掉高拱内阁首辅的职务，让张居正接任。

决定历史成败的往往就是一个细节。因为高拱接中旨的态度，也因为高拱和冯保的长期结怨而导致了高拱的下台。让高拱下台的旨意由皇后、皇贵妃、皇帝三人共同颁布。抬头是皇后懿旨、皇贵妃令旨、皇上圣旨。这道旨非常严厉，要高拱接旨后立刻起程回老家闲住，一刻也不准在北京停留。所以当圣旨传达后，立刻就有一帮锦衣卫，把高拱押送出北京。仓促中老两口只得雇一辆牛车，凄凄惶惶地走出了宣武门。就这样，高拱永远离开了北京，也离开了权力中枢。张居正治国的十年生涯也就从这个时候开始了。

六 《病榻遗言》的记载不大靠得住

张居正取得首辅职位的过程，遭到不少人的非议。高拱写了一部回忆录《病榻遗言》，对张居正的攻击非常厉害。说他与冯保结盟，窃取权柄。如果认真探究，就会发现高拱的话站不住脚。

在《病榻遗言》里，高拱记述了这样一个细节：隆庆皇帝病重时，有一天他从文华殿旁边的恭默室走出来，看到张居正的书办（也就是今天的秘书）姚旷拿着一沓厚厚的信札往前走。看到高拱后，姚旷赶紧折道，想绕开他。高拱一看不对，叫他过来，要看他手上的东西。姚旷不敢不给。高拱一看，原来是张居正写给冯保的信札。其因是冯保就几件事情的处理向张居正讨教，张居正给了他回答。这件事放在平常也不是什么大不了的事情。但在皇上病重、局势微妙期间，张居正这么做，便被高拱视为是一种背叛。因为此前，高、冯两人的矛盾已经公开化。高拱虽然有谋略，但无城府。放走姚旷，他就回到办公室找来张居正，怒气冲冲斥道："你背着我跟冯保结盟，还给他支着儿，你什么意思？"张居正解释说："冯保弄不懂的事，我给他提点建议，仅此而已。"高拱认为这种解释是此地无银三百两，便将这件事讲给自己的门生听，大家都替老座主抱屈。

这件事过后不久，冯保接替孟冲当了司礼监掌印。高拱决意要和冯保拼个鱼死网破。于是下令让自己的门生连上三道奏疏，弹劾冯保。如果一定要万历皇帝与他的两位母亲，在高拱与冯保之间取舍，他们当然会驱逐高拱而保护冯保。即便没有张居正，高拱的去位也无法逆转。但高拱不这么看，他认为是张居正谋夺他的首辅之位而与冯保建立起政治联盟，因此到死也不肯原谅张居正。

七 王大臣事件的处理表现出张居正的能力

高拱去职后不久,发生了一件事情。有一个人穿着一身太监服,大清早在乾清宫门前探头探脑地张望。小皇帝朱翊钧发现了,觉得形迹可疑,便让太监赶上前把这个人抓住了。一审问,发现他不是太监,而是一个部队的逃兵,叫王大臣,在京城里鬼混。他认识了宫里的太监,就借了这位太监的衣服和腰牌,跑到宫里来看新奇。冯保听说这件事之后如获至宝,把王大臣关进了东厂,还在他身上放了一把刀,说刀是在他身上搜出来的。王大臣说这不是要我的命吗?冯保说,只要你按照我说的去做,保你没事儿。你就说是高胡子指使你进来向小皇上行刺的。谋杀皇帝可是要诛灭九族的事儿,王大臣不敢这么招认。但架不住冯保一再威胁、引诱,他只好答应。三堂会审,王大臣便按冯保的要求招供,诬陷高拱。这么重大的事件,皇上、两宫太后亲自过问。三堂就是东厂、大理寺、刑部这三个执法机构,一起来审案子。在审的过程中,王大臣一口咬定是高拱派他来行刺皇上。

王大臣的口供传出来,整个京城舆论一片哗然。大家都知道,若按王大臣的口供追查,高拱不会有命了,他的家族也会受株连。冯保向皇上奏明,要锦衣卫即速前往河南将高拱抓起来,押到京城严审。这时候在京的很多大臣都替高拱担心,纷纷来找张居正。有一天,左都御史葛守礼和吏部尚书杨博代表百官来到张居正家中。葛守礼说："张阁老，高拱现在命在旦夕，只有你能救他。"张居正回答说："我哪儿救得了他？冯保和皇上对高拱如此仇恨，我也没什么办法。"大臣们很失望，觉得张居正也成了冯保落井下石的帮凶。张居正口头上这么说，其实已经在想办法了。

当冯保准备派人去抓高拱时，张居正对他说："我们证据还不确凿，单凭王大臣一个人的口供不能做出决定。"张居正在拖延冯保的同时，又向这个案子的主审官面授机宜，要他如此这般行事。第二次三堂会审，主审官把高拱的家人和一班闲杂人混在一起，让王大臣辨认，结果王大臣一个都不认识。经这么一测试，就证明王大臣的口供都是假的。

这样一来，几乎所有的官员都明白冯保蓄意陷害高拱，一致要求将王大臣严审，要他交出幕后指使人。张居正说："不要审了，打回大牢。"为什么不要审了？张居正心里明白，再审下去，王大臣就会把冯保兜出来。虽然冯保会因此陷入被动，但还不会因为这件事而垮台。因为两宫皇太后与皇上也都记恨高拱，所以他们仍然会袒护冯保。经过一番斟酌，张居正让办案的人给王大臣喝了一杯生漆酒。喝下去之后，王大臣就成了哑巴。第二天再审，王大臣既没有办法说是冯保指使，也没有办法说是高拱指使。就这样，一场非常大的危机被张居正的智慧化解了。这样，既保全了高拱能平安度过晚年，又顾及了冯保的面子，不至于让他与内阁重新结仇。应该说，这件事处理得非常漂亮。从这件事可以看出，张居正满腹韬略且性格沉稳，不管面对多么复杂的局面，都能从容应对。

八 处理人事问题，从不意气用事

在处理人事问题上，张居正从不意气用事。这是典型的宰相品质。所谓"宰相肚里能撑船"，就是要像弥勒佛那样"大肚能容，容天下难容之事"。容天下难容之事，并不是放弃原则，当和事佬。而是指做事的气量和度量，对人宽、对己严，就可成就大事。张居正当上首辅之后曾经在家里开了一个会，把管家和仆人都找来，跟他们打招呼、约法三章："我当了首辅，你们不要仗我的势胡作非为，更不许你们同官府的人打交道。"张居正不是说说而已，而是惩罚严厉。他的管家游七因为娶了一位官员的妹妹做姨太太，被张居正知道以后打断了腿。他从不在家里见官员。他说："我有值房，有公事到我的办公室谈，在官场我没有私事。"可见他是非常谨慎的，因为他知道官场险恶，是非很多。更因为他要推行"万历新政"，所以一开始就回避朋党政治，廉洁奉公。

张居正主要的功绩在我的小说里写到了，史学界也有定评，就是从万历元年（1573）他接任首辅之后推行的"万历新政"。他整饬吏治，对干部的管理实行考成法；梳理财政，进行驿递制度改革，皇上与国家财政分灶吃饭；以及他的一条鞭法，减轻农民负担，增加财政收入的一系列改革，都是非常成功的。我认为"万历新政"这些成就的取得，主要是有一个拥护改革、实意办事的领导层。

　　大家知道，无论是做好一个公司、做好一个项目，还是管理好国家，都必须要有一个优秀的精英团队。用团队的力量、团队的智慧、团队的精神，实现既定的目标。但在组建团队，也就是选拔人才时，往往会遇到一个绕不过的问题，即我们这个团队用人是以道德标准为主，还是以才能为主？细观张居正的用人，他有的地方重才能，有的地方重道德。明代第三位皇帝，永乐皇帝朱棣，朱元璋的第四个儿子，在明代十六位皇帝中，他是仅次于朱元璋的最有作为的皇帝。他当皇帝二十多年，摸索出用人的经验。有一次他和内阁辅臣聊天谈到用人，对现任的六部大臣逐一评价，说了一句话："某某是君子中的君子，某某是小人中的小人。"这两个人当时一个是吏部尚书，一个是户部尚书。大家听了一定很纳闷："既然是小人中的小人，为什么还要用他？"朱棣是因人而用，因事而用。吏部尚书是君子中的君子，这种人不会结党营私，不会把自己的门生、亲戚、朋友全部安排到重要岗位上，而是以国家利益为重，为国家、朝廷选拔人才，所以这个人必须是君子。可是户部是管钱的官，是财神爷。朱棣说他是小人中的小人，因为这种人为了把财税收起来，会采取非常不道德的手段。永乐皇帝的军费开支非常大，正常的财政收入根本应付不了，所以除了常规的赋税，每年还必须有大量的额外收入来支撑军费。所以，朱棣必须找一个会给他搞钱的人。通过这个解释，大家就知道，朱棣用人不死啃教条，什么位子上用道德高尚的人，什么位子上安排不以操守为重的人，他心里有一本账。由此可见，他不但欣赏君子，而且欣赏小人。君子与小人的用人理论成了永乐皇帝的一句名言。

九　重用循吏，慎用清流

张居正用人时，虽然不能像永乐皇帝这样放得开，但也打破了君子与小人的界限。总结他用人的经验，最核心的一点就是重用循吏，慎用清流。循吏，就是脑子一根筋，只想把事情做好，把事功放在第一位，而不会有道德上的约束；清流则不同，总是把道德放在第一，说得多，办成的事儿少。对这两种人的取舍，张居正明显偏向于循吏，他的态度很鲜明。

有这么一个例子，就是在海瑞的运用上。中国的老百姓，几乎没有人不知道海瑞抬着棺材给嘉靖皇帝上书的事。即便在当世，海瑞就已经成了一个民间人物，清官形象的代言人。据说嘉靖皇帝看了他的万言书，非常震怒，吼道："把这个人赶紧抓来，不要让他跑了。"太监回答说："皇上，海瑞根本不会跑，他把棺材都备好了，他的家里人倒是跑光了。"嘉靖皇帝听说以后，又把海瑞的奏章拿来看了一遍，叹道："哎呀！他真是个比干啊！但我不是昏君。"他没有处死海瑞，但也不放他，就关在大牢里不闻不问。嘉靖皇帝死了以后，是徐阶把他从监狱里放出来的。

鉴于海瑞的名声，徐阶决定予以重用。让海瑞到了江南，当了应天府的巡抚，管南京周围几个最富的州府。海瑞在那儿搞了两年，结果当地的赋税锐减。大户人家都跑了，没有了税源。他自己倒是非常清廉，八抬大轿也不坐，骑驴子上班。这样他班子里的其他领导很不满意，因为他是一把手，既然他骑驴子，那二把手还敢坐轿吗？因此都想办法调走。富人都很怕他，穷人和富人一起打官司，不管有没有理，肯定是富人输。海瑞是一个非常理想化的人物，但他对行政管理的确缺乏经验。工作搞不上去，海瑞气得骂"满天下都是妇人"，愤而辞职。当时的首辅高拱也不留他，海瑞便回到海南的琼山老家赋闲。

十　终生弃用海瑞

　　张居正当了首辅之后，让每一个三品以上的大臣都向朝廷推荐人才，其中有不少人写信推荐海瑞。当时的吏部尚书杨博就这个问题还专门找了张居正，希望他起用海瑞，但张居正就是不用他。为什么呢？他觉得海瑞是一个很好的人，做人没有话说，道德、自律都很好。但好人不一定是好官。好官的标准是上让朝廷放心，下让苍生有福。好人是道德的楷模，做人没有任何可挑剔的。在官场里要想做好人，应该比较容易，守住"慎独"二字就可以了。做好官却很难，要让朝廷和老百姓两头都放心，这是多么难呀。海瑞做官有原则，但没器量；有操守，但缺乏灵活，因此有政德而无政绩。这一点，张居正看得很清楚。张居正不用他，还有一层原因：海瑞清名很高，如果起用，就得给他很高的职位，比他过去的职位还高，这才叫重用；如果比过去的职位低，那就证明张居正不尊重人才。话又说回来，如果你给他更高的职位，他依然坚持他的那一套搞法，岂不又要贻误一方？张居正想来想去，最后决定不用海瑞，而且在张居正执政的十年里，从来没有起用海瑞。海瑞第三次复出，是在张居正死后的一年，被安排在应天府当一名纪检干部，结果仍是与同僚关系紧张，没有做出什么政绩来。

十一　天生一世之才，自足一世之用

张居正是一个比较实际的人。在用人问题上，他也是坚持"不管白猫黑猫，逮住老鼠就是好猫"的原则。万历前十年的朝廷大臣，几乎全部是张居正亲自选拔的，大部分是青史留名的人才。张居正说过一句话"天生一世之才，自足一世之用"，可见他对当世人才充满信心。

官位乃朝廷公器，朋党政治的特点，就是将公器滥赏私人。张居正也任用私人。譬如说他用他的亲家王之诰担任刑部尚书。但这一任用并没有招致非议。因为王之诰政声卓卓，是个很有建树的官员。如果张居正用了某个同年、同乡或者朋友，那这个人一定是人才，而不是庸才。讲感情不讲能力的事，张居正绝不去做。他当上首辅之后，他的同年、同乡都欣喜若狂，认为这一下有了靠山，升官发财的机会到了，于是纷纷前来攀缘。

张居正有一同年叫汪道昆，安徽人，和另一位同年王世贞一起成为当时诗坛两大领袖。汪道昆在湖北当了几年巡抚，在张居正当了首辅后，他给张居正写信，希望能到京城工作。张居正觉得这个同学有能力，资格也比较老，就同意了，把他调到北京当兵部左侍郎，也就是国防部副部长。汪道昆履任之后，张居正给他一个任务，巡视整个北方的军事设施，包括北京、蓟辽、陕西、山西这一带。当时的蓟辽总兵是大名鼎鼎的戚继光。戚继光是明代了不起的军事家，他一辈子都得到了张居正的青睐和照顾。隆庆四年（1570），张居正在内阁分管兵部。其时蒙古俺答屡屡犯边，越过长城骚扰，导致京师不宁。张居正力荐将戚继光从东南抗倭前线调任蓟辽总兵。自从戚继光担任这个拱卫京师的重任后，再没有发生长城的战事。汪道昆的巡边之旅，第一站就是蓟辽。可是，他每到一个地方，首先不是听汇报，探讨军事问题，而是和当地的文人在一起吟诗作赋。张居正听到这个消息后有点不满。汪道昆回到北京，给皇上写了一份奏章，汇报他视察边境军事的情况。字斟句酌，是一篇非常优美的散文。张居正看了奏章以后，批了八个字："芝兰当道，不得不锄。"兰花芝草，都是最好的花草，但它长得不是地方，长在高速路上，路是走车的，不是花园。既然长错了地方，就得铲掉。你汪道昆是优秀的诗人，就到诗歌协会去，国防部是搞军事的地方，不是你吟诗的地方。这样就把汪道昆免了官。兔死狐悲，另一位诗坛领袖，时任礼部右侍郎的王世贞为汪道昆鸣不平，加之他自己也想从老同年张居正那里捞点好处而未获，于是加入到反对张居正的行列。张居正死后，他还写了一本《嘉靖以来首辅传》的书，对张居正大肆攻击。

但不管怎么样，张居正一概不搭理，他就是这样一个人，不讲私情，是铁面宰相。

十二 戚继光最大的保护伞

但铁面宰相也有富于人情的一面，比如对待戚继光。

戚继光从浙江调到蓟辽总兵的位子上，没多久就跑到内阁找张居正发牢骚，说蓟辽的兵没法带。其因是明代的兵役制，所有的兵都是世袭的，老子退下来儿子顶替，这叫本兵制。因为是世袭，铁饭碗，干好干坏一个样，所以本兵大都吊儿郎当。平时也不训练，打仗时就溃不成军。张居正深知本兵制的弊端，于是鼓励戚继光训练一支新军。所以说张居正的改革是从隆庆四年（1570）的兵部开始，从戚继光开始。当时他支持戚继光，从极为艰难的朝廷财政中挤出军费来，让戚继光从浙江招募三千人，训练新军。相对于本兵，这支部队叫客兵，也叫"浙兵"。就这样，戚继光在张居正的支持下，组建并训练出一支快速反应部队，能够胜任拱卫京师的任务，并给疲疲沓沓的本兵起到示范作用。

这里面还有一个问题，就是军政首脑的关系处理，当时的总兵是部队一把手，他上面还有一个总督。总督既是地方行政长官,又领导总兵。过去只要总督和总兵产生矛盾,朝廷一定是撤换总兵,而不会换总督。张居正不一样,当戚继光这个总兵和总督产生矛盾以后,撤换的都是总督。而且每一个总督上任,张居正都会找他谈话,要他支持戚继光的工作。戚继光当了十余年的蓟辽总兵,蓟辽没有发生一次战争,蒙古也没有一次进犯,这既是戚继光的功劳,也是张居正知人善任的功劳。

张居正不提倡频繁地换干部,各地的封疆大吏、总兵,他提倡久任制。当然,久任并不等于不升官。你在一个地方干久了,有了政绩了,就给你升官。比如说,你还是一个四品的总兵,但给你挂一个兵部左侍郎的衔,不是变成三品的官员了吗?像辽东总兵李成梁,因为屡立战功,张居正就力主给他封侯,这都是张居正用人的智慧。张居正与戚继光的关系,是万历时期官场的一个健康标本。两人心心相印,但没有一点私情。戚继光有一个爱好,喜欢吃猪头肉,每次过春节的时候,张居正就在北京把猪头肉做好,派人送到蓟辽总兵行辕。戚继光收到猪头肉,就拿去和将士们一起分享。

不管别人怎么攻击戚继光,张居正始终对他信任有加,长久对他委以重任;但是,不管别人怎么向张居正推荐海瑞,他坚决不用。戚继光与海瑞,都是晚明时期名倾朝野的重要人物。张居正对他们的态度,可是截然不同。这就是"重用循吏,慎用清流"的具体表现。

十三　宰相的作用：坐而论道，协理阴阳

古人给宰相的作用定了八个字，叫"论道经邦，燮理阴阳"。论道经邦，按今天的话说，就是制定方针政策；燮理阴阳就是从宏观上平衡各方面的关系。宰相如果过分地关注具体的事务，其总揽全局的能力就会削弱。说得直白一点，宰相要善于用人，而不是善于做事。让能人去做事，自己管理能人，这才是良性的互动。前面说到张居正的用人，主要是他怎样培植改革的精英团队，组成一个强有力的领导班子。但是，要想改革成功，仅仅有一个精英团队还不够。毕竟，张居正不是皇帝，他可以掌控自己组建的精英团队，但他同时必须更为慎重地处理与皇室的关系。明史学界有一种说法，"万历新政"的成功取决于三个人：一个是张居正，一个是皇帝生母李太后，还有一个是大太监冯保。这三个人被称为权力铁三角。

这三个人，李太后代表的是皇权。因为当时皇帝小，入主乾清宫时，李太后作为他的监护人同时住了进去，在那期间几乎皇上所有的旨意都要经过她点头。张居正代表的是相位，是朝廷文官系统的一把手。用公司的架构来比喻，李太后行使的是董事长的权力，张居正行使的就是总经理的权力。这两个人之间的桥梁就是司礼监掌印冯保。

和这样两个人搞好关系，达成共识，对张居正来说是一件非

常困难的事情。先说冯保,他有"笑面虎"之称。表面上笑呵呵的,内心里却常藏杀气。他有仇必报,又很贪财。但冯保也有一个优点,对内廷的掌故非常熟悉,对整个公文的制度也了如指掌,而且还能够约束部下,顾全大局。在他执掌东厂期间,除了想借王大臣案对高拱下毒手,几乎没有滥用职权、制造大冤案。

冯保的性格很复杂,如果张居正书生气十足,像海瑞那样疾恶如仇,则根本无法与冯保相处。一旦得罪了冯保,就会失掉和太后、皇帝联系的纽带。张居正知道这一层利害,因此对冯保多有迁就,甚至对他收受贿赂也是睁一只眼、闭一只眼。这一点,曾引起很多人对他的诟病,但他不这样不行啊。单纯做好人,他可以不搭理冯保,与之划清界限,但要做一个好官,为朝廷和老百姓办点实事,他就不能这样了,必须委曲求全。张居正明白,和冯保这样的人打交道,不但要有理有节,还应该有通有变。用今天的话说,就是"同流不合污"。

我在小说中写到一个故事,一个官员向冯保行贿,想谋得两淮盐运使这一肥缺。冯保便向张居正推荐这个人,张居正明知道那个人是贪官,也知道冯保收了他的贿赂,他仍一口答应。这令他的精英团队大不理解。有人质问他:"你不是要反腐败吗?为什么还要重用一个腐败分子?"张居正说了一句话:"如果我用了一个贪官,换回来的代价是能惩治更多的贪官,这个人你用不用?必要时,宫府之间就得做点交易。"宫就是宫廷,大内;府就是内阁,内阁在明代称为政府。有人看我的书,指出"政府"这个词不该用,怎么用了这么现代的词?我说"政府"这个词恰恰不是现代的，是我们借用明代的。在整个明代，宫府之间矛盾都比较突出，导致国家和老百姓都吃了很多苦头，甚至产生动荡。所谓高层的政治，既有皇权与相权之争，也有外相与内相之争。

十四　笼络冯保，但不是一味迁就

张居正笼络冯保，并不是一味迁就，有时也采取牵制与约束的态度。大内的财政从来就是一本糊涂账。二十四监局个个都有敲诈勒索的渠道以及鲸吞公物的方便。太监作奸自盗，即使被人告发，外廷的司法机构也无权干涉，须得太监的自身机构处置。但这些机构常常缺乏秉公执法之人，因此，太监们的特权往往大于外廷的官员。京城各大寺庙道观的大施主，一般都是宫里头的朱衣太监。所谓朱衣，就是监局一级掌印太监穿衣的品级。当时京城里的某人，如果炫耀说"我在宫里头有人"，即表明他是一个有能耐的人而令人羡慕。

张居正上任后，很想治一治大内的种种不法行为，特别是财政的漏洞。但他知道这件事弄得不好，便会搬起石头砸自己的脚。而且，没有冯保的配合，他就是想整治也整治不了。于是张居正不止一次在太后与皇上的面前给冯保戴高帽，说他如何廉洁奉公，然后又让礼科给事中就内廷财政问题给皇上写了一封奏章，提出了管理的漏洞，要清查一下整个内廷的各种物品的库存，一一重新登记。凡被太监"借"走的，一律限期归还。皇上将此奏章送回内阁让张居正拟票。张居正拟票之前，找来冯保商议，冯保尽管不乐意外官插手内廷的事务，但觉得张居正的态度友好，遂同意清理内廷财务。皇上批旨之后，内廷财务动了一次大手术，仅清回来的瓷器就有一万多件。经过这一次清理，内廷的开支节省了不少。原来，内廷财政与国家财政虽然名义上是分开的，但皇上经常下旨到户部调钱。张居正上任后，坚持分灶吃饭。内廷的开支，包括皇上为妃嫔打制头面首饰、赏赐宫女等，一律由内廷供用库开支。国库的太仓银，只能用于官吏的俸禄、水利的建设、军费的开支等。

供用库银子来源于哪儿？第一是皇上庄田的收入，第二是全国矿山开矿的收入。如果今天我们把所有的矿山收入划归皇室，那这个收入就大了。但在明代，开矿都是小打小闹，因此收入还不太多。国库太仓银的收入主要来自民间各种赋税。在冯保的配合下，张居正完成了皇室与外廷财政上的分灶吃饭。这是一个了不起的进步，实际上等于限制了皇室的权力，改家天下为国天下。这么大的改革措施得以落实，相比之下，满足一下冯保的些小私欲，又算得什么？

十五　迁就李太后，换回她对改革的支持

张居正的另一个难点就是和李太后关系的处理。李太后其实是一个无意从事政治的政治家，只不过是历史给她提供了某种机

缘，她顺应历史做出了正确的选择。从大量的史料来看，她对张居正的支持是无私的。张居正根据她的特点，也做出了一些明智的决策。比如，在太后封号问题上，张居正搞了一点革新。大凡新皇上登基，死去老皇上的皇后、贵妃要重新封赠。为什么？因为新皇帝的正宫夫人必须承继皇后的称号，老皇上的皇后高一辈儿，就得叫皇太后。这个封赠有规矩，凡是老皇帝的皇后，一律封皇太后。如老皇上的妃嫔里有人生的儿子继承了皇位，也可以封皇太后，但和老皇后之间要有区别，即老皇后在"皇太后"之前再加两个字的封号，而皇帝的生母，晋封的皇太后就什么都不能加。比如这个人是个"政治家"，另一个人是一个"伟大的政治家"。虽然都是政治家，但有伟大不伟大之分。冯保为此事和张居正商量，皇上主要的监护人是他的生母李贵妃，最好不要让她和陈太后有任何差别。这件事情下到礼部讨论的时候，礼部的官员不干，说祖上的封赠制度没有这个先例。在张居正看来，这是一个很小的事情，没有任何实际意义，给你加"伟大"两个字不会多给你一万块钱，就是多一份名誉而已。张居正指示礼部尚书吕调阳，一定要办妥这件事，在他的直接干预下，陈皇后变成"仁圣皇太后"，李太后变成了"慈圣皇太后"。封赠颁布之日，李太后一看自己的身份和陈太后齐平了，非常高兴，觉得张居正会办事儿，因此她对张居正的信任增强了。这是张居正给她办的第一件事情，她很满意。

第二件事情，李太后非常信佛，印经书、佛像装修啊，施舍银两建庙啊，经常有这样的开支。她的施舍太多，私房钱不够用。冯保便撺掇张居正从太仓里拿银子给她做善事。张居正觉得不妥，便出了一个主意，将宝和店划归到李太后名下。这个宝和店属皇产，是皇室采购中心。将宝和店划归李太后，这对政府没有任何损失，只是把皇帝衣兜里的钱变成了太后衣兜里的钱。这样，既一劳永逸地解决了李太后敬佛的开支，又没有违反张居正自己制定的财政改革的原则。这是真正的双赢。李太后就觉得张居正心里有她，对他更加信任。

第三件事情，李太后在五台山建了一座寺庙，落成典礼时的赞颂文章是张居正写的。去年我到五台山还看到了这个断碑，字迹已经模糊。首辅写文章歌颂李太后的功德，她觉得脸上很光彩。像这样不伤筋动骨，不破坏国家财政，不给国家制度和朝廷带来任何影响的善事，张居正都做得非常快，而且非常到位。冯保在沧州选了一块吉地，准备作为自己百年后的寿藏之处。破土动工之日，张居正还率领百官向冯保祝贺，也给他写文章。今天很多人就会产生疑问，张居正这么大的官，还用得着去拍李太后与冯保的马屁？这马屁不拍还真不行，因为这两个人，一个代表皇帝，一个代表内廷，都是得罪不起的人物。张居正牺牲自己道德上的清高而选择与他们合作，甚至不停地赞赏他们，为他们解决一些实际的问题而赢得他们对"万历新政"的强力支持，这是牺牲小我而成就大我，是慨然以天下为己任的表现。一个知识分子最难的，莫过于要牺牲自己的道德价值观。张居正做到了，这里面除了有舍身饲虎的勇气，还要有一种"道"的把握。这种把握是佛家所讲的"戒、定、慧"三者之间的通融。后世对张居正最大的争议，莫过于张居正与李太后、冯保之间的关系。但根据当时的情况，张居正要想做事，完成他富国强兵的理想，他除了与李太后、冯保合作，根本没有别的选择。

十六　帝师与大臣，两种角色常常冲突

如果用事功的观念而不是用道德的观念来衡量，则这三个人的合作是非常成功的，他们精诚合作，开创了万历初年的中兴之象。三人的公情与私谊，都相当深厚。张居正去世之后，冯保对他很怀念，而且还设法保护张居正留下的改革人才。因为张居正的死，也因为万历皇帝对张居正残酷的清算，李太后万念俱灰，从此退出了政坛。由此可见，李太后并不是一个真正的政治家。她涉足政治只是出于母爱。她觉得张居正是在真心辅佐她的儿子，所以她对张居正十分倚赖。

由于李太后的信任，张居正担当的角色，有时的确有一点尴尬。在朝廷里他是首辅，在皇帝面前，他是老师。作为首辅，他必须听命于皇上；作为老师，他又得严格管教学生。这两种角色常常产生冲突。李太后是一个严厉的慈母，因此她希望张居正是一个严格的老师。小皇帝一直很怕张居正，他从来不喊张居正的名字，而是恭恭敬敬地称"元辅张先生"。万历六年（1578），十六岁的朱翊钧成婚之后，李太后再也不能住在乾清宫里监护他了，就回到了自己的慈宁宫。回去之前她把张居正找来谈了一次

话，她说她现在再也没有办法监护皇上了，要张居正承担师相的责任，对皇上多多管教。但此时的朱翊钧已不是当年的孩子了，他开始有自己的主见，并在贴身太监的引诱下，滋长了游玩之心。有一次他溜到西城去玩，带着孙海和客用两个贴身太监。喝得半醉时，朱翊钧吩咐找两个宫女唱唱曲，于是太监找来了两个宫女。朱翊钧要两个宫女唱坊间的流行小曲。两个宫女说不会唱。朱翊钧很生气，抖威风说："我叫你唱歌你还不会唱？推出去斩了！"天子无戏言，出口的话都是圣旨啊。孙海一听，这可闹大了，本是偷着出来玩的，闹出人命来可就麻烦了，就赶紧提建议，不要斩了，把两个宫女的头发削掉，代替斩首。

这件事被李太后知道了，很生气。第二天把两个宫女找来，问明情况以后，就跑到了奉先殿，在丈夫隆庆皇帝灵前哭起来了。说儿子现在就这样浪荡，哪当得了皇帝，妾身准备把他废掉，让他的弟弟潞王接替皇位。万历皇帝一听说吓坏了，赶紧跑到太后面前哭，跪在地上不起来，希望得到原谅。李太后说，这件事要看张居正怎么说。在太后的授意下，张居正替皇上写了一个检讨书，叫罪己诏，颁布出来，承认这件事做得荒唐，今后再也不发生了，这件事才算过关。李太后对儿子严格管教，张居正积极配合。朱翊钧因此渐渐地对张居正产生不满。朱翊钧十九岁时，成熟了，想自己管理国家。张居正也看出万历皇帝大了，多次上疏，希望"还政"，把国家的控制权还给皇上。朱翊钧有一次很委婉地在李太后面前提这个事儿，李太后却回答说："你三十岁之前不要提亲政的事，一切听张先生的教诲。"太后对张居正如此信赖,使万历皇帝对张居正由不满变成仇恨。所以张居正一死,万历皇帝迅速对他进行清算。

张居正推行"万历新政"的成功,得益于他高超的政治智慧与独到的用人之道,这两者结合起来,就是他的行政能力。虽然,他最终以个人的悲剧结束,但他的为官之道,仍值得今天的人思考与借鉴。

明朝大悲咒

一　大和尚在雪地里上了囚车

明万历三十一年（1603）十一月二十九日下午，一队缇骑兵突然包围了北京潭柘寺。斯时正大雪纷飞，城郭缟白，路上少有行人。这种时候，缇骑兵的行动格外引人注意。因为缇骑兵并非寻常的治安部队，而是担负着警戒诏狱，抓捕钦犯等特别任务的别动队。只要缇骑兵出来，皇城中的子民都知道，一定是哪位大臣犯事了，被皇上下旨拘拿。

但今日缇骑兵包围潭柘寺，抓的并非大臣，而是海内闻名的紫柏大和尚。

一位大和尚为何成了钦犯？这话得从头说起。

在明朝最后的半个世纪，有四位大和尚为十方信众所推戴。他们是憨山、云栖、蕅益以及紫柏。比起其他三位，紫柏和尚人气最旺。不为别的，就因他性格豪爽，一身侠气。他俗姓沈，字达观，是江苏吴江县人。他十岁时仗剑游苏州虎丘，在那里遇到一个名叫明觉的和尚，一见倾心，欢谈甚洽，于是脱下青衫换上僧衣，跟着他出家了。

紫柏自出家后，虔心向佛，持戒谨严，一清如水，因此名满朝野。当朝万历皇帝的母亲李太后，还数次请紫柏和尚到宫中为其讲经说法。说到这里，读者或许会问，既是这样令人崇敬的高僧大德，为何皇上还要下旨抓他？

常言道伴君如伴虎。你让皇帝高兴的时候，皇帝便是佛，可以有求必应。反之，你若让皇帝不高兴了，皇帝脸一拉下就变成魔了。魔法无边，任你有天大的名望，他伸手一捏，你就成了蚂蚱。

那么，紫柏和尚是什么事得罪了万历皇帝呢？两个字：矿税。

矿税是一件什么样的事儿呢？容后再说。先说缇骑兵此时撞开了潭柘寺的大门，一窝蜂闯了进来。

潭柘寺一干僧人，何曾见过这么多舞刀弄枪的兵爷，顿时都慌了，有的瑟缩如檐雀儿，有的蔫得像霜打的茄子。这时，一位身材魁梧、体态略胖的老和尚从法堂走出，也不等兵爷开口，他厉声喝问："你们找谁？"

兵爷头儿答："找紫柏和尚。"

胖和尚目光如炬，盯着兵爷头儿说："我就是。"

兵爷头儿忽然气馁，但仍外强中干地说："和尚知罪否？我们奉命前来拘拿你。"

紫柏和尚并不惊慌，笑道："这么说，皇上看了我的奏本了。走吧。"

紫柏在缇骑兵的挟持下,径直向门外走去,一干僧人两厢信众这才回过神儿来,一齐拥向前去,喊道:"大和尚!"

紫柏停下脚步,说:"拿笔来。"早有小沙弥捧了笔砚出来,紫柏提笔蘸饱墨汁,在法堂外的粉墙上写了一首《出潭柘示僧众偈》:

> 远观老汉出山去,堂内禅和但放心。
> 头上有天开正眼,当机祸福总前因。

见僧众都还兀自愣立,一脸苦相。紫柏略略沉思,又接着写了一首《十一月二十九日被逮别潭柘寺偈》:

> 寒潭古柏映青莲,野老经行三十年。
> 留偈别来冲雪去,欲乘爽气破重玄。

两偈写罢,放下笔,紫柏一双芒鞋在雪地上踩得咯吱咯吱响,头也不回地上了囚车。

二 矿税是万历皇帝的奶酪

从这两首偈中不难看出,紫柏和尚对自己被逮后的结果还是比较乐观的。他认为"头上有天开正眼",自己就可以"欲乘爽气破重玄"。他坚信人间的道义终将战胜邪恶,自己为民请命会有好的结果。但是，这一次他估错了形势，他反对矿税，等于是要动万历皇帝的奶酪。谁动它谁就是与虎谋皮。

万历皇帝登基之初，曾听从首辅张居正的建议进行改革，短短十年中便出现了"中兴之象"。但随着张居正的去世，万历皇帝摇身一变，从尊张居正为师相到视张居正为仇敌，他尽行废除张居正的改革措施，明朝的气运也因此急转直下。

万历皇帝在位四十八年，在他执政的中后期，有两件事引起他与大臣乃至民间百姓的尖锐对立，第一是立储，第二是矿税。

先说立储。皇长子朱常洛，乃宫女所生。万历皇帝尽管在母后的坚持下，将这位宫女晋升为贵妃，但并不喜欢她。他宠爱的是另一位姓郑的贵妃。郑贵妃为他生了第二个儿子，由母及子，万历皇帝非常喜欢次子，便有意废长立幼，让次子取代长子继承皇位。这一想法遭到大臣们的极力反对，认为此举破坏了朝廷皇位的承传制度，双方各不相让，这场风波闹了十五年之久。最终，万历皇帝迫不得已改变初衷，在万历二十九年（1601）立朱常洛为太子。

再说矿税。我在《筹国无成疑燕雀——记老滑头沈一贯》一文中，曾就矿税问题做了如下表述："所谓矿税，即万历皇帝直接委派太监到各地强征各类矿山之税，太监趁机横征暴敛，并私自巧立名目加大征税范围，导致民不聊生，各地杀死征税太监及爪牙的事件屡有发生。"万历执政中后期，其征收矿税的政策一直遭到朝野强烈反对。万历二十八年（1600），凤阳巡抚李三才甘冒杀头的危险，给万历上书陈书矿税之害：

陛下爱珠玉，民亦慕温饱；陛下爱子孙，民亦恋妻孥。奈何陛下欲崇聚财贿，而不使小民享升斗之需，欲绵祚万年，而不使小民适朝夕之乐！

　　闻近日奏章，凡及矿税，悉置不省。此宗社存亡所关，一旦众畔土崩，小民皆为敌国，风驰尘骛，乱众麻起，陛下块然独处，即黄金盈箱，明珠填屋，谁为守之？

　　李三才的奏本，比起当年海瑞上疏谏嘉靖皇帝，行文措辞不知厉害了多少倍，但万历皇帝置若罔闻，照旧征税不误。这之后的三年，全国各地因横征矿税而引起民众造反的事件，发生了数十起。

　　这期间，紫柏和尚正在浙江台州的化城寺督印便于流传的袖珍版的《大藏经》。虽隐居深山，但矿税的风波还是时有耳闻。其时，浙江的征税太监孙隆逼税太甚，其爪牙横行街衢，数次激起民愤。紫柏目睹矿税之祸，便想利用自己曾到紫禁城中为李太后说法这层关系，前往北京为民请命。到北京的第二天，他即把请求皇上取消矿税的手本递给通政司，然后回到驻锡的潭柘寺等待消息。第五天，他就被缇骑兵抓捕进了诏狱。

三　明知山有虎，偏向虎山行

　　因为呼吁万历皇帝取消矿税的官员不在少数。但是，作为民间告状而进了诏狱的紫柏和尚是第一人。紫柏的大名在京师可谓无人不晓，他的被逮因此也成了轰动京师的大事。紫柏的请愿书究竟是如何写的，明朝的官方档案中没有记载，而紫柏的文集中亦未收录。他的请愿书可能如李三才的奏本一样火药味十足。不然，审讯者不会不顾忌他的大名而进行严刑拷问。

紫柏被逮六天后第一次押到刑部过堂，他写了一首《腊月初五日从锦衣卫过刑部偈》：

大贾闯入福堂来，多少鱼龙换骨胎。
恐怖海中重睡稳，翻身蓦地一声雷。

紫柏把自己说成是"大贾"，把审讯室称作"福堂"，然后又说自己在"恐怖海"中要安然高卧。这首偈诗语涉调侃，又很有一点藐视法堂的英雄气。由此可见，紫柏不肯与谳审官配合承认有罪。因此，他受到酷刑便是意料中事了。请看他写的《腊月十一日司审被杖偈》：

三十竹篦偿宿债，罪名轻重又何如？
痛为法界谁能荐，一笑相酬有太虚。

坐来尝苦虱侵肤，支解当年事有无。
可道竹篦能致痛，试将残胜送跏趺。

古往今来用竹箆夹手，称为拶刑。用竹箆将十根指头夹住，两头各套把手，行刑者一边一个，使劲一拉把手，十根指头轻者血肉模糊，重者指骨断裂。行刑者用此酷刑对付一个六十多岁的老人，可见仇恨之深。但紫柏并不屈服，仍然坚持为民请命的意愿。

关于这段公案，史载甚少，只说紫柏上书朝廷请求减少矿税，却被宦官权贵陷害。至于哪一位太监哪一位权贵害他，却语焉不详。

我想，宦官与权贵构害紫柏，必定与紫柏上书请愿的内容有直接的联系。紫柏久居浙江，进京请求减免矿税，说的也是浙江矿税之事，其时朝廷中最有权势的两个人正好与此事有牵连。一个是内阁首辅沈一贯，另一个是司礼监太监孙隆。沈一贯是浙江鄞县人，孙隆虽不是浙江人，却一直在浙江督收矿税。紫柏的请愿书如果有可能得罪人，这两个人恐怕都会列为首选。个中原因不外乎两个：第一，都是浙江矿税的当事人；第二，这两个人的人品都不大好。孙隆负责征收江苏、浙江两地的矿税，在万历二十九年（1601）的六月初六，因为在苏州无理加税并催讨过急，导致民变，他的六位随从都被当地矿工与税户乱棍打死。苏州既是紫柏的家乡，又是他出家之地，对此他不会熟视无睹。再说浙江矿税之事，沈一贯虽是浙江人，却对浙江过重的矿税不置一词。孙隆在浙江横征暴敛，亦不见他施以管束。客观地讲，沈一贯算不上奸臣，但明哲保身，在大是大非面前从不敢坚持真理，应是误国误民的庸官。紫柏进京告状，作为浙江人，沈一贯觉得脸上无光。他可能觉得紫柏一个和尚，不守出家人的本分，反而千里迢迢跑到北京来踹他的心窝,他的生气可想而知。此时,若是孙隆之流欲借刀杀人严惩紫柏,他即便不附和,也绝不会施以援手。在《达观大师塔铭》中模模糊糊记了一句:"时执政欲死师。"这个执政,就是沈一贯。

在这种情形下,紫柏的悲惨下场便已注定了。偏偏紫柏没有认清这个形势,还想着自己为民请命可以得到万历皇帝生母李太后的庇护。殊不知吃斋念佛的李太后,早已是独居深宫,与外界隔绝。万历皇帝对她封锁一切消息。所以,她压根儿就不知道紫柏进京的消息。如此说来,紫柏是明知山有虎,偏向虎山行了。

四 紫柏坚持的"救心"工程

前面三节,说的都是紫柏和尚因矿税被逮之事。不言此事,不知紫柏之血性;仅言此事,又不知紫柏之佛性。因为,紫柏毕竟是晚明的四大高僧之一。不言他的佛法修行,也就无法认识真正的紫柏。

紫柏出家之后,持戒甚严。他关注时政,但绝不似当下一些"政治和尚",热衷权门利斗,守不住内心一寸净土。紫柏一生兴修恢复了十五座寺庙,如楞严寺、云居寺等,都是有名的巨刹丛林,但他从不做方丈,修完一座就离开,再去兴修另一座。正因为他的这种坦荡无私的大乘境界,故赢得了僧俗两众的崇敬。

紫柏不仅擅长建设,更矢志研究宗说与佛家典籍。他开坛讲经,信众云集。他是和尚中少有的大学者、大诗人。他最擅长讲述的五部佛经是:《心经》《金刚经》《楞严经》《八大人觉经》《妙法莲花经》。他讲经既有独到心得,又通俗易懂。如他讲《心经》的"舍利子,色不异空,空不异色,色即是空,空即是色,受想行识,亦复如是"这一段时,他的解释是:

> 舍利子,鹙子,佛之弟子也。其慧辨超卓,识越等伦,然未悟大乘真空,尚醉枯寂。故如来呼其名而告之曰:我所谓"照见五蕴空"者,非是离蕴之空,即蕴之空也,汝莫错了。五蕴,色受想行识是也。"色"则远而言之,太虚天地山河草木,无分巨细,凡可见者皆谓之色;近而言之,现前块然血肉之躯是也。"受"谓无始以来,从生至死,眼见耳闻鼻嗅舌尝身触意缘,皆吸前尘而生者。"想"谓受而筹量,善恶臧否,宠辱是非。"行"谓筹量无常,迁流不决。"识"谓筹量晓了,判然无感。此五者,合而言之,实惟一念;分而言之,乃五用差别也。

读罢此段文字,我们知道紫柏的一颗禅心,如中天明月,了无尘滓。说到底,佛教的"戒、定、慧",就是养心。在这个问题上,紫柏也有一段法语:

> 天力,地力,佛力,法力,僧力,皆外力也;惟自心之力,乃内力。外力是助,内力是正。如正力不猛,助力虽

多，终不能化凶为吉。故曰："先天而天不违。"又曰："自心之力可以颠倒天地。"设信此不过，别寻外助，断无是处。

野朽凡遇祸害，更无他术，但直信自心之外，安有祸害？一涉祸害，皆自心所造，还须自心受毒。此理甚平，法复思之思之。

紫柏便宜说法，因人施教。因此追随他的弟子很多，其中有达官贵人、书生商贾及江湖隐逸各色人等。有一个名叫周金吾的居士，对他崇拜至极，将他的画像置于佛堂，日夕拈香供奉，还必欲请他到家供养，此情之下，紫柏给周金吾写了一封短信：

居士三请谒矣，可谓勤至；然觌吾相，不若得吾心。且道如何是吾心？"马嘶杨柳春风暖，人对昙花慧月凉。"能荐此，再晤不暮。

世上有知识的人很多，但知识不等于智慧。我们称某某人有"慧根"，指的就是他不会让知识、我见、世俗、逻辑等蒙蔽自己。上面说的周金吾，就是被"我见"迷住。紫柏开释他不要观相而要得心。这是紫柏坚持的"救心"工程。但是，世上人在养心问题上，屡屡犯下买椟还珠的错误。

五　如来如去，紫柏对俗世的关注

按俗世的事理评判，也许人们会问，像紫柏这样的得道高僧，为何还要关注俗务，惹火烧身？这样的问话，如同隔山打牛。须知古往今来的高僧大德，第一个检验指标是有没有达到"无我"的境界。关于这一点，紫柏亦有妙论：

> 我能转物，谓之"如来"；则我被物转，谓之"如去"。如云即众人也，如来即圣人也。圣则无我而灵，凡则有我而昧。昧则忽时。忽时之人，忧不深，虑不远，不知自重耳。

这段话讲到"我"与物的关系，对于心灵说，荣辱、成败、进退、利害等，都属于"物"。一个人（包括出家人）做事，要做到不违心，前提就是不让"物"把心羁绊。

修佛之人了脱生死，首先是摒弃物欲，这是不二法门。紫柏早就过了不二法门而登堂入室，看到众生在门外徘徊，他知道毛病在哪儿，但他只能指引，而无法替代。

而且，紫柏作为出家人，对朝廷的时局及世俗生活的演变也非常关注，他的心生出般若的智慧，但并不如同槁木，而是观照万物，疾恶如仇。他之所以为矿税而来北京请愿，并非一时的冲动，而是出自他一贯的行世态度。他曾写过一篇《戒贪暴说》，实在是檄文：

> 古以为官为家，为公器，故曰："五帝官天下，三王家天下。"今之人，上焉者，以为官为家为耻辱；下焉者，以为官为豪客，爵位为绿林，公然建旗鼓，操长蛇封豕之矛而吞劫百姓，习以成风，天下无怪。以此观之，则以为官为家为耻辱者，乃救时之良剂也。
>
> 盗贼以绿林为薮，兵刃为权，则易捕；设以衣冠为薮，爵位为权，则难擒。故庄周云："圣人不死，大盗不止。"良有以夫？虽然，恃柄而劫生灵，饱赂而藏轩冕，上则聋瞽君之耳目，中则同袍相为扶护，下则百姓敢怒而不敢言。殊不知生灵为国根本，劫生灵，乃所以灭君也；君灭，则爵位谁与？衣冠谁主？若然者，则盗贼自穷其薮，自削其权矣。
>
> 呜呼！人为万物之灵，不为圣贤而甘为盗贼，必至薮穷权削而终不悟，可不谓大痴极愚乎？！

读罢这篇短文，忽然觉得这是"愤青"的笔法，也看出紫柏对官场贪腐的深恶痛绝。他把贪官比作打家劫舍的强盗，而且这些戴着乌纱帽的强盗比大街上的蟊贼更狠毒、更可怕，因为他们不受法律的制裁。

熟悉明史的人都知道，明朝隆庆之前，官场贪风不止，张居正于万历初推行的十年改革，治贪治庸问责计绩大有成效，但自张居正死后，官场贪腐故态复萌，且愈演愈烈。第一号贪官不是别人，正是万历皇帝自己。他死时，国库银两耗尽，但他自己的小金库中还存放了几百万两银锭，这些钱的大部分来源，便是矿税。阎王要钱，判官要命。一大帮贪官污吏趁机搭顺风船搜刮民财。紫柏眼见这种情势，焉能不挺身而出？

六　紫柏在牢房里从容地坐化

却说万历三十一年（1603）腊月在刑部的谳审中，紫柏遭受了杖击与竹篦的酷刑，但他毫不屈服。法官在权贵的授意下，必欲置紫柏于死地。四天之后，法官再将紫柏带到刑堂，当面宣读罪状并判定刑期。至于是何样的刑期，史载不详，但绝不会太轻。明代对诏狱的犯人，被判有罪的，最重是杀头，最轻的也是蛮瘴地区充军，并终身不赦。宣判的头一天，紫柏似乎已经知道了结果，因为他写了一首《十四日闻拟罪偈》：

凤业今缘信有机，南中莲社北圜扉。
别峰倘有人相问，师子当年正解衣。

从这首偈中，看出紫柏在大难临头时心情的平静，而且可以肯定地说，他做好了接受一切后果的精神准备。当夜，他还写了一首七绝《忆卓老》：

去年曾哭焚书者，今日谈经一字空。
死去不须论好恶，寂光三昧许相同。

卓老即明末另一位思想狂人李卓吾。此老在张居正当政时，曾当过三年的大理知府，兹后就抛家别子，云水天涯，过着半俗半僧的生活。晚年定居湖北麻城十八年，后遭人诟害，在北京通州被逮，卓吾不肯认罪，遂在狱中自杀。他的《焚书》《续焚书》两部书，是明朝重要的思想文献。紫柏在李卓吾自杀后的一年同样在北京被逮。惺惺相惜，此时的紫柏写诗怀念李卓吾，其心境完全可以理解。李卓吾并未真正地剃度，但在麻城却一直住在庵寺中，过着出家人的生活。他收了不少女弟子，这一点，引起僧俗两众的反感，也让恨他的人抓到了把柄。所以，他到死也是一个争议很大的人。紫柏却很欣赏并同情他，仅从这一点看，紫柏的慈悲已达到了无纤尘的境界。

当法司定罪的第二天，紫柏便做出惊人的决定，他要在牢房中坐化。当他的几位弟子闻讯赶来，他已沐浴更衣，坐定在蒲团上，面对追随他的弟子，他从容念出九首偈，因这是紫柏的临终文字，故在此全部录出：

事来方见英雄骨，达老吴生岂夙缘？
我自西归君自北，多生晤语更泠然。

南北经行三十年，钝机仍落箭锋前。

此行莫谓无消息，雪夜先开火内莲。

尽称达老鼓风波，今日风波事若何？
试向明年看老达，风波满地自哆和。

潭柘双青谩说龙，相依狴犴更从容。
主人归去香云冷，好卧千峰与万峰。

幻骨吾知无佛性，从来称石总虚浮。
夜深寒照吴门月，翻笑生公暗点头。

幽关寂寂锁难开，哪道沙门破雪来？
饥鼠何妨沾法喜，冻脓早许委黄埃。

夙愿平生未易论，大千经卷属重昏。
怪来双径为双树，贝叶如云日自屯。

启龛须记合龛时，痛痒存亡尔即伊。
不必燕云重眷恋，此身许石肯支离。

山鬼不必赛，水神胡可解。
枯木冷重云，独见田侍者。
人生那忽死，死者生之府。

法门何所闻，付诸涂毒鼓。(谶所知)。

偈诗九首，是一个不可分割的整体，从中可以看出紫柏疾恶如仇的性情，了脱生死的态度，去来无碍的禅风。大约法司给紫柏定罪，很重要的一条是"鼓动民众反抗朝廷"，故偈诗中有"尽称达老鼓风波"的句子。对此，紫柏是不承认的。所以，他以死来抗争。

腊月十七日，离除夕不到半个月。但不堪受辱的紫柏，决计不肯在人间多待一天，自从参透禅关，修成金刚不坏的法身之后，生死的界限早已被紫柏打破。这个世间若能住就多住一些时候，不能住即刻就可以离开。

紫柏念完偈语后，就坐在蒲团上微闭双眼，在弟子们静静的注视下，他从容地坐化。这一年，他刚好六十岁。

七　心同日月难逃谤

紫柏大师准备坐化之前，曾对弟子们说他一生有三负：一是当他的禅门老友憨山大和尚遭人诬陷，被官府发配岭南雷州充军时，他无力救助，这是负友；二是为了减轻老百姓的矿税上京请愿，却反遭构害，没有达到救民于水火的目的，这是负民；三是未能完成编撰《大明传灯录》的夙愿，这是负法。

四百余年后，读到紫柏大师临终前的"三负"之说，我仍不免感慨唏嘘。一个有理想的人，一生要慎重对待的三件事：一是朋友，二是人民，三是事业。综观紫柏的一生，在这三件事上，是无可挑剔的，但他仍然深深自责，可见他对于世间法与山中法两种修行，都达到极高的境界。一个道德高尚的人，对社会应有保持清醒的批判意识；对自己，要有深刻的反省能力。从这两点看，我们可以得出结论，紫柏在世间，是热血男儿；在山中，是禅门大德。

由紫柏，我想到明代的大和尚，从明初建文帝的剃度师溥洽到永乐皇帝的国师姚广孝，一直到明中期的遍融以及憨山等大宗师，都曾遭人陷害，都经历牢狱之灾和远谪之苦。其中，姚广孝是另一种悲剧，他虽贵为国师，但众叛亲离，一样郁郁而终。明代的佛教，上承唐宋禅脉，下启大清法门，自有斑斓之处。但是，明代的大和尚，十之八九都以悲剧收场。

佛教的大悲咒，在汉土音为"南无阿弥陀佛"，藏密译为"唵嘛呢叭咪吽"。据称，想念观音而念此咒，可以救苦拔难，进入解脱法门。但面对明代专制的统治，这大悲咒似乎不灵验了。得道的高僧，受到佛光的加持，有谁不能解大悲咒的无上密意？但是，在诵声不绝的大悲咒中，他们照样获得了大悲剧。

紫柏和尚一生游历甚多，过无锡宜兴，他写过一首《过阳羡蜀山吊苏长公》：

来自黄州老此身，青山流水隔风尘。
心同日月难逃谤，名满乾坤不救贫。

迁谪几番生似梦，文章终古气如春。

清秋何处堪悲吊，蜀阜荒祠一怆神。

在紫柏留下的数百首诗作中，可以看出他对前贤的敬重。不管出自儒、释、道哪家门下，只要有才华，有风骨，他都心仪赞颂。就像这首怀念苏东坡的诗作，可谓有感而发，由苏东坡一生的坎坷联想到当下的世情，他才发出了"心同日月难逃谤，名满乾坤不救贫"这样的感叹。他为苏东坡鸣不平，又何尝说的不是自己呢？

图书在版编目(CIP)数据

明朝大悲咒 / 熊召政著. — 北京：北京十月文艺出版社，2024.2
ISBN 978-7-5302-2349-9

Ⅰ. ①明⋯ Ⅱ. ①熊⋯ Ⅲ. ①随笔—作品集—中国—当代 Ⅳ. ① I267.1

中国国家版本馆 CIP 数据核字 (2023) 第 233131 号

明朝大悲咒
MINGCHAO DABEIZHOU
熊召政　著

出　　版	北京出版集团	
	北京十月文艺出版社	
地　　址	北京北三环中路 6 号	
邮　　编	100120	
网　　址	www.bph.com.cn	
发　　行	新经典发行有限公司	
	电话 010-68423599	
经　　销	新华书店	
印　　刷	北京盛通印刷股份有限公司	
版　　次	2024 年 2 月第 1 版	
印　　次	2024 年 2 月第 1 次印刷	
开　　本	850 毫米 ×1186 毫米　1/32	
印　　张	9.5	
字　　数	190 千字	
书　　号	ISBN 978-7-5302-2349-9	
定　　价	55.00 元	

如有印装质量问题，由本社负责调换
质量监督电话　010-58572393

版权所有，未经书面许可，不得转载、复制、翻印，违者必究。